Rizzoli

Roberto Emanuelli

Buonanotte a te

Rizzoli

Pubblicato per

Rizzoli

da Mondadori Libri S.p.A.

ISBN 978-88-17-10484-5

Prima edizione: ottobre 2018

Buonanotte a te

Mi avevano detto che era impossibile farlo,
e io ho risposto facendolo.

A mia madre.
A mio padre.
Alla famiglia in cui sono nato.
A quella nata intorno alle mie parole,
quella famiglia che un giorno,
mentre ero al buio,
in un angolo,
e mi sentivo perso e solo,
mi ha preso per mano,
con dolcezza,
con amore,
e mi ha portato fin qui...

I
Qualcuno che ci prenda per mano

La storia di Sally…

Venerdì 7 dicembre

Abbiamo bisogno di una mano che prenda la nostra quando arriva il buio, di uno sguardo che ci faccia sentire al sicuro anche quando il mondo fa paura, quando la terra trema sotto i nostri piedi e tutto intorno sembra cedere e crollare.

Abbiamo bisogno di riconoscerci negli occhi di qualcuno che ci guardi senza giudicarci, qualcuno che ci abbracci tutte le volte che arriva il freddo, che ci ritrovi tutte le volte che ci perdiamo.

Abbiamo bisogno di guardare le stelle, di baciarci in riva al mare, di innamorarci di continuo, tutte le mattine, della stessa persona che ci ha fatto perdere la testa la notte prima. E che ce la farà perdere di nuovo il giorno dopo.

Abbiamo bisogno di correre su una spiaggia, sulla sabbia, a piedi nudi, mentre il tramonto più bello del mondo disegna i contorni delle nostre imperfezioni e ci fa sentire unici, anche solo per un attimo.

Abbiamo bisogno di fare l'amore, come se i brividi di uno fossero il proseguimento dei brividi dell'altro, come se le gocce di piacere fossero prima acqua, poi sudore, e poi pioggia, e poi rugiada. In una fusione di sapore ed emozione che sa di bellezza, che sa di vita…

Ma non abbiamo bisogno di chiedere a nessuno di amarci,

non possiamo chiedere a qualcuno di amarci, perché chi non ha voglia di farlo non merita la nostra attenzione, non merita la nostra tristezza. Non merita la nostra rabbia, le nostre lacrime…

Ecco, è questo che mi dico e mi ripeto, cercando di convincermi che sia vero, che sia così, ma…

Sono le 12.30, oggi sono uscita un'ora prima da scuola perché c'era religione, e io la salto. Tornando a casa, in macchina, nella mia Ligier, piango, piango e canto, a squarciagola, perché alla fine è sempre lei a salvarmi nei momenti più brutti: la musica. Lei e i miei amici.

Mi guardo allo specchio e vedo che sotto i grandi occhiali Gucci, che ho tanto voluto e ricevuto dai miei per il compleanno, colano righe scure di mascara. Li tolgo. Gli occhi sembrano più verdi del solito, un verde più intenso, più deciso… Forse è l'effetto della sbavatura del contorno occhi, ma tutto quel nero che cola sulla mia vita, in fondo, mi dona.

L'amore è una cosa semplice, urlo insieme a Tiziano, lo dico, ma il mio cuore non è d'accordo. O forse non ci crede più.

Andrea me lo spezza di continuo, il cuore. È andato al concerto di Marco Mengoni con Alessia. Che stronzo! E la cosa che mi fa più rabbia è che lei è una mia amica, o meglio, *era* una mia amica, perché da quando mi sono resa conto che fa il filo al mio ragazzo la tengo a distanza. Sono sicura che gli muore dietro. Non fa altro che provarci dissimulando con lo scherzo, fa battute, allusioni, lo abbraccia, lo tocca, spesso anche davanti a me… Ah, quando lo tocca esploderei! E lui finge di non vederlo, dice che esagero, che lei è fatta così, che è il suo modo di fare, di essergli amica e dimostrargli affetto, che non è vero che ci prova… Magari se la fanno insieme sotto i miei occhi. Magari, mentre io sono qui che penso a lui e piango e cerco di rimettere insieme i mille pezzi di me, loro stanno ridendo alle mie spalle, o si stanno mandando cuoricini e sorrisi su qualche chat segreta. Ormai le penso tutte! Non so nemmeno se chiamarlo amore, questo. Che amore è un amore che ti ferisce di continuo? Quale amore ti fa piangere più volte di quante non ti faccia sorridere? Non sa più niente di me, non sa cosa mi piace, cosa mi rende felice. Non conosce neppure il mio colore preferito, il libro che ho amato di più, il profumo che porto. Non sa quale brano di musica classica mi fa volare, quale amo suonare al piano. Gliene ho parlato, ma lui di sicuro non mi ha prestato la minima attenzione. Te ne accorgi, quando qualcuno ti ascolta davvero. E Andrea non sa niente. Non ricorda niente. Certo, è bravo a letto, mi sa prendere, e quando lo facciamo conosce tante posizioni diverse. Ecco cosa conosce, le posizioni…

All'inizio c'erano le parole, quei modi gentili, e le rose, e i regali, e i messaggini romantici, e il fine settimana a casa dei suoi al mare a parlare tanto, a ridere, a fare l'amore. E poi? E adesso?

Ora c'è il suo calcetto, il suo diploma, il suo tennis e la sua PlayStation, i suoi amici di classe, quelli dello sport, quelli del circolo prestigioso del padre, quelli con cui passerà, nel collegio esclusivo, il suo glorioso e vincente futuro da rampollo di una famiglia aristocratica del cazzo. Ma di me, nella sua vita, non c'è più traccia. E sì, lo so, siamo giovani, a diciotto anni è così, le cose un giorno sono in un modo e il giorno dopo in un altro, ma io nell'amore ci credo, e credo che si possa costruire qualcosa di importante e vero anche a questa età. Io lo amo sul serio, o forse sarebbe più corretto dire che lo amavo, a questo punto, boh, ecco, sì, lo amo ancora, ma lo odio allo stesso tempo, e odio il fatto che non mi rispetti, odio il fatto che io stessa non mi rispetti e che permetta a questo stronzetto viziato di rubarmi il cuore, la gioia e la dignità. Io voglio essere amata! E voglio essere felice! E poi rivoglio le mie rose, i messaggini dolci, e tutte le attenzioni! Voglio fare l'amore, perché scopare è triste, è per tutti. Io voglio fare l'amore, perché io sono solo per pochi…

Mentre urlo dentro di me, sento il suono di una notifica, è Marzia su WhatsApp.

Marzia: "Sallyyy! Che fai?".

Sally: "Niente, sono in macchina, torno a casa. E litigo…".

Marzia: "Con chi?".

Sally: "Con me stessa e con quanto sono cogliona!".

Marzia: "Che succede?".

Sally: "Andrea…".

Marzia: "Andrea cosa?".

Sally: "Ieri sera è andato di nascosto al concerto di Marco Mengoni con quella stronza di Alessia!".

Marzia: "Che cosaaaa?".

Sally: "Guarda, lascia stare".

Marzia: "E tu come lo hai scoperto?".

Sally: "Li ha beccati Daniela, una mia compagna di classe, era al concerto anche lei… Mi ha scritto subito, dice che li ha visti all'inizio ma poi li ha persi. A me lui aveva detto che andava a giocare a calcetto e poi avrebbero fatto un torneo di Fifa con gli altri… Mi mandava pure i messaggini…".

Marzia: "Oh cazzo! E come si è giustificato?".

Sally: "Dicendo che è stata una cosa decisa all'ultimo momento e che mi ha detto una bugia perché sapeva che ci sarei stata male e non voleva… Dice che con loro al concerto sono andati anche Diego e Giampaolo…".

Marzia: "Va be', dài, allora è meno grave…".

La chiamo immediatamente: «Ma che significa "meno grave", Marzia?! Cosa è meno grave?».

«Ehm… ok, volevo tranquillizzarti un pochino…» Ha un tono un po' preoccupato e un po' colpevole.

«Marzia…»

«Ok, è gravissimo» ammette, e poi aggiunge di corsa: «E lui è uno stronzo!».

«Ma poi con quella, guarda, sono avvelenata! Ma hai visto che foto posta su Insta? E lui che mette sempre like, è proprio una mancanza di rispetto!» Lei fa un mugugno di assenso e io continuo: «Che poi, oh, la colpa, lo sappiamo bene, non è di lei. Lei può scegliere di essere volgare e superficiale quanto vuole, è la sua vita, ma lui? Lui che fa tanto il principino gnegnegnè? E poi mi sbavi dietro a quattro foto ritoccate di un'oca che non potendo contare su un cervello normodotato mette in mostra di continuo le tette?»

«Rifatte! Tette rifatte!» aggiunge e sottolinea Marzia.

«Rifatte!» confermo.

«Comunque, hai ragione, chi sbaglia è lui. Ma poi Mengoni... Piace un sacco anche a te, cavolo! E lo sa bene...»

«Guarda, Marzia, mi viene da piangere di nuovo... Lasciamo stare!»

«Mi spiace, amorina, questa sera ti chiamo. Io oggi ho fatto sega, tanto non avevo nulla di che... Ora sto raggiungendo Giulia, che mi accompagna a prendere quel vestitino di cui ti avevo parlato, facciamo un giro in centro e poi si ferma a cena da me... Però domani passo a riempirti di baci, ok?»

«Grazie, amore, quanto ti amo! Divertitevi con Giulia, da me dopo pranzo passano Benedetta e Geggy.»

«Ah, ecco, meno male, almeno ti rilassi un po'... Ti adoro! Grazie amo!»

«Anche io ti adoro, tesorino!»

Attacco e sento che in sottofondo sta andando Ultimo con *La stella più fragile dell'universo.* Una delle mie canzoni preferite... Dio quanto lo amo, quest'uomo! Ultimo, ma perché non vieni a prendermi? Portami via con te in un posto pieno di fragili notti stellate!

Prendo ancora il telefono e chiamo Federica, la mia insegnate di canto. Trentacinque anni, single, figa e cazzuta. È l'unica adulta con cui riesco ad aprirmi, l'unica di cui mi fidi, a parte mia madre di cui, sì, mi fido anche, ma con cui parlo poco o niente...

Federica la considero una sorella maggiore, la adoro. Perché lei nella vita ha avuto il coraggio di schierarsi e di prendere posizione, non mi giudica mai e poi, quando le parlo, mi ascolta davvero, non tanto per.

«Ciao Federica...»

«Tesoro, come stai?»

«Un po' di merda...»

«Cosa succede, piccola?»

«Andrea... è andato di nascosto al concerto di Mengoni con Alessia, quella che gli fa il filo da una vita... Non sai cosa ho dentro e cosa farei, ora!»

«Sally, nessuno deve avere tanto potere su di te, nessuno! Ok?» Lo dice con voce ferma, ma usando un tono affettuoso.

«Hai ragione, Federica, ma mi fa stare malissimo questa cosa... Che poi è lui che non mi fa stare serena, non mi fa sentire sicura, con questa continua altalena, e va e viene, e sparisce e torna... mi fa impazzire, Federica!»

«Tesoro, lo capisco, ma la forza e la sicurezza devi trovarle dentro di te. Sei giovane, ma hai tanto talento e sensibilità, nel tuo cuore c'è un universo pieno di colori... Fra poco, molto poco, sarai una donna meravigliosa, Sally, e questo non dipende da nessun Andrea del mondo, questo dipende solo da te, è solo merito tuo!»

«Oddio, Federica, sei l'unica che ha il potere di calmarmi così, certe volte mi fai sentire davvero speciale... ti adoro!»

«Sally... non sono io a farti sentire speciale, tu sei speciale!» Attende qualche secondo in silenzio e poi aggiunge: «Ok?».

«Ok...» Dopo una pausa le dico, con tutta la gratitudine che conosco: «Grazie...».

«E adesso cos'è questo grazie? Fra amiche ci si dice forse grazie?»

«Ahah! Hai ragione... ma poi sei uscita con quel tipo... il chitarrista?»

«Sì!» Lo dice velocemente, simulando un tono quasi di scuse.

«Ahahah! Grandeee! E com'è?»

«Eh, cavolo, è un figo, Sally!» alza un po' la voce ma mantiene il suo aplomb, che stile che ha!

«No, mi devi troppo raccontare! Lunedì mi dici tutto, eh! Se riesco vengo qualche minuto prima!»

«Ok, piccola, ma tu stai su! Promesso?»

«Promesso!»

Quando ci salutiamo apro di nuovo WhatsApp: vari messaggi, nessuno di Andrea.

Ce n'è uno di Benedetta, dice che tardano venti minuti ma mi portano una valanga di abbracci… quanto le amo! E poi ce n'è uno di Paco, arrivato pochi secondi fa.

Paco: "Ciao amica bona! :P Tutto bene? ♥".

Sally: "Ohi, amichetto mio del cuoreee! Come stai? Io insomma, oggi proprio giornata nera…".

Paco: "Come mai? Cosa ti succede?".

Sally: "Eh, problemi con Andre…".

Paco: "Ancora? E che è successo? Mannaggia!".

Sally: "Gelosia… È uno stronzo, ecco! Ma lasciamo perdere, non ho voglia di parlarne, ora…".

Paco: "Senti… ho sentito Marzia per organizzare una radunata tutti insieme…".

Paco: "Comunque, dài, se riesco passo a darti un abbraccio in questi giorni, ora vediamo. Lunedì vai a lezione, tu?".

Sally: "Sì sì! Che poi ho pure un problema alla macchina, mi fa un rumore strano quando la accendo e a volte mi si spegne quando sono al minimo, boh, forse è il caso di farla vedere. Mia madre rompe e dice che non sta tranquilla… nel caso vado con i mezzi. Ma poi devo scappare subito, Paco, posso fermarmi giusto dieci minuti perché devo studiare troppo…".

Paco: "Ok, vedo di passare… Se vieni con i mezzi poi ti riporto io a casa con la Vespa!".

Sally: "Ma nooo! Figurati, io adoro prendere i mezzi!".
Sally: "(Ma adoro anche la tua Vespa... ♥)".
Paco: "☺ Oh, smettila di rompere! Ti riporto io! Ti voglio bene...".
Sally: "Sono fortunata ad avervi nella mia vita, te, Benedetta, Geggy, tutti voi, persino Ric... :D Sono troppo fortunata...".
Paco: "Fortunata ad avere un amico come Riccardo? Ok, è ovvio che non stai bene! :P".
Paco: "Comunque anche noi siamo fortunati ad avere te...☺".
Sally: "Oh, poi mi dici della tipa con cui stai uscendo, eh!".
Paco: "Ah, sì... ma nulla di che, eh...".
Sally: "Ma insomma, quando ti innamori, tu? Dài che vogliamo dei nipotini, qui!".
Paco: "Sciocca!".
Sally: "♥".
Paco: "♥".
Paco: "Bacetto!".
Sally: "A te! ☺".

Correte dietro a milioni di donne come fosse un gioco e non riuscite a capire che state perdendo chi non giocava per niente quando diceva di amarvi, e non gioca nemmeno ora, mentre vi guarda e, sorridendo, col pensiero, vi dice: "Basta"...

Non ci posso credere, questo post di Laura che ho appena letto sulla sua pagina sembra fatto apposta per me! È come se mi leggesse nel pensiero... Laura, ma mi conosci? Sai cosa sto passando? Ma come fai?

Le persone tendono a non rendersi conto di quello che hanno, questo mi pare evidente, eppure l'amore dovrebbe aiutarci a capire, a essere diversi, l'amore dovrebbe farcele sentire, le cose belle, prima di tutto nel cuore, e dovrebbe metterci in guardia quando le stiamo perdendo...

L'errore che facciamo di continuo un po' tutti, prima o dopo, almeno una volta nella vita, è pensare che permettere a qualcuno di metterci anche solo momentaneamente al secondo, terzo, quarto posto, sia una prova d'amore, un sacrificio necessario. Sciocchezza enorme. Al contrario, è semplicemente il modo migliore per dimostrare che non è amore, che non ci ama e che noi stessi non ci stiamo amando. Una roba fasulla, vuota, senza spinta, senza passione. L'amore, quando è vero, travolge tutto, non conosce ostacoli. Quando arriva ti stende, poi ti fa volare, e tutto il resto non esiste più. Ed è sempre, sempre al primo posto. Non esiste niente, smettiamola di credere alle favole. Perché il resto sono chiacchiere, e crederci è il nostro modo, un po' patetico, un po' comico, per non guardare in faccia la realtà...

Faccio ripartire il pezzo di prima, metto il volume al massimo e canto forte: «Se riiniziasse un'altra vita / non chiederei che fosse infinita / mi basterebbe sapere che esisti / che è lo stesso il profumo che indossi... nananana / dirti che ti aspetto in un posto perfetto... nananana!».

2
E non c'era casino nel mio cuore, perché c'eri tu…

La storia di Simone…

Venerdì 7 dicembre

BUON NATALE!

È la scritta incisa sulla targhetta in legno, piccola ed elegante, appesa fuori dalla porta di casa nostra. La osservo mentre infilo la chiave cercando di fare meno rumore possibile, ma i miei movimenti non sono poi tanto coordinati, non come vorrei.

Il cilindro scorre liscio come se fosse aria, ma appena apro mi rendo conto che la luce è accesa.

Nicole è sveglia. E ti pareva…

Richiusa la porta alle mie spalle, poso la valigetta su una delle sedie dell'ingresso, poi entro nel salone e la vedo lì, in pigiama, sul divano, con le ginocchia al petto. Si dondola e non mi guarda, pare fissare qualcosa nel vuoto, in un punto che non capisco.

«Ciao Nicole!» dico con il tono più accomodante che conosco, ma non devo sembrare affatto credibile.

Mi avvicino per darle un bacio, ma lei si scansa e chiede: «Ma dove cazzo sei stato fino a quest'ora?».

Esito a rispondere. Dopo qualche secondo di silenzio lei riattacca: «Sai di puttana!».

«Nicole, cosa cazzo dici?»

«Dico che sai di puttana. Il tuo odore, la tua pelle…»

Mentre lo dice, i suoi occhi sono lucidi e la voce è rotta.

«Nicole, tu stai impazzendo, ogni giorno ce n'è una! Smettila, hai perso il controllo!»

«Dov'è, dov'è il mio Simone, eh? Dov'è? Io non lo vedo!» urla e piange. «Dov'è finito il mio amore? Il mio principe azzurro? Dove cazzo è finito... Io non lo vedo più, io non lo sento più...»

Le ultime parole le pronuncia alzandosi dal divano e uscendo dal salone, con un filo di voce, la sento a stento. Io resto impietrito mentre la vedo voltarsi un attimo, disperata, per guardarmi e poi girarsi ancora, di scatto, sparendo lungo il corridoio, per poi entrare in bagno.

Mi fermo a osservare il gioco degli inserti del nostro parquet, quello che abbiamo scelto insieme due anni fa, appena trasferiti. Cinquecento euro al metro quadro. Lei mi aveva chiesto se non fosse troppo, io le avevo risposto che i soldi non erano un problema. Che nulla era troppo. E che di problemi non ce n'erano, perché io ero lì apposta per risolverli.

Il nostro, del resto, è un appartamento da ricchi, in via Massimi, zona Balduina, trecento metri quadrati in una palazzina prestigiosa e di grande valore architettonico. Solo quattro appartamenti nello stabile, due notai, un senatore e noi: Simone e Nicole Coretti. A trentacinque anni, direi che non ce la passiamo affatto male. Siamo dei privilegiati, e questo Nicole lo sa, anche se a volte finge di dimenticarlo.

Faccio l'avvocato, l'avvocato d'affari, e sì, lo so, sono giovane, ma sono anche tanto ambizioso, spregiudicato. Efficace e spietato. E bravo, sì, io sono bravo, nessuno è bravo come me! L'avvocato d'affari non fa quello che ti immagini faccia un avvocato: non va in tribunale, quasi mai, a differenza di quello che il comune cittadino potrebbe pensare. L'avvocato d'affari se ne sta nel suo studio, seduto sulla sua poltrona in pelle, e osserva. Osserva occhi, osserva contratti, osserva parole. E questa ossessione per l'osservazione ha un solo motivo, un solo obiettivo:

trovare escamotage legali per risolvere problemi, per procurare grossi vantaggi a clienti disposti a sborsare un sacco di soldi per guadagnarne molti di più grazie al frutto del tuo lavoro, della tua ossessione. In sostanza, l'avvocato d'affari fa in modo che i ricchi siano sempre più ricchi, correndo il minor numero possibile di rischi e tutto rispettando scrupolosamente le regole, cioè le leggi, anche perché le leggi sembrano fatte apposta per chi, come me, le sa capire, interpretare e sfruttare a proprio uso.

Io faccio questo nella vita. Me ne fotto di ciò che è giusto. Non ho una morale, non più, o non nel senso comune con il quale normalmente questa viene percepita. La mia morale sono i soldi.

Non ho un dio. Il mio unico dio sono i quattrini, il successo, il conto in banca, il potere... il mio unico dio sono io.

La mia etica è la vittoria. Io sono bravo se ottengo il risultato che si aspettano i miei clienti. Ma Nicole questo non lo capisce, lei vive ancora nel mondo dei sogni, parla di cose che fanno ridere. Nemmeno un bambino crederebbe a quelle stronzate. Fottuti sentimentalismi, stanno rovinando il mondo, e mandano tutto a puttane...

Del resto, lei cosa potrebbe capirne? Nella vita si occupa di profughi, difende i loro diritti, li aiuta a curarsi, li accoglie, li assiste quando hanno malattie, fa in modo che non si sentano esclusi... E tutto questo per cosa? Così poi possono venirci a rubare a casa in modo più energico!

E poi sono stanco, sono stanco, cazzo. Sono le due, è tardi. Sono rimasto chiuso in studio fino a mezzanotte, poi ho fatto un giro con un collega. Abbiamo bevuto uno Château Lafite Rothschild del '90 nel locale privato di un suo amico. Ho esagerato, lo ammetto, aveva della coca, era buona, e c'erano delle sue *amiche*... e Nicole negli ultimi tempi è sempre tesa e non ha mai voglia di farlo... e allora sì, ne ho approfittato, erano tremendamente eccitanti. Ma non significa niente, non significa niente...

Il problema è lei. Tutte le sere, a qualunque ora io rientri, lei è lì, col fucile puntato. Ce n'è sempre una, non se ne può più, urla in continuazione, tira piatti, rompe tutto in casa, prima o poi i vicini chiameranno la polizia. Non lo capisce che siamo persone distinte, che abbiamo un'immagine da proteggere, noi.

«Un'immagine da proteggere?» urla, mentre mi spoglio per infilarmi a letto. «Ma non ti vedi? Sei ubriaco, fatto, fai schifo! Pensi che basti indossare un vestito Armani e mocassini da duemila euro per essere una persona distinta? Le persone ti schifano, Simone, ti guardano in faccia, ti guardano negli occhi, e ti schifano, anche se non urli!»

Non le rispondo, non ne ho le forze.

Tolgo il mio Audemars Piguet e lo ripongo nel cassetto del comodino. In fondo, dietro gli occhiali da lettura e i fazzoletti con le mie iniziali ricamate, scorgo un biglietto.

È una cosa che ho scritto a Nicole qualche anno fa, credo fosse ai tempi dell'università, non capisco come sia finita lì...

Questa notte ti ho sognato. E poi ho sognato che io ero uno di quelli che mette da parte l'orgoglio e ti invia un messaggio con scritto: "Non vorrei perderti", uno di quelli che mette l'amore e le sue vibrazioni al centro di tutto. Uno di quelli che non ti lascia andare senza lottare, senza mettere prima sul piatto tutta la sua vita. Eravamo in macchina, nella mia, accostati a un marciapiede, in mezzo al traffico, fra tanta gente che, passando, non poteva fare a meno di guardarci, mentre ci dichiaravamo amore con gli occhi, con gli sguardi, senza dire una parola. Ma non c'era rumore, perché c'eri tu. E non c'era casino nel mio cuore, perché c'eri tu. E non c'era nient'altro intorno a me, perché c'eri tu. Eri bianca come il latte. Bianca come la notte quando non smetto di pensarti. Bianca come te. E non c'era modo di sfiorarti senza provare quella sensazione di staccare di colpo i piedi da terra e volare. E non c'era modo di baciarti senza sentirmi il cuore esplodere in mille piccoli pezzi di magia. Era un sogno così, c'eri tu, il cielo, il silenzio. L'amore. Eri tu.

È scritto in nero, e sotto c'è la sua risposta, con la penna blu: "Ti amo, grazie...".

Lo leggo di sfuggita e ci vedo solo parole, vuote e inutili.

Poi lo ripiego e lo ripongo sotto una piccola pietra blu impolverata. È lì da anni, io e Nicole l'avevamo trovata per terra, camminando di sera sul lungomare di Salerno. Stavamo insieme da poco, non ha alcun valore, vale meno di un sasso, ma lei ci teneva tanto, anzi, oggi direi troppo... Era convinta fosse il nostro portafortuna, l'emblema della nostra relazione. «Qualcosa di semplice, speciale e prezioso come il nostro amore» aveva detto osservandola.

Pensavo di averla buttata. Sempre a caricare tutto di significato, lei! Nicole e la sua visione della vita romantica e bizzarra... Devo fare un po' di pulizia nel mio comodino, si è accumulato di tutto nel tempo!

Mentre chiudo il cassetto sento un bruciore che mi sale nello stomaco. Sono davvero cotto, crollo mentre la sento blaterare qualcosa che ha a che fare con il nostro amore. Che si sta perdendo. Che si sta perdendo...

Ore 09:04:55.784

Il sole è sorto alle 7.18
Tramonterà alle 18.36

L'asse della sfera è a 45 gradi dal piano, mancano 12 secondi al probabile contatto. L'odore che si sente è quello della cellulosa di vario genere, qualità e spessore, ma c'è anche un retrogusto acre, oltre a vari profumi più o meno gradevoli.
Il cielo è limpido.
Ma fa freddo, e non è il solito freddo…
Gli sguardi saccenti.
I sorrisi sicuri e arroganti.
La distanza esatta dall'obiettivo è 230,7 millimetri.
Manca poco, ma è la tua vita…

E pensi: "Non vorrei essere qui, vorrei essere il respiro leggero dietro il tuo collo…".

3
Tu c'eri quando nemmeno io sapevo dov'ero

La storia di Sally...

Venerdì 7 dicembre

Non faccio nemmeno in tempo ad aprire la porta a Benedetta e Geggy che squilla il telefono. So che è Marzia, perché a lei ho associato come suoneria *La musica che non c'è* di Coez. A Benedetta ho associato *Occhi profondi* di Emma, a Geggy *Sul ciglio senza far rumore* di Alessandra Amoroso...

«Ohi, Sally!»

«Ohi!»

«Prima dimenticavo... Ho sentito Paco...»

«Sì, me lo ha detto poco fa su WhatsApp...»

«Ah, ok... E niente, volevamo organizzarci per vederci tutti insieme alla base, perché sa che tu, Benedetta e Geggy non andrete negli stessi giorni a lezione di canto, lì alla scuola... E niente... allora se riusciamo a fissare un giorno che va bene per tutti, magari un pomeriggio verso le quattro... Cannetta, chiacchiere, il solito insomma...»

«Magari! Allora, guarda: io ci vado di sicuro il prossimo lunedì e quello dopo ancora...»

«Io lunedì prossimo non posso perché ho il dentista, che palle! Non mi ci far pensare... Però il lunedì dopo va benissimo, ora scrivo a Paco e Ric! Tu dillo pure a Benedetta e Geggy. Se va bene confermiamo! Adesso scappo, amo! Sono già con Giulia!»

«Ok! Bacio! E salutami Giulia! Come sta? La voglio troppo vedere!»

La sento bisbigliare qualcosa, in sottofondo mi arriva la voce di Giulia.

«Ti saluta anche lei, le ho raccontato la cosa di Andrea... Ti abbraccia forte e dice che dobbiamo organizzare presto!»

«Oddio, ringraziala! Sììì, prestissimo!»

Giulia è un'altra amica con cui sono cresciuta. Dall'asilo alle medie è stata in classe con me e Marzia, poi è andata in un'altra scuola, ma siamo rimaste sempre in contatto. Sia io sia Marzia la consideriamo una cara amica, la frequentiamo di meno ma ci sentiamo spesso, e non mancano le occasioni di vederci avendo tanti amici in comune!

«Ciao, Sally, come stai?» È Giulia che ha preso il telefono.

«Giuliiiiii! Che bello sentirti! Eh, insomma... qualche piccolo dispiacere d'amore, come avrai capito. Comunque bene, dài...»

«Eh, ho sentito la cosa di Andrea... che stronzo! Avrebbe fatto incavolare anche me, la situazione! Ma tu cerca di essere superiore...»

«Hai ragione... ma sento che dentro mi brucia tutto. Comunque, oh, dobbiamo vederci troppo!»

«Dài, ti scrivo nei prossimi giorni e organizziamo!»

«Ok, Giuli! Bacini...»

«Bacino, Sally, e sii forte, eh!»

Poi Marzia riprende il telefono: «Amorinaaa, allora ci sentiamo presto!».

«Ok, teso, abbraccio forte!»

Chiudo il telefono e, finalmente, abbraccio Benny e Geggy. Poi saliamo in camera mia.

«Ma insomma» dice Benedetta mentre ci buttiamo sul letto, «questa Alessia che cavolo vuole?»

«Assurdo, guarda» aggiunge Geggy. «Che poi siete amiche, no?»

«Ex amiche!» sottolineo rapidamente.

Io e Alessia ci conosciamo dalle medie e abbiamo fatto il ginnasio nella stessa classe. Per un periodo siamo state davvero tanto amiche, o almeno io pensavo lo fossimo, anche se Marzia mi ha sempre messo in guardia da lei... In quel periodo ci siamo confidate tutto, qualunque cosa ci passasse per la testa. Sa bene quanto sia presa da Andrea, sono persa di lui da quando l'ho incrociato per la prima volta nel corridoio della scuola, lo ricordo come se fosse oggi, era il primo giorno del primo anno, e lui era lì, col suo gruppetto di amici già padroni della situazione, bellissimo e sicuro di sé... Ne avevo parlato subito proprio con Alessia, e lei mi aveva detto che lo conosceva, perché uno dei suoi migliori amici, Giampaolo, era a sua volta un amico stretto di Andrea. Avevo tredici anni, lui uno più di me, e in quel momento ho sentito, per la prima volta in vita mia, lo stomaco rigirarsi, e la fitta, quell'inconfondibile fitta al cuore, era la fitta dell'amore, quella che ti fa capire qualcosa della vita che fino a quel momento ignoravi. Un misto di terrore ed eccitazione, smania e gioia, la testa nel pallone, il battito accelerato. Ero cotta. Di quelle cotte che ti fanno fare cose sciocche e ti colorano le guance di rosso. Tutte le mattine speravo di incontrarlo o facevo in modo che succedesse, mi truccavo, mi facevo bella per lui, per quei pochissimi secondi in cui i nostri sguardi si sarebbero incrociati. La prima volta che ho avuto la possibilità di scambiarci qualche parola, mi sono sentita terribilmente stupida e impacciata. E per niente sexy o interessante. E le mie guance non erano nemmeno rosse, erano bordeaux...

Alessia faceva l'amica, si mostrava solidale, complice, mi dava consigli fingendo di aiutarmi, e io mi confidavo, come una scema... Solo dopo ho scoperto che quando gli parlava di me non lo faceva affatto nel modo che credevo, anzi... lui mi ha confessato che lei cercava in tutti i modo di mettermi in cattiva luce, inventando anche storie e bugie sul mio conto, lo metteva in guardia cercando di insinuare il dubbio che io non fossi affidabile e sincera. Io…

Quando io e Andrea ci siamo messi insieme, poco più di due anni fa, lei ha iniziato a comportarsi da vera stronza e io l'ho allontanata, ma senza mai litigarci apertamente… Non gliela do, questa soddisfazione! Magari rischierei pure di sentirmi dire che sono una paranoica egocentrica… Anche perché non ho mai avuto la prova certa che i miei sospetti siano fondati, ma io lo sento! Il fatto è che ha la possibilità di incontrare spesso Andrea, anche quando non ci sono, per via di Giampaolo, e quando succede fuori dal mio controllo la cosa mi fa impazzire. Non mi fa dormire. Lui minimizza sempre, dice che esagero, e ogni volta che lo dice mi viene da piangere per la rabbia. Che poi lei è pure una gnocca, vaffanculo. Volgare, ma gnocca. Sì, insomma… una che piace ai ragazzi, tutta curve, tette, culo, foto in posa con bottiglie costose nei privé delle discoteche fighette, risatine cretine… Tutto il contrario di me.

«Ma sei sicura che ci sta provando, Sally?»

«Ma certo!» rispondo a Geggy, irritata, mentre Benedetta ci scruta facendo anelli col fumo della sua sigaretta rollata a mano.

«Spegni quella sigaretta che se entra mia madre comincia a rompere, oggi torna prima dal lavoro…»

Alza gli occhi al cielo. «Che palle, l'ho appena accesa! Oook…»

Prima che la spenga nel vasetto di viole che tengo sul davanzale della mia camera, faccio un tiro anche io.

«Se mi dai cinque euro non dico alla mamma che avete fumato in casa!»

Mia sorella Claudia, undici anni, entra all'improvviso nella stanza. Con la faccia da furbetta e il sorrisetto beffardo.

«Ma è spietata!» urla ridendo Geggy, con ammirazione.

«A parte che era solo Benedetta che fumava… e poi, brutta

mostriciattola spiona ricattatrice che non sei altro, tu cosa ci devi fare con cinque euro?»

«Devo prendere una cover troppo figa per l'iPhone!»

«Un'altra?»

«Sì, ma questa è super! È di Ariana Grande.»

«E poi dove vorresti andare da sola?»

«Mi accompagna Alejandra» dice alzando il mento come un generale dell'esercito intento a dare un ordine.

Alejandra, la dolcissima signora che ci aiuta nelle faccende di casa e non solo, è dietro la porta e sorride godendosi la scena con le braccia incrociate sul petto.

«Ok, poi vediamo, se fai la brava forse te li do... ma adesso togliti dai piedi che stiamo parlando!» ribatto, facendo l'occhiolino ad Alejandra.

«Perché, io non posso sentire?»

«No, sono cose da grandi!»

«Tanto parli sempre di Andrea e di quanto ti fa soffrire e gnegnegnè!»

Benedetta e Geggy scoppiano a ridere e le battono il cinque, eccola là la smorfiosetta più dolce, bella e paracula che conosco...

«Claudia...» la brucio con gli occhi.

«Ok, ok, me ne vado... ma non ti scordare dei cinque euro. Ti tengo d'occhio...» dice mimando il segno della V che dai suoi occhi si muove e diventa un indice puntato verso di me.

«Sparisci!»

Lei si gira, abbraccia Alejandra e poi se ne va sbattendo la porta. Finalmente, rimango sola con le mie amiche.

Benedetta ha quasi diciassette anni e Geggy, come me, quasi diciotto. Stanno insieme da circa sei mesi. Ho conosciuto Geggy circa due anni fa al Gay Village, a una serata black a cui ero andata con Giulia. Siamo entrate subito in confidenza, come se ci conoscessimo da una vita. Grazie a lei ho deciso di aggregarmi al corso di canto privato che frequentava, tenuto da Federica, che, oltre a essere poi diventata una mia cara amica, è un'insegnante bravissima e molto nota nell'ambiente. Io avevo voglia di qualcosa di diverso dalla musica classica, che studio da quando ero piccola con un maestro che viene a farmi lezione a casa. Suono il pianoforte, e in teoria dopo il diploma dovrei entrare in conservatorio, affiancandolo all'università. Nei miei piani ci sarebbe Giurisprudenza, ma negli ultimi tempi i miei piani li metto spesso in discussione, ho le idee poco chiare e il futuro mi sembra pieno di incertezze.

La scuola, però, è uno dei pochi punti fermi della mia vita. Lì io e Geggy abbiamo conosciuto sia Benedetta sia Paco, che fra qualche giorno compirà diciotto anni e vive a Casetta Mattei, una zona di periferia molto vicina al posto in cui si tengono le lezioni. Veniva spesso lì, gironzolava fra una sala e l'altra, qualche volta assisteva alle prove di canto, altre guardava il fonico mentre lavorava al missaggio dei brani. È un amante della musica, spazia dal pop alla trap, ma in particolare è un fissato con la musica indie e con l'hard disk recording, che sarebbe tutta quella roba che serve a creare musica col pc, o almeno così mi pare di aver capito una volta che ha provato a spiegarmelo. Dice di produrre dei pezzi tutti suoi a casa, in un piccolo studio di registrazione che si è tirato su da solo nella sua stanza, ma a noi non ha ancora fatto sentire nulla, credo per timidezza.

In questi due anni siamo diventati tutti ottimi amici, anzi, più che amici: noi siamo una famiglia. Al gruppo si sono aggiunti anche Marzia e Riccardo, il migliore amico di Paco, che ha vent'anni e lavora part-time come apprendista da un meccanico, un tale Leo, di cui parla sempre come fosse un mito. In più, ultimamente, soprattutto nel fine settimana, sta lavorando anche in un pub del centro come barista. Riccardo abita sopra Paco ed è un soggetto assurdo. Ha la fissa di collezionare ragazze, passa da una all'altra come niente fosse e parla sempre delle sue performance, di quanto ci sa fare, di come le conquista. È ridicolo, ma ci fa ridere troppo! E poi, nonostante voglia atteggiarsi a *bad boy*, sappiamo tutti che è un buono...

Marzia, in questo gruppo, è l'elemento apparentemente più estraneo: lei è una bambolina, la classica Barbie dei Parioli, bionda e minuta, con gli occhi azzurri, le lentiggini e un nasino perfetto. Ma è adorabile e folle, non sarebbe la mia migliore amica se non fosse così, e tiene a noi in un modo assurdo.

Noi siamo il gruppo stretto, la famiglia, l'intimità. Il focolare. Anche se non sempre riusciamo a vederci tutti insieme, per via degli impegni di ognuno, in particolare lo studio, e poi perché non siamo ancora del tutto autonomi. Negli ultimi mesi, la frequenza delle lezioni è diminuita e capita di vederci dove capita, a casa di uno o dell'altro. Da un po' di tempo ci incontriamo nel mio quartiere, sugli scalini di un palazzo di fronte al mio, in piazza Mincio, o nel parchetto dietro casa. Ma prima era la scuola di musica il nostro punto di riferimento principale: lì dietro c'è un muretto, e noi ci buttavamo sempre lì, a fumare, a raccontarci tutto, dall'amore alle paranoie, dalle cazzate alle cose serie. La musica è davvero la cosa che ci accomuna di più, anche Ric e Marzia, che non cantano né suonano, eppure la amano tantissimo. La sentono nel cuore. Perché la musica, prima di ascoltarla con le orecchie, devi sentirla nel cuore... Ric poi ci chiede sempre pezzi nuovi e romantici da mandare alle donzelle che corteggia, ecco, per lui è anche un po' un lavoro...

Ed è grazie alla musica che è nato l'amore fra Benny e Geggy, precisamente sulle note di *Lei* di Gianna Nannini, che poi è diventata un po' la loro canzone... Geggy lo racconta sempre: «È stata Benedetta a fare il primo passo, con quel suo sguardo profondo, con quel modo da stronzetta sicura di sé e i capelli rasati e la frangetta... Ci fissavamo da un sacco di tempo, ed era già tutto chiaro. Facevamo l'amore così, guardandoci negli occhi...». E ogni volta io mi squaglio, perché sono troppo dolci...

«Va be', magari è vero che non è successo niente...» dice Benedetta, e mi guarda con quei suoi occhioni neri e intensi. Ha uno sguardo forte, Benedetta, accentuato da quel taglio di capelli deciso, molto mascolino. Ma i lineamenti del suo viso sono armonici, e così tutto il corpo, esile, minuto, pieno di grazia. Ha la voce ruvida che protegge una sensibilità profonda.

Geggy invece è una rossa bonazza con le tette enormi, le lentiggini e un corpo mozzafiato. Ed è di una dolcezza disarmante.

«Benedetta, io non lo so, a questo punto non so niente, siamo insieme da due anni e lui nell'ultimo anno è diventato un'altra persona, non fa che raccontarmi bugie e flirtare con altre, ma ti rendi conto di quanto ho sacrificato io per lui? Voi lo sapete... oltre alla scuola, esisteva solo lui per me!»

«E noi» interviene Geggy ridendo.

«Che c'entra, voi siete voi, guai a chi vi tocca!» rido anch'io, e ridiamo insieme. Poi proseguo: «Però sapete benissimo che l'anno scorso un sacco di volte ho detto di no alle varie uscite, ed era per stare con lui, perché credo nell'amore e lo amo da morire, e penso che l'amore vada curato, e sì, sono una scema idealista, una stupida romantica che lo prende sempre in quel posto...».

«Sally, guarda che non sei tu quella sbagliata...»

Benedetta conferma ancora con gli occhi e la mascella serrata.

«E allora perché mi sento così stupida? Perché mi ritrovo sempre da sola a combattere per due? Perché sono io quella che sta qui a soffrire e a parlare di lui, mentre magari lui è a casa a giocare a Fifa e si è già dimenticato della nostra litigata, di quanto ho pianto al telefono, di quanto mi fa stare male? Perché?»

«Perché noi siamo donne e loro uomini. Non sai che bello non doverci avere a che fare...» Mentre Geggy dice questo, Benedetta si avvicina, la prende per i capelli e la bacia.

«Oddio, quanto siete dolci e bellissime insieme! Però smettetela, sennò degenerate e poi per fermarvi devo chiamare la polizia, brutte porche!» dico mentre mi alzo e corro ad abbracciarle.

«Siamo tutte e tre belle insieme, anche tu lo sei! E prima o poi ti convertiamo!» Benedetta ride e fa l'occhiolino a Geggy.

«Guarda, ti prego, ti supplico, fai un incantesimo e convertimi subito, sì, lo voglio! Basta uomini! Basta uomini!»

Ridiamo fortissimo, strette l'una all'altra.

Poi mi arriva un messaggio di Marzia che mi conferma che per Paco e Ric è ok. A quel punto mi ricordo che dovevo dirlo anche a loro: «Ah, ragazze, ci becchiamo lunedì, non il prossimo ma quello dopo, tutti insieme alla base, dopo la mia lezione! Ho sentito Marzia che ha sentito Paco e Ric… per me è ok, voi ci siete?».

«Io sì!» dice Benedetta, e Geggy le fa eco.

«Vai, alla grande! Vi amo!» e ci abbracciamo ancora… «Dove eravamo rimaste?» chiedo.

«Che gli uomini fanno schifooo!» urla Geggy mentre alza le braccia al cielo e salta, e le sue tette pazzesche ballano con lei.

«Sììì! Che schifo!» urlo.

«Nooo, che bella questa! Metti a palla!» dice Geggy.

Mi giro e mi allungo per alzare il volume sul pc, cantano Marco Mengoni e Giorgia, e insieme a loro il nostro è un coro unico: «Qui non è facile guardare il cielo stanotte / […] per avermi insegnato a cadere / come neveeeeeee…».

Verso le cinque vanno via, le accompagno giù alla porta e prima di risalire prendo una mela dalla cucina.

La mia casa ha due piani più una soffitta, è un villino degli anni Venti in stile liberty. Al piano terra c'è l'ingresso, un salone enorme con tre grandi finestre che danno alla stanza una luce bellissima, il camino all'angolo e una libreria imponente piena di volumi, tra i quali alcuni di quelli che amo e che non entrano sugli scaffali della mia stanza: *Orgoglio e pregiudizio* di Jane Austen, alcuni di Nicholas Sparks, D'Avenia, Virginia Woolf, Murakami, Hornby, Calvino, Pasolini, le sorelle Brontë, (soprattutto *Cime tempestose*), e poi *Noi, i ragazzi dello zoo di Berlino*, *Jack Frusciante è uscito dal gruppo*, *Anna Karenina* di Tolstoj. O *La mia storia con Mozart* di Eric-Emmanuel Schmitt, dio, quanto l'ho amato... Ripenso ai titoli e torno a viaggiare, a sognare...

Sempre al piano terra ci sono un bagno, la cucina con al centro un grande tavolo in legno rotondo, dove spesso ci sediamo per mangiare io, Claudia e Alejandra, una camera-studio di mio padre, una di mia madre e un ripostiglio.

Sopra ci sono le nostre stanze da letto, più un'altra per gli ospiti in cui a volte dorme Alejandra. Ciascuna ha il suo bagno. Entrambi i piani sono circondati da balconi. Al terzo piano, nella soffitta, ci sono milioni di cianfrusaglie, vecchi mobili dismessi, le valigie, i giochi di quando ero piccola, vecchi album di foto, il corredo da sposa di mia madre, insomma, un pezzo importante della nostra vita...

Dopo aver mangiato la mela, mi chiudo in camera a studiare latino e storia seduta al mio scrittoio bianco, sotto la finestra. Metto una playlist a bassissimo volume su Spotify, passano Thegiornalisti con *Questa nostra stupida canzone d'amore*. E mentre cerco di capire il contesto e il senso di questa versione difficilissima di Apuleio, do un'occhiata al cellulare, controllo i profili di quella stronza di Alessia, scorro tutti i like, leggo tutti i commenti.

Non c'è traccia di Andrea.

Sono sicura che me la stanno facendo sotto il naso. Sapeva che avrei controllato e che non era il caso di metterle nemmeno mezzo like, ma se pensa che questo possa bastare si sbaglia di grosso. Anche sui profili di lui nessuna traccia di lei... Maledetti!

Su Tumblr c'è un nuovo post di Loy, un blogger che ho scoperto grazie a Laura, la mia blogger e scrittrice preferita…

Sono così tanto spugna, oggi, che se mi guardi negli occhi, per pochi attimi, è facile che io ti legga dentro, che assorba il tuo pensiero. Oggi è facile che, nel sentire che piangi dentro, io pianga fuori. Ed è facile che possa ascoltare le tue idee, dar loro dei nomi, sentirle ridere o lamentarsi. E così le tue emozioni, le aspettative, i dubbi, le paure. Forse sto semplicemente diventando un cazzo di fenomeno da baraccone, ecco. Una su cui fanno gli esperimenti. Facile che non sia più solo una questione di empatia, facile che io stia impazzendo. Ma, se io sono spugna, il mondo è acqua, e pioggia, e vento, è aria calda e fredda. È sole, è neve. E una spugna assorbe, e si arricchisce di varie sostanze, di vari agenti, di vari batteri, di molti aromi, di molti sapori, di odio e amore. Se io sono spugna, il mondo è schiuma.
Io spugna e tu ago. Io spugna e tu schiena. Io spugna e tu stringi. Cazzo, se stringi! E stringi, e apri, e chiudi. Poi, quando lasci, io resto lì, prima compressa, poi sempre meno, e poi eccomi qui che torno alla mia forma originaria, ad attendere la tua morsa, e le tue lacrime che mi bagnino ancora... Eccomi qui, a sentire il tuo cuore affaticato, a chiederti di stringermi, di stringermi forte e di abbracciarmi, di strizzarmi fino all'ultima goccia dell'anima. E guardami, guardami ora! Sono meno pesante, meno bagnata, meno schiumosa. Io che col mondo prima litigo e poi faccio pace. Io che prima piango e poi rido. Io che scrivo e non so farlo, che urlo senza emettere suoni, che stringo i pugni e resta il segno, che le unghie conficcate nel palmo, no, non fanno più male, e i denti stretti non serrano più la mascella, no, non più di così. Che alcune notti non passano mai, che alcuni sguardi non passano mai. Io che corro forte e brucio le suole, che parlo troppo e brucio parole, che capisco il significato ma non lo so spiegare, che ho dentro il senso ma non te lo so dire. Io che corro forte e manca il respiro, e ho il fiato corto, e la vista annebbiata, e il batticuore. E

i brividi, ho i brividi. Brividi di stanchezza, brividi di paura, brividi di stupore, di gioia, di ansia. Io che del profumo e dei colori del sentiero che percorro so tutto, ma degli ostacoli mai un cazzo. Io che infatti inciampo sempre ma che, in quanto spugna, non mi rompo mai. Mi sporco, ma non mi rompo. Mi deformo, ma non mi rompo. Mi taglio, mi ferisco... ma non mi rompo.
Una spugna si stringe e si dilata come un cuore, un cuore che dipende dalle tue mani e dalla voglia che hanno di giocare con me. Una spugna può cancellare e pulire la tua lavagna e poi restarne segnata, sporca e provata. Ma a lei va bene così, ché lei è nata per questo, per essere spugna. Io sono spugna.

Ma quanto è bello!
Poi leggo un post di Laura:

Se mi amassi non andresti via. Non mi lasceresti da sola, a ricucire le ferite, a chiedermi perché, o in cosa ho mancato, o quale, fra le mie imperfezioni, sia quella che mi rende più sbagliata ai tuoi occhi.
Se mi amassi, non ti dimenticheresti di tutto quello che c'è stato, delle rincorse, della pioggia di lacrime che ho versato per te, dei momenti solo nostri di magia pura, di quanto ho lottato per proteggerci, per proteggerti. Per proteggere il nostro amore.
Se mi amassi non lasceresti mai la mia mano, nemmeno adesso che sento il vuoto dentro, soprattutto adesso che mi ritrovo in un angolo a cercare un senso, al buio. Col freddo dentro.
Se mi amassi davvero come dici, non mi abbandoneresti mai, mi prenderesti ancora fra le tue braccia, facendomi sentire protetta, amata, compresa. Facendomi sentire a casa. Facendomi sentire tua.

Scrive da dio! Sta scrivendo un romanzo che non vedo l'ora di leggere, la seguo ormai da un sacco di tempo, la adoro!

Oggi ne ha pubblicati tre:

A te che leggi e sei triste perché aspetti un messaggio che forse non arriverà. Ci hai creduto tanto, hai fatto tutto quello che potevi per questo amore grande che ti ha spezzato il cuore.
A te che leggi e sai che fare un altro passo verso di lui equivale a perdere non solo il tuo equilibrio, ma soprattutto la tua dignità, perché fare qualche passo va bene, ma se i passi li fai solo tu no, non funziona così.
A te che leggi e ti chiedi quando arriverà anche per te un po' di sole, perché senti freddo, perché hai bisogno di un abbraccio, di quelli che ti sciolgono il cuore, di quelli che fanno di qualunque posto la tua casa.
A te che leggi e chiedi scusa a te stessa per aver perso tutto questo tempo, per aver provato tutto questo dolore, per non aver capito che se ti ama, semplicemente, te lo dimostra.
A te che leggi e adesso sai che l'amore non si elemosina, e che vali molto di più di tutto questo, e che di metterti in un angolo, tu, non lo permetterai più a nessuno...

Dio che meraviglia! E quanto è vero...
Leggo l'ultimo:

Ascolta, hai presente quando senti quel vuoto dentro farsi spazio nel petto? Quando il respiro si fa corto e la razionalità ti lascia? C'è di mezzo l'amore, il terrore di perderlo o che lui non scelga te, solo te. E poi c'è quella ragazza che gli gira intorno, ed è sempre troppo bella, tu la vedi così... ma lui può smettere di guardarla! Lui perché non smette di guardarla?
Ecco, questo è un pezzo della gelosia, che poi, dài, non è mai solo gelosia, è molto altro, è dubbio, insicurezza, non è solo gelosia, è anche ossessione, la tua, è anche mancanza di sensibilità, la sua.
E tu non sei mai abbastanza pronta per capirlo prima che succeda. E mai abbastanza onesta con te stessa. Onesta fino in fondo.
È una sensazione che ti destabilizza, ti rende insicura, ti sposta

dal centro del tuo equilibrio e ti fa perdere il controllo, ti fa sentire il sapore del tradimento al di là del tradimento, ti mette in competizione col mondo intero e fa in modo che da questa competizione tu esca sempre sconfitta. Meno bella. È un altro pezzo della gelosia, ma non è tutto.
Ora ti dico.
È come quando vorresti piangere senza un motivo, c'è la rabbia, un po' di vittimismo, c'è la voglia di essere al centro del suo universo, di essere unica, intoccabile. Insostituibile. C'è il desiderio di essere amata. Ha a che fare con i tuoi sentimenti, con le debolezze, con le ferite, col dolore passato, con chi non ti ha capita. Con quel ragazzo per il quale avevi perso la testa, tanti anni fa, e che improvvisamente ti ha abbandonata, lasciandoti per un'altra. Ha a che fare con chi non ti ha scelta fra tutto il resto come se tutto il resto, senza di te, non avesse senso. Con chi ha pensato che "in fondo era solo un bacio", mentre per te era molto di più... Un altro tratto della gelosia? Forse, ma non basta.
Ecco, ora vorresti fare un passo verso di lui, vero? Ma ne hai già fatti tanti e allora aspetti, forse pensi che farne un altro sarebbe perdere un po' di dignità, forse è solo l'orgoglio che ti blocca, forse vorresti che fosse lui a venirti incontro per una volta, che fosse lui a capirti. Forse vorresti solo farci l'amore e perderti fra le sue braccia. Ecco, forse vorresti solo questo: essere abbracciata. Basterebbe un abbraccio di quelli che scaldano il cuore quando fa freddo dentro, e tutti i dubbi e le domande e il dolore e la rabbia sparirebbero. Si dissolverebbero in quell'abbraccio.
"Ma perché non viene da me?" ti chiedi mentre stringi i pugni e senti il vuoto. E ti chiedi perché non viene a dirti che ti ama, che puoi stare tranquilla... Ecco, questo non è un pezzo della gelosia, questo è un pezzo della tua vita. Ora voglio dirti una cosa: tu sei già il centro dell'universo. Tu sei il tuo universo. Tu sei i tuoi sogni, le tue rincorse, le tue perdite, le tue ferite, la tua bellezza, il tuo sorriso, il tuo profumo, le tue fragilità. E le tue lacrime che sanno di rabbia. E di vita. Tu sei speciale!
Tu sei tutto il tuo amore!

No, va be', questo è come se l'avessi scritto io, non è possibile!

Giro subito il post sulla chat di gruppo, che ormai non viene quasi più letta da Paco e Ric perché è stata monopolizzata da noi donne. Geggy visualizza e aggiunge un cuoricino, Benedetta e Marzia la seguono. E tutte dicono che devono assolutamente condividerlo sui loro profili.

Alla fine è già arrivata l'ora di cena e della versione di Apuleio non sono riuscita a fare nemmeno la metà, perché ho la testa piena di pensieri...

Prima di dormire non resisto e mando un messaggio ad Andrea.

Sally: "Che fine hai fatto?".

Dopo pochi secondi visualizza e risponde.

Andrea: "Niente, sapevo che eri arrabbiata con me e ho pensato di non disturbarti".

Sally: "Be', potevi chiamarmi, o scrivermi qualcosa, se ti interessava...".

Andrea: "Non lo so, amore, forse ho solo bisogno di riflettere...".

Sally: "Ah, pure? Devi pure riflettere? Su cosa? Sul fatto che mi dici bugie o sul fatto che esci con una che ti si vorrebbe fare?".

Andrea: "Amore, questa cosa che mi si vorrebbe fare la pensi tu, ma non è vero! Alessia si comporta bene!".

Sally: "Lo vedi? La difendi sempre! Una che ti tocca il sedere sapendo che sei fidanzato si comporta bene?".

Andrea: "Era uno scherzo... non ricominciare, cucciola! A volte mi chiedo se la finirai mai di essere così negativa...".

Sally: "Negativa? Ma dico, stai giocando? Negativa? Tu non mi difendi! Non difendi il nostro amore! Lo metti in discussione per una stronza che non mi rispetta!".

Andrea: "...".

Sally: "?".

Andrea: "È che certe volte mi stanca, questa tua gelosia senza fondamento".

Sally: "Ti stanca? Senza fondamento?".

Sally: "Comunque, se la metti su questo piano, parla chiaro! Forse non sei più tanto sicuro!".

Andrea: "Non lo so, magari ho bisogno di una pausa, per fare una riflessione...".

Mi si gela il sangue. Ho il battito a mille. È già successo almeno cinque volte nell'ultimo anno, ma ogni volta mi si blocca il cuore e ho l'impressione di sprofondare per un attimo.

Sally: "Ok...".

Andrea: "☹".

Andrea: "Ok, dài, ci sentiamo presto...".

Tiro il telefono sulla scrivania, mi viene da piangere, ma non piango, bagno solo un po' gli occhi. Sono triste e stanca, non ce la faccio più, questa non è vita, non è una relazione, queste sono le montagne russe, ma la parte bella è andata da un pezzo... Ora è caduta libera.

Da mesi andiamo avanti con un continuo tira e molla, sono più le volte che litighiamo e sto male di quelle in cui sto bene o sono anche solo un po' serena. Dov'è l'amore? Dov'è? A che serve tutto questo? Andrea sembra sempre poter fare a meno della mia presenza, gli basta niente, una discussione come quella di questa sera, dove peraltro sono convintissima di avere più che ragione, per dire che ha bisogno di tempo per stare da solo, come se con me o senza di me fosse lo stesso. Come se stare da soli fosse meglio che stare insieme. Come se io più te facesse sempre io, cioè lui, e mai noi. Poi magari dopo un'ora cambia idea e mi richiama per fare pace, come se niente fosse successo, con quel suo modo paraculo. Invece non è mai "niente" quando si tratta del nostro cuore, quando in ballo ci sono i nostri sentimenti.

È brutto sentirsi marginali nella vita di chi dice di amarti.

Che poi, mi chiedo se io lo sia mai stata, per lui, fondamentale. E se mi abbia mai amata davvero. È da mesi che va avanti questa cosa di sentirmi incerta, in forse. E mi ferisce. Mi fa soffrire. Ne ho parlato spesso con Federica, e lei mi ha detto: «Se può fare a meno di te, allora sbagliavi, non era amore, ma solo qualcosa di cui puoi fare a meno tu!». E quanto ha ragione! Anche se poi dalle parole ai fatti ce ne passa, non è mica così automatico, non è mai facile lasciare andare le persone che amiamo. Non è mai semplice accettare di non essere stati scelti, c'è quella sensazione di sconforto che ci sorprende e ci rende fragili. E qualche volta ci fa cedere...

Non so più cosa immaginare. E pensare che darei tutto per lui, l'ho messo sempre prima di ogni altra cosa. Ma in fondo non mi sento stupida ad aver messo al primo posto chi pensavo facesse lo stesso con me. Non mi sento affatto stupida a spostare cene, programmi, mondi, stelle, pianeti, appuntamenti, compleanni, casa, testa, sguardi e cuore, per dare la priorità alle persone che amo, anche quando capisco di non essere ricambiata. La differenza è che, quando lo capisco, abbasso lo sguardo e sorrido. E poi mi godo cene, programmi, mondi, stelle, pianeti, appuntamenti, compleanni, casa, testa, sguardi, e cuore...

Sorrido. Contro qualunque logica, sorrido. Mi scatto subito un selfie, ho gli occhi tristi ma lo sguardo è vero, è quello che deve essere, sincero, autentico, malinconico. Quindi aggiungo un effetto un po' vintage, modifico la scala di grigi, quella che governa il mio cuore, e lo posto. Sotto scrivo:

> Tu c'eri quando nemmeno io sapevo dov'ero, quando lui mi aveva abbandonata e io mi sentivo persa, sola, in quell'angolo di buio e malinconia, sola e innamorata di un'idea sbagliata, di qualcuno che mi aveva usata, qualcuno a cui avevo dato tutto e che in cambio mi aveva bucato il petto e strappato il cuore. Tu c'eri in quel momento, non ricordo il tuo viso, ma ricordo il tuo

silenzio. E poi ricordo la tua mano che stringeva la mia. Tu c'eri, dolcissima amica. Sorella. Tesoro. Amore. E io non lo scordo. Io ti voglio bene.
E ci sarò.
Volevo dirtelo...

Taggo Marzia, Benny e Geggy. Prima di dormire leggo una vecchia Buonanotte di Laura che mi calza a pennello...

Intanto suona Alessandra Amoroso con *Stupida*...

4
Pagare tutto

La storia di Simone…

Lunedì 10 dicembre

«Vede, lei può decidere di pagare quello che le chiedono di pagare e ritrovarsi, la sera, sereno e tutto pacioso in casa, sul suo divano, col suo pigiama, insieme a sua moglie, a guardare la tv, da bravo marito e padre di famiglia, a contare i soldi che ha regalato a questi signori… oppure può valutare la cosa che le sto proponendo. Che non ha rischi, tutto legale, nessuna conseguenza, se non quella di farle risparmiare molti milioni, milioni che le spettano di diritto, milioni suoi e di nessun altro…»

Il ciccione milionario un po' viscido che ho davanti mi guarda e riflette, tamburella con le dita sulla mia scrivania e mi guarda di sottecchi. In realtà sa quello che vuole, ha già deciso, non ha avuto mai la minima esitazione, ma ha bisogno di recitare la parte della personcina perbene che si trova davanti a una scelta fuori dalla propria moralità. Ne ha bisogno per se stesso, per darsi un tono, per interpretare quel ruolo. È un atteggiamento che vedo di continuo nei miei clienti, una forma di protezione psicologica, credo. È anche un teatrino ridicolo, a mio parere, ma evidentemente per lui rappresenta un rito, qualcosa che lo fa sentire un po' meno il ciccione milionario e viscido che è.

«Nessun rischio?»

«Nessun rischio.»

«E non potranno farmi causa?»

«Chiunque può fare causa a chiunque, ma questo non significa che ci siano i presupposti per farla, o che la vinca, o che abbia molte chance di avere successo. Ecco, in questo caso ritengo che le loro chance, qualora fossero tanto folli da tentare, sarebbero prossime alle zero. Butterebbero solo molti altri quattrini...»

«Ma non pensa che in questo modo si ritroveranno in ginocchio?»

«Il mio lavoro è pensare a lei, dottor Vilia, non a loro...» Dopo averlo detto mi accendo una Marlboro e soffio il fumo in aria. «Oh, scusi... le dà forse noia se fumo? Che maleducato, non ho nemmeno chiesto...»

«No, no! Si figuri...» mi risponde, ma il suo cervello è lì, ai suoi milioni...

E dopo altri, pochissimi e studiati, secondi di esitazione, esplode convinto: «Va bene, avvocato, allora procediamo con la costituzione di questa società. Dove ha detto che sarà aperta? Anzi, no, guardi... non voglio nemmeno saperlo! Mi fido di lei!».

«La ringrazio per la fiducia, dottor Vilia!»

«Si figuri, avvocato Coretti, lo studio di cui è socio ha una fama che la precede, e lei, si vede, è un giovane brillante e capace!»

Saluto il dottor Vilia accompagnandolo alla porta e mi chiudo dentro. Sono quasi le dieci di sera, ma devo lavorare alla definizione di una transazione delicatissima, non posso andarmene senza averne delineato la struttura di base, domani devo condividerla con il mio senior e altri dello studio. Non ho cenato, ma non c'è tempo nemmeno per quello, mi sento nervoso e irritato.

Anzi, sai cosa? Do una botta, così posso tirare fino a tardi senza problemi. Ho assoluto bisogno di concentrazione, di energie positive. Me la sono procurata purissima, e si sente. Cazzo se si sente...

Ne faccio un uso sporadico. Sì, insomma, non proprio sporadico, ma nemmeno tutti i giorni, ecco. Non ne sono dipendente, la uso solo quando dico io... Ma in momenti come questo è fondamentale, oh, io qui sto decidendo le sorti di megamultinazionali, non sto giocando. Qui si fa sul serio!

Mentre leggo una clausola che ritengo vessatoria per la controparte, di cui domani devo informare il mio capo, arriva un messaggio sull'orologio. È Nicole.

"Anche questa notte andrò a dormire da sola. Che bella vita, proprio quello che sognavo..."

Sento una fitta alla tempia. Ma deve sempre rompere!?

Faccio come se non avessi letto e vado avanti...

Alle due finalmente stacco e chiudo. In studio c'è ancora qualcuno, perché vedo delle luci accese giù alla fine del corridoio. Questo posto è l'inferno...

«Ehi, Simo! Pure tu ancora qui?»

Vedo spuntare Giovanni, allora era lui...

«Oh, Giova'! Eh, sì, ma sto andando... tu ancora lavoro?»

«Naaa! Ho finito anch'io!»

Muove la testa veloce e tira su con il naso, come tirano su solo quelli come noi... sì, insomma, non come quelli raffreddati, e nemmeno come quelli che soffrono di una qualche allergia... quelli come noi, quando tirano su col naso, lo fanno con un gesto secco e nevrotico, e dopo si toccano di continuo con le mani, sotto le narici, poi si guardano le dita per capire se sono sporchi... E anche quando non c'è niente, sono quasi sempre sporchi. Ecco, noi siamo quasi sempre sporchi...

«Ah, ok... allora buonanotte, Gio! Ci becchiamo domani mattina, alle sette ho una riunione col board di Mafg Spa!»

«Sì, sì, lo so, ci sarò anche io, il prof mi ha chiesto di venire per valutare l'aspetto tributario... lui non potrà esserci, come sempre. Che figlio di puttana, eh? Quanto cazzo se la gode la vita, eh!?»

Il suo tono di voce è altissimo, urla, gesticola e ride forte. Deve avere proprio esagerato con la roba… nel frattempo si avvicina e quando è accanto a me mi sussurra, come se ci fosse il rischio che qualcuno potesse sentirlo: «Ohi, Simo! Ci facciamo un giro? Due botte e poi… Ho sotto le mani una di un livello altissimo… con quattromila ce la facciamo insieme, vive dietro al Colosseo… Oh, Simo, una figa che non te la so descrivere… roba pregiatissima, ti stupirai!».

Mi fissa e tira ancora su.

«No, Gio, sono a pezzi, nemmeno mi si alzerebbe, e poi già così non dormiremo nemmeno tre ore per essere qui domani. Dài, Giova', fa' il bravo, vattene a casa pure tu…»

Mi guarda serio, sembra quasi incazzato. Si avvicina a pochissimi centimetri, ha gli occhi da matto, è inquietante… poi dice, puntandomi contro il dito: «Ti ho capito, sai?».

«Cosa, Giovanni, cosa hai capito?» chiedo, serio anche io.

«Tu sei un brutto frocio sotto copertura!» "Copertura" lo strilla in un modo assurdo, poi scoppia in una risata sguaiata e mi salta al collo, abbracciandomi… «Vieni qui, amico mio, fatti abbracciare!» urla ancora.

«Ma levati dal cazzo! Ora dimmi, chi è il frocio?» urlo e rido pure io. Ostentando sicurezza. E poi l'abbraccio. Ma dentro di me sono sollevato, per un attimo ho pensato che mi avrebbe potuto tagliare la gola. E poi, lo ammetto, in questo momento dentro di me sono anche schifato. Un po' per lui. E un po' per me…

Quindi lo saluto e scappo. La mia Porsche completamente elettrica è nel garage sotterraneo dello stabile, interamente di proprietà dello studio, cinque piani, duecento avvocati, un'intellighenzia al servizio di tanti bravi cittadini perbene, milionari, ciccioni. E un po' viscidi…

“Quando ci rivediamo?”

È un messaggio di Veronica, una giovane praticante dello studio.

Non ci rivediamo, cara Veronica. Perché mai dovremmo rivederci?

5
Promesso?

La storia di Sally…

Sabato 8 dicembre

Frequento il penultimo anno del liceo classico. La mia è una scuola privata molto rinomata, fra i suoi ex alunni ci sono ministri, sindaci, diplomatici di alto livello, generali, presidenti di multinazionali, top manager e un presidente del Consiglio. I nostri professori non fanno altro che ripetercelo, e mi chiedo sempre come sia possibile che non si stanchino mai di farlo…

I miei genitori sono ex alunni. Direi che possiamo definirci abbastanza ricchi. Dovrei dire che siamo molto ricchi, ma se paragonati, per esempio, alla famiglia di Andrea, siamo *solo* abbastanza ricchi. Comunque è un dettaglio poco importante, e poi a essere ricchi sono i miei, e di conseguenza io e mia sorella non ce la passiamo affatto male, anche se a me dei soldi non me ne frega molto, mi interessa altro nella vita. Ho altri obiettivi, altri sogni.

I miei, oltre a essere ricchi, sono anche abbastanza difettosi come coppia: diciamo che non capisco perché siano insieme. Mio padre è un economista, uno dei massimi esperti di fisco e finanza, di questo e di quello, di giù e di su e blablabla, tutte quelle stronzate che ripete di continuo… Dio, che palle! È stato viceministro delle Finanze e pensa che tutto sia legato al denaro, che tutto si possa ottenere col denaro. E qualche volta ho l'impressione che il mondo, per come gira, gli dia ragione.

Comunque, io e lui non parliamo mai, anche perché non ci sarebbe alcun terreno comune per farlo: lui paga le rette del liceo e della scuola di musica, sgancia i soldi della paghetta, compra i regali al compleanno, a Natale, o in altre occasioni. Poi stop. Se ne fotte proprio. Si informa che a scuola sia tutto ok, più per non fare figure di merda con l'istituto, visto che è nel consiglio d'amministrazione, che perché si preoccupi realmente di me o di quello che faccio. Per lui conta solo l'immagine, la sua immagine. E il suo piccolo mondo fatto di lusso e frequentazioni importanti: lui non ha amici, lui ha *contatti*, più o meno influenti… Ha approvato subito la mia relazione con Andrea per via della famiglia di lui, avere dei nobili come consuoceri «si addice alla nostra caratura»… Coglione! D'altronde i suoi genitori, cioè i miei nonni, non sono da meno: sono freddi e distaccati persino fra di loro, e mia zia, va detto, è la persona più snob e odiosa che io abbia mai conosciuto.

Mamma invece viene da una famiglia semplice, i suoi erano piccoli imprenditori ora in pensione, non le è mai mancato nulla ma non vivevano di certo nel lusso. L'hanno fatta studiare in un'ottima scuola e poi in un'università altrettanto prestigiosa, facendo dei sacrifici non indifferenti, e lei li ha ripagati, perché è una donna brillante e piena di umanità. Solo che l'influsso di papà l'ha cambiata. L'ha spenta. Comunque lei ha una laurea in Storia dell'arte ed è la direttrice, qui a Roma, di uno dei musei più importanti e prestigiosi d'Italia. E sono sicura che è anche un sacco in gamba in quello che fa. Lei, a differenza di mio padre, un'anima ce l'ha, ma è incastrata in una vita che gliel'ha mangiata quasi tutta. Vorrei tanto che si guardasse dentro, una buona volta, e riscoprisse chi è. Odio il fatto che sia così remissiva nei confronti di papà, non riesce a contraddirlo, a combatterlo. Ma poi in fondo mi chiedo che senso abbia combattere l'uomo che hai sposato e che dovrebbe amarti, proteggerti da tutto, e non so mai darmi una risposta… Vorrei che reagisse, che la smettesse di appoggiarmi solo di nascosto, che la finisse una volta per tutte di dire: «Lo sai com'è fatto, no? Non diciamogli niente, tanto poi facciamo tutto quello che vogliamo noi, lo sai, papà nemmeno se ne accorge!». Ma come? Dobbiamo farle alla luce del sole le cose che amiamo, dobbiamo inseguirli a testa alta i nostri sogni, mamma! Dài, mamma, su, tu sei molto meglio di così!

Io non voglio morire dentro lentamente e, senza rendermene conto, a un certo punto ritrovarmi in un coma emotivo da cui nessuno potrà più salvarmi! Non voglio fare la sua fine. Io ci tengo alla mia anima.

Ho sognato Andrea, ma nel sogno eravamo felici, e facevamo l'amore. Mi diceva che mi amava. E c'ero solo io per lui.

Appena sveglia realizzo rapidamente come stanno davvero le cose, e sento un po' di amaro in bocca.

Mi fa soffrire il fatto che mi faccia passare per pazza, per una che inventa cose, che vede il marcio ovunque. Gelosa in modo malato, morboso... non è così, è brutto non essere compresi, vorrei che si sforzasse di capirmi, che facesse un passo verso di me. Perché non lo fai, Andre, perché?

E non ti rendi conto che ci sto male!

E non capisci che qualche volta la gelosia è solo un modo per proteggere la mia debolezza, un modo per dirti che ti amo ma che ho il terrore di perderti, che ti penso sempre ma ho paura che tu non mi pensi.

E non capisci che sono gelosa quando sono insicura, quando mi specchio e non mi vedo abbastanza bella, quando indosso un vestito e non mi sento abbastanza speciale. Quando guardo il mio corpo e lo vedo imperfetto.

E non capisci che impazzisco tutte le volte che ti sento distante, tutte le volte che basterebbe una tua carezza a calmarmi ma tu scegli di girarti dall'altra parte e ignorarmi, tutte le volte che qualcuno minaccia di distruggere quello che abbiamo costruito... Quando basterebbe un bacio sotto le stelle per portare il sole alla notte.

E non capisci che la gelosia significa aver già sofferto tanto, significa ferite mai rimarginate nel cuore, significa un muro mai crollato fra me e il resto del mondo. Significa che sentivo che tu, quel muro, lo avevi buttato giù. E tutte le volte che sono gelosa ho il terrore di ritrovarmi da sola, senza di te che sei tutta la mia vita, a raccogliere le macerie e i pezzi di questa nostra bellissima favola...

Mentre faccio pipì e guardo il telefono arriva un WhatsApp, è lui: "Ti amo, amore, scusami, mi farò perdonare...".

Mi ritrovo a provare quel brivido di felicità, quella sensazione di leggerezza che ogni volta prende il sopravvento e viene a salvarmi. E io non lo vorrei, davvero, non lo vorrei, mi piacerebbe essere più forte, ma non ce la faccio, mi fa sentire bene.

Non rispondo, ma sorrido. E mi vesto, col sorriso. Ed esco per fare colazione. Col sorriso. Arrivo al mio chiosco preferito, su via Tagliamento, in giro c'è un sacco di gente, si respira un'aria buona, c'è energia, e tutto questo mi rende elettrica ed eccitata. Oggi è l'8 dicembre, l'Immacolata, e nonostante a casa il clima non sia quello tipico della famiglia del Mulino Bianco o dei film di Natale, io sono comunque felice, perché faremo l'albero e sarà una piccola festa. Lo faremo soprattutto per Claudia, ma sotto sotto, lo ammetto, anche a me piace da morire. È come se fosse un appiglio per non perdere del tutto le speranze che un giorno, anche noi, saremo una famiglia felice. E poi il messaggio di Andrea mi ha sollevato...

Verso le 11 ci mettiamo al lavoro tutte e tre, in un angolo del salone di fronte all'arco che dà sull'ingresso, in modo che sia visibile per chiunque entri. Siamo io, mamma e Claudia, e per un attimo mi sento di nuovo piccola...

Quest'anno abbiamo deciso che il tema sarà il bianco. Alla

fine il risultato è ottimo. È davvero bello, le palline sono quasi tutte bianche e alcune di vetro. Mi mette tanta serenità.

Claudia si è divertita un mondo tutto il tempo, ma quando è arrivato il momento di spruzzare la neve spray è impazzita, era incontenibile, e anche se ha esagerato, glielo abbiamo lasciato fare perché in fondo è proprio questo il punto, quando si fa l'albero di Natale: divertirsi.

Ovviamente papà nemmeno se n'è accorto. Per lui queste sono banalità... A me invece riempiono l'anima, l'alleggeriscono, ma sembri averlo dimenticato anche tu, Andrea...

E poi lo sappiamo, non sono le grandi cose a stupirci davvero. Sono i dettagli a rapirci il cuore, quei piccoli segni apparentemente banali che ci cambiano dentro e ci accendono il sorriso, quei gesti di cui il mondo distrattamente non si accorge ma che invece ci fanno sentire speciali. Una luce fioca nel buio, un focherello quando fa freddo e abbiamo bisogno di un abbraccio, una scintilla all'improvviso quando tutto sembrava spento, un'incantevole stella solitaria nel cielo di notte che ci ricorda che niente è davvero finito e che nessuno è davvero solo. L'amore è questo: distinzione, unicità, meraviglia. Le piccole cose che fanno del mondo un posto più bello. Una virgola aggiunta di proposito, in una frase che solo in quel modo diventa significativa, una parola detta nel momento giusto che ci fa sentire al sicuro, il senso profondo di una carezza che ci sfiora quando ci sentiamo persi. Come una singola goccia di rugiada che ci colpisce, in mezzo a milioni di persone, e ci fa sentire unici in tutto l'universo. Questo vorrei da te, un minuscolo dettaglio della tua vita che parli un po' anche della mia. Che ci metta al sicuro. Al riparo da tutto. Perché adesso l'ho capito bene: chi ti ama, il modo per dimostrartelo, lo trova sempre.

Subito dopo pranzo arriva Marzia, che mi è venuta a trovare con una vaschetta gigante di Häagen-Dazs al caramello.

Mentre stringiamo i nostri cucchiai, pronte ad attaccarlo, mi squilla il telefono. È Andrea…

«Ciao amore mio, che fai?»

Ha una meravigliosa voce da stronzo, e quando vuole sa essere così sexy e intrigante.

«Ciao, sto parlando con Marzia. Che vuoi?» Cerco di ostentare distacco e freddezza ma sono così felice di sentirlo!

«No, niente, apri la porta…»

«Quale porta?»

«Amore, quante porte ha casa tua?» dice dolcemente, parlando come si parlerebbe a una bambina.

Non rispondo e corro all'ingresso. È qui per me, ho il cuore che mi batte forte…

Ma quando apro la porta non vedo nessuno.

«Non c'è nessu…»

Non faccio in tempo a dirlo che abbasso lo sguardo e le vedo: sono rose, un mazzo infinito di rose, saranno, boh, non so, tante…

«Oh, mio dio! Amoreee! Ma quante sono?»

«Duecento!»

La sua voce non arriva più dal telefono. Dietro le scale spunta lui, con quel sorriso maledetto, i jeans strappati e corti alle caviglie, le Adidas rosse, la camicia bianca e un giacca di lana blu, i capelli un po' lunghetti e mossi che gli cadono a ciocche sulla fronte, e l'atteggiamento da figo, uno che sa prendersi quello che vuole, una cosa che odio ma che allo stesso tempo mi fa provare un forte trasporto, che sa di sbagliato, eccitante e anche un po' perverso…

"Duecento rose per te. Per dirti che ti amo e che non volevo farti stare male. Mi perdoni, amore?" C'è scritto questo, sul bigliettino che trovo dentro.

Non riesco a trattenere la gioia, gli corro incontro e lo abbraccio forte.

«Ti amo troppo, Andre, sono stata troppo male!»

«Mi dispiace, piccola, davvero...» Lo dice e mi bacia il collo e poi la bocca.

«Ciao, Andrea! Come stai?»

Mio padre è sulla porta, felicissimo di vederlo. A me nemmeno ha salutato, quando è entrato...

«Salve, signor De Matteis! Tutto bene, lei come sta?»

Quando parla con mio padre, Andrea assume un atteggiamento serio e rispettoso. Il solito paraculo...

«Ma perché non entrate? Ma che belle rose! Alejandra, scusi... può portare dentro quelle rose e disporle sul tavolo?»

Mio padre quando si rivolge a Alejandra sembra parli con una schiava, usa un tono formale ma pieno di arroganza e superiorità, è odioso! Non sopporto che si rivolga a lei così!

«Faccio io, non preoccuparti, Alejandra!» dico mentre mi chino per raccogliere il mazzo, ma Alejandra corre comunque in mio supporto e insieme le portiamo dentro. Mentre le solleviamo Alejandra mi dice: «Sono bellissime, signorina...». Arriva anche mamma, con un gran sorriso, per aiutarci a sistemarle sul tavolo.

«Grazie, Alejandra!» dico nel modo più dolce che posso. Le avrò chiesto milioni di volte di chiamarmi Sally, ma dice che non se la sente, che suonerebbe irrispettoso. Che persona meravigliosa che è... da grande vorrei avere un centesimo della sua eleganza e dignità. Le persone sono convinte che l'eleganza sia vestire firmati o indossare abiti costosi e borse esclusive, ma io di donne eleganti come Alejandra intorno a me non ne vedo affatto, eppure lei di abiti costosi non ne ha...

Andrea saluta anche mamma, che lo abbraccia con calore. «Io mi fermo solo qualche minuto, poi lascio Sally e Marzia tranquille e vado a studiare... In questi giorni dovrò portarmi avanti con i compiti, lunedì ho due verifiche e avrò poco tempo per via della finale del torneo di tennis, quello a squadre dei club!» dice, tenendomi una mano sulla spalla.

«Vedi... Bravo ragazzo! Già! Questo per te è l'anno della

maturità, eh!» esclama papà, mentre mamma dietro di lui continua a sorridere con grazia senza dire una parola.

«Eh, già, signor De Matteis, quest'anno mi tocca! Poi si parte con il percorso universitario!» Lo dice fiero e sicuro di sé. Come cavolo fa a essere tanto sicuro?

«E cosa farai, poi? Hai deciso?»

«Sì, Diritto internazionale alla Terry's!»

«Bravissimo, Andrea, avrai un grande futuro, ne sono certo...» Poi si gira verso mia mamma, esclamando: «Anche la nostra signorina qui diventerà un grande avvocato!».

Mamma annuisce solo, poi mi guarda per un attimo e nei suoi occhi scorgo un velo di preoccupazione, come se volesse essere certa che io sia davvero felice e che fare l'avvocato sia davvero ciò che sogno per il mio futuro...

«Uno di quelli tostissimi, un osso duro!» concorda Andrea dandomi un pizzicotto sulla guancia. «Ma che bello l'albero di Natale! Complimenti!»

«Be', Andrea, sai, per noi contano molto certi valori e certe tradizioni... Ma so che per te e la tua bellissima famiglia vale lo stesso...» risponde mio padre allargando le braccia, con l'atteggiamento pacato di un prete. Che faccia tosta!

Li guardo e non riesco a dire una sola parola. A volte sembrano così simili, e questo è inquietante...

Dopo il suo solito show, che consiste nel raccontare ad Andrea qualche aneddoto *figo* (figo, ovviamente, solo dal suo noioso punto di vista) sul suo incarico da viceministro, gli stringe la mano e gli dà un'energica pacca sulla spalla. «Sempre in gamba, caro Andrea, eh!» e finalmente se ne va. Anche mia madre lo saluta e torna in cucina.

«Allora pace, amore?» mi chiede Andre a bassa voce, mentre saliamo le scale per andare in camera mia.

Marzia non si è mossa da dov'era, la trovo al telefono che parla con non so chi, ma è di sicuro un maschio, lo capisco dallo sguardo da furbetta che le viene quando ha a che fare con qualche flirt.

«Ciao, Andre!» dice mettendo in pausa il suo interlocutore.

«Ciao, Marzia, come stai?»

«Benissimo, grazie!» esclama con un sorrisetto nervoso. Lo guarda e poi mi guarda, quasi come per capire come deve comportarsi.

«Ehm… scusate… finisco un attimo, eh…» e indica con il dito il telefono.

«Fai, tranqui, Marzia!»

«Ma certo, figurati!» mi segue Andrea.

Quando lei riprende a parlare gli stringo la mano. «Sì, pace…» sussurro, e infilo la testa nell'incavo fra la sua spalla e il suo collo.

Ho solo tanta voglia di essere amata. Di potermi abbandonare…

«Ti amo, piccolina!»

«Anch'io, stronzo! Non farlo più, la odio, quella!»

«Non conta niente per me, lei, lo sai!»

«Non me ne frega, non farlo più, ok?»

«Ok!»

«Promesso?»

«Promesso!»

«E voglio andarci anche io al concerto di Mengoni!»

«Ti ci porto, amore, giuro!»

Scoppio in un sorriso liberatorio, e poi ci baciamo.

«Ho una voglia…» mi dice lui.

«Eh, ma…»

«Domani dopo pranzo ti va se andiamo al mare?» dice, e mi accarezza il viso con il palmo.

Mi mordo un po' le labbra, ammiccando di proposito. «Mmh… che porco! Pensi sempre a quello…»

«Ma no, solo qualche volta…» dice, e sfodera il solito sorriso strappamutande, a cui non so e non voglio mai resistere…

«Ok per domani…»

Ci baciamo ancora, poi se ne va facendo un gesto con la mano a Marzia, che è ancora al telefono.

Lo accompagno giù per le scale, sono abbastanza elettrica, eccitata. Ci salutiamo con un bacio lunghissimo dietro la porta.

Risalendo, trovo Marzia ad aspettarmi sulla soglia della mia camera.

«Ma allora, che è successo?»

Niente, la adoro, ma certe volte è davvero svampita.

«Eh, guarda...» Le indico le rose giù all'ingresso, sul tavolino.

«Mammaaa! Ma quante sono?»

«Duecento!»

«Sa come farsi perdonare, eh!»

«Eh, sì... lo sa bene...»

«Sei felice?»

«Sì, è una sensazione strana... Cioè, non lo so, mi percepisco sempre come appesa a un filo, nelle sue mani, non so... Un giorno mi manda sulle stelle, mi fa sentire speciale, l'altro pare quasi scordarsi di me, o mi fa venire il dubbio che se la faccia con qualcun'altra... Non so, ecco, forse non riesco a spiegarmi...»

«Certo che ti sei spiegata! Ma, amichetta, rilassati! Nessuno ti tiene in pugno. Tu sei Sally, quella alta, magra, con gli occhi verdi, i capelli lunghi e neri, le labbra carnose e un lato B da urlo!» Mentre fa l'elenco, tocca i vari punti del mio corpo, che passa in rassegna seguendone le linee. «Nessuno ti tiene in pugno, ok? Dovresti imparare a volerti più bene, tu non ti rendi conto di quanto vali! Non riesci proprio a capirlo...»

«Quanto sei matta! Ma io come farei senza di te?»

«No, non sono matta, sono sincera!»

«Grazie...»

Si avvicina e mi abbraccia forte. Poi cambia espressione da un momento all'altro e se ne esce con: «Comunque io Paco me lo farei!».

«Ahahah! Che pazza che sei! Ma come ti viene?»

«No, è che ora l'ho sentito su WhatsApp e mi è venuto in

mente. Mi serviva il contatto di quel suo amico che si occupa di ricambi, per via degli specchietti della mia macchina…»

«Cosa devi fare agli specchietti?»

«Cambiarli! Li metto rosa!» esclama, e fa la linguaccia.

«Rosa?» La guardo schifata. «…Ma, tornando a Paco… quindi te lo faresti?» e le do una spintarella.

«Sì, è troppo bono…» risponde, come chi è stato colto con le mani nel sacco. «Questo mi rende una bruttissima persona, vero?»

«Sì, Marzia, davvero brutta!» dico con voce severa e poi aggiungo, in fretta: «Però me lo farei anch'io e sì, anch'io sono una brutta persona…».

Lei mi osserva in silenzio, io lo stesso. E scoppiamo a ridere.

«Ti conosco troppo bene, lo so che tu non lo faresti mai. Prima di tutto perché sei cotta di Andrea…»

«No, ok, dài, scherzi a parte, non lo farei, innanzitutto per Andrea, perché a differenza sua io sono leale e non lo tradirei mai. Se sentissi il desiderio di andare con un altro prima chiuderei con lui… E poi non lo farei perché conta troppo di più l'amicizia, con Paco. Però sì, è proprio un bel ragazzo!» dico, e lo penso.

«Be', ma tu lo sai che io ho un'etica molto più flessibile della tua su queste cose…»

«Si dice "essere zoccole", non girarci intorno!»

«Ma dài, solo un pochino…» e fa l'espressione della finta bimba innocente.

Le tiro un calzino e poi corro ad abbracciarla.

Comunque, che Paco sia bello è innegabile. Anzi, è uno dei ragazzi più belli che io abbia mai visto. È un sacco alto, scurissimo, ha gli occhi verdi e i capelli lunghi fino alle spalle, che lega spesso con un elastico. Le labbra carnose e il naso elegante ma leggermente storto, regalo, insieme a una cicatrice sul sopracciglio sinistro, del pugilato, che pratica da quando aveva dodici anni. Lo praticava anche il padre, che a quanto pare ha anche disputato alcuni incontri da professionista quando era ragazzo. Paco è molto fiero di suo papà, che ha una piccola impresa edile, e quando ha del tempo libero va spesso ad aiutarlo. È anche per questo che ha un fisico statuario e atletico, pieno di muscoli, ma senza sembrare pompato. Se non fosse il mio migliore amico e io non fossi fidanzata, ecco, forse sì, lo ammetto, gli sarei già saltata addosso... Ma siamo davvero tanto amici, ci vogliamo bene come fratelli, e poi mi fa troppo ridere, è così dolce, il classico bonaccione. Non dà mai fastidio a nessuno, è in pace con il mondo, ecco. È totalmente disinteressato alla moda: d'inverno porta jeans, maglioni semplicissimi e sopra, spesso, un vecchio giacchetto di pelle che io adoro; da aprile a ottobre gira in bermuda, infradito e T-shirt sbiadita.

A volte ho l'impressione che soffra un po' il fatto di venire da un ambiente piuttosto umile, o il fatto che i suoi non siano affatto ricchi... Dice sempre che vuole studiare, diventare qualcuno, fare grandi cose. E fa spesso battutine, in particolare a me e Marzia, su quanto siamo fortunate. Però ha davvero un cuore d'oro. La domenica va in una comunità di ex tossicodipendenti, per dare una mano. E d'inverno, quando fa freddo, si unisce a un gruppo di volontari che va in giro per Roma a portare coperte, abiti e viveri ai senzatetto. Qualche volta sono andata con lui, e rientrando mi sono sentita più leggera. Lo adoro, e gli devo molto...

«Dài, fai un video!» dice improvvisamente Marzia mentre su Spotify suona Cosmo con *Quando ho incontrato te*.

«Ahahah! Che pazza che sei!» rispondo seguendola e alzando il braccio col quale punto il telefono per il video di Insta.

Guardiamo la fotocamera e intanto cantiamo, saltiamo, ridiamo... e io, come sempre, mi sento bene. È sempre così con loro, i miei amici...

La sera posto una mia foto dello scorso anno, dove sorrido in riva al mare, al tramonto, in inverno, e nella didascalia scrivo:

Amica è quando il mondo ti crolla addosso perché lui ti ha appena tradita e ti senti persa, morire, sprofondare.
Amica è quando sai che puoi chiamare lei, perché sarà lì, in silenzio, al buio, a tenerti la mano, a dirti che anche se ora non ci credi, che anche se adesso ti sembra impossibile, tu ne uscirai. E andrà tutto bene.
Amico è quando sai che hai fatto un errore, e la cosa ti pesa e ti fa stare male. E non sai con chi parlarne perché ti senti sbagliata e inadeguata.
Amico è quando poi pensi a lui, perché sai che ti ascolterà senza giudicarti, perché sai che dopo avergliene parlato, lui ti offrirà un abbraccio, un sorriso e una birra. E il mondo, all'improvviso, peserà meno.
Amica è quando in macchina con lei pensi alle tue paranoie, ai casini che hai nel cuore, ai dubbi, al futuro, alle speranze, e te ne stai lì in silenzio coi tuoi pensieri senza dire una parola.
Amica è quando lei fa lo stesso mentre guida seduta di fianco a te e pensa alle sue paranoie, ai dubbi, ai casini, al futuro e all'amore.
Amiche è quando a un tratto vi guardate, vi sorridete, e con gli occhi vi dite tutto quello che avete nel cuore. E poi scoppiate in una risata che sa di complicità, bellezza e liberazione.
Amico è il suo messaggio nel cuore della notte perché sa che non dormi, con quelle tre parole semplici ma meravigliose che fanno bene al cuore: "Io ci sono".
Amico è quando ti dice in faccia quello che pensa, quando ti fa notare che hai sbagliato, ma poi aggiunge che sarà comunque sempre dalla tua parte.
Amici è quando senza uno all'altro manca un pezzo.
Amiche è quando pensi a un modo per ridere e divertirti, ma sai che senza di lei niente sarà mai abbastanza divertente, e nulla ti farà mai davvero ridere...
Amico sei tu che non mi hai mai tradito.
Amica sei tu, che adesso sei lì a leggere queste parole perché te le dedico, perché sono il mio modo per dirti grazie...

E sotto, questa volta, oltre a Marzia e alle altre, taggo anche Paco e Riccardo…

Poi leggo un post di Loy:

Io mi confondo spesso.
Io che pensavo d'aver afferrato la situazione, e colto il senso, e capito al volo, e capito il volo...
Io che penso sempre che il mondo sia meglio o peggio di quel che è, e che io sia meno o più speciale di quel che sono, o che tu sia più o meno fermo di quel che sei.
Io che vorrei tirare fuori il bene dal male e il male dal bene, che penso sempre d'avere in mano l'insieme delle cose. Invece le cose non stanno mai insieme, stanno sempre per i cazzi loro. Io sicuro d'avere il polso della situazione, convinto di poter trainare tutto e tutti. Io veloce e presuntuoso, rapido e leggero, caparbio e arrogante, dubbioso e insicuro. Così liquido e gassoso che a furia di scuotermi m'hanno reso solido, e compresso, e pronto a esplodere...
Io spugna e aria. Io che ho bisogno dei tuoi "certo" e dei tuoi "per sempre", che se mi sgami chiudo gli occhi e se mi inganni mi chiudo nel silenzio, senza lacrime, solo silenzio. Io, doppio e triplo.
Io mi confondo spesso.
Io che ti diverto così tanto che alla fine ti annoio. Che ti stupisco così tanto che alla fine è normale, io che ti amo così tanto che alla fine ti odio, che alla fine mi odio, che alla fine mi odi, che alla fine non è vero. Io che a volte spero che la guerra non serva, ché la pace è più bella, io che spero che sfuggirti non serva, ché restare è più bello, perché tu sei diversa, e renderai diverso anche me, mi renderai migliore, meno velenoso, meno orgoglioso. Io che spero che tu non voglia rubarmi al mondo solo per dimostrare che hai vinto tu. Io che spero che tu mi voglia solo perché mi vuoi. Per volermi e basta. Per amarmi

e basta. Ché non ti serve sentire che mi stai perdendo per desiderarmi. Volerci senza sfuggirci, stringerci senza mancarci, salutarci senza dirci addio. Vicini, senza voler star lontani, allegri senza nostalgia di lacrime, e di sofferenze, e di passato... Senza lasciarci, l'un l'altro, piano piano, poco a poco, in una lenta agonia. Invece no. Cazzo, no. Tu sei come tutto il mondo, Cristo! Tu devi perdermi per sempre per volermi avere, e per desiderarmi per sempre tu non devi avermi mai. Mai più. Che se ci penso sorrido. Ché pensavo fosse un noi, invece era solo un io, ché pensavo di poterti accusare, invece ero solo io, ché pensavo di stare già lì, invece eri solo tu, ché pensavo di poterlo ingrandire, ma io più io fa sempre io, ché serve io più te per fare noi. Ché senza te non ci sarà mai noi, senza te non basterà mai io. Ché senza te non basterò mai io.
Ché noi, però, non lo generi con la calcolatrice, ché i calcoli sono un palliativo, un'illusione. È come una piantina, ma invece che uno servono due semi diversi, spesso opposti, che si devono unire, e oltre ai semi serve la terra, e l'acqua, e la cura, e un po' di concime, e un po' d'amore, un po' di culo. E se fa troppo freddo è un cazzo di problema, se fa troppo caldo è un cazzo di problema, se piove troppo è un cazzo di problema, se fai tutto quello che devi fare, e tutto va come deve andare, ecco, anche in quel caso, non è detto che nasca, quella burlona di noi. Che è una piantina magica, e nasce come un miracolo, in modo inspiegabile e improvviso, senza una logica, e non la cacci fuori con le mani dalla terra, e se ti incazzi che non viene su è pure peggio, quello è proprio il momento che non esce più. Poi un martedì mattina, così, quando ormai sembrava impossibile, ti svegli e, uscendo da casa per andare al lavoro, passi davanti al solito vasetto che non notavi più da giorni, e lei è lì, è nata, è vera. Solo che non è prezzemolo, è basilico, è un altro noi, e il basilico è pure meglio.
Ma forse sbaglio, ché io mi confondo spesso.

Ma wow! Che stile… è avanti!

Poi leggo un post di Laura e la sua buonanotte:

Ti ritroverai in un angolo, al buio, da sola, a guardarti dentro, a chiederti perché e cosa è andato storto. A sentirti sbagliata. Imperfetta. Inadeguata. Poi sentirai un nodo in gola, stringerai forte i pugni e, continuando a guardare dentro la tua vita, facendoti forza, con gli occhi lucidi, capirai che certe persone se ne stanno lì, a guardarti cadere. A vedere quanto resisti senza respirare, in apnea. Come se il tuo dolore fosse un gioco, il loro show. Sono le stesse persone che dicevano di volerti bene, ma non muovono un dito, non ti chiedono «come stai». Non corrono a salvarti. Le persone che intossicano la tua vita non meritano il tuo amore. Non meritano il potere di spegnerti il sorriso. Non meritano un posto nel tuo cuore.

Buonanotte a te che ti specchi e ti vedi sbagliata, eppure di sbagliato in te non c'è niente, il dolore non è mai sbagliato, l'amore non è mai sbagliato. E tu, bellissima e coraggiosa, che hai messo in gioco il cuore senza riserve, ecco, no, tu non sei sbagliata, tu sei una donna, una donna fantastica.

Prima di dormire mando un messaggio ad Andre…

Devo dirti una cosa, ha a che fare con i baci e col profumo del caffè, parla di vuoti e cieli stellati, parla di voli e notti insonni. Questa cosa che voglio dirti è difficile da dire, perché tutte le volte che ci provo mi manca il fiato, ma riguarda un po' i tuoi occhi, le tue mani, il neo dietro la spalla, il tuo maglione verde e la cicatrice sul ginocchio. Quello che devo dirti è un casino da dire, perché quando ci provo mi si blocca il cuore e sento le palpitazioni, però questa cosa è un po' legata al momento esatto in cui sorridi, a quando abbassi lo sguardo sorpreso da qualche

pensiero, a quando ti specchi e, anche se non lo dai a vedere, sei un po' insicuro, a quando qualche volta ti mangi le parole per l'emozione.
Le parole che volevo ascoltassi sono quelle che cerco da una vita, e sono tutte vicine al mio cuore, e al tuo cuore, e al nostro cielo, parlano di quando, come adesso tipo, non riesco a dormire perché ti penso, e farlo mi pare la cosa più bella del mondo, e non farlo sarebbe un po' come vivere senza respirare, o nuotare senz'acqua, una cosa impossibile, e queste parole che mi mancano perché forse non esistono non te le potrò mai dire perché non ne sono capace... tipo non ce la faccio a dirti che ti amo e che non posso vivere senza di te. Lo vedi? Io ci provo ma non ce la faccio. Però è bello pensarle tutte, dirtele con gli occhi. Con gli sguardi. Con gli abbracci infiniti, di notte, al tramonto. Appena svegli. Tutte le volte che sento che ne hai bisogno. Tutte le volte che sei tu, con gli occhi, a chiedermi di dirtele, queste cose che volevo dirti. E che non ti dirò...

Buonanotte, amore mio, grazie per la bellissima sorpresa, non vedo l'ora di fare l'amore con te... ♥

6
Cambiare la storia

La storia di Simone...

Giovedì 13 dicembre

Ieri Nicole mi ha chiesto cosa mi avesse fatto innamorare di lei.

Le ho chiesto come mai me lo chiedesse, perché la trovavo una domanda strana, e anche un po' inutile. Parliamo di così tanti anni fa che non vedo cosa possa contare oggi...

Ha iniziato a urlare come al solito, dicendomi che non capisco nulla, che era lei a chiedersi cosa avesse trovato in me. Stavamo cenando in sala, mi sono alzato e sono andato sul balcone a fumare, lasciandola strillare da sola.

Quando non litighiamo sono costretto a subire interrogatori serrati a cui non ho la minima voglia di rispondere. Ho già tante cose a cui pensare, non ho tempo nemmeno per respirare... Ci sono fasi, fasi nella vita. E questa per me è la fase della rincorsa di determinati obiettivi, e sono obiettivi grossi, importanti. Se fosse intelligente come dice, lo capirebbe da sola. La smetterebbe di torturarmi con questa ricerca spasmodica della lite. Facciamo vacanze di lusso, possediamo automobili che costano come una casa. Qualunque cosa abbia desiderato gliel'ho regalata, anche di più... a partire dall'anello che indossa, un diamante raro da duecentomila euro. Ma lei non è mai contenta. Non ride mai. Parla sempre di cose che non capisco, che non contano niente... Prima era il matrimonio, e le ho spiegato che non era il momento, che lo avremmo fatto, ma prima dovevo sistemare delle cose. Le ho promesso che poi ci saremmo sposati con una grande festa, di cui avrebbe parlato tutta la città, ma lei niente. È andata avanti per anni, questa storia, litigate su litigate per questo fottuto matrimonio, e a questo punto non so cosa succederà… Poi è stata la volta dei figli: e perché non abbiamo figli, e perché gli altri sì e noi no, e i figli e i figli… ma mica abbiamo cento anni! C'è tempo, cazzo! Non siamo mica nell'Ottocento, che si sfornavano figli a vent'anni! Che palle! E poi è stata la volta del lavoro… Pretende che io mi informi del suo lavoro, che me ne interessi, che vada a trovarla. Non capisce che io vivo in un altro mondo, il mondo della realtà, e che ho mille cose di cui occuparmi, figuriamoci se ho tempo per le sue cazzate radical chic… Tra l'altro, il suo non è neanche un lavoro vero, nemmeno la pagano! Che lavoro è se non ti pagano? Lei dice che prima o poi inizieranno a farlo, non appena arriveranno i fondi europei, ma lo dice da anni… Diciamocelo, è il passatempo di una giovane signora benestante che ha bisogno di dare un senso alla propria vita aiutando persone meno fortunate di lei. Un nobile intento, ci mancherebbe… ma io devo occuparmi di cose serie! E poi io mica le chiedo di venire a vedere quello che faccio in studio o in tribunale, io non le chiedo di comprendere le dinamiche del mio lavoro o di interessarsene, perché è il mio cazzo di lavoro, non il suo! Che noia…

«Avvocato Coretti, l'ha cercato un tale Chico, più volte. Dice di essere un suo amico…»

La segretaria entra nel mio ufficio distraendomi da questi pensieri.

«Ah, ok, chissà perché ha chiamato qui…» dico a bassa voce, quasi parlando a me stesso, abbassando lo sguardo per fissare un fermacarte che mi ha regalato lui quando mi sono laureato…

Chico è un mio amico storico, siamo cresciuti insieme. Vive in Colombia da dieci anni, a Cabo de la Vela, con una donna di lì conosciuta durante un viaggio di lavoro in Spagna. Si sono sposati, e ora hanno due figli. Nel tempo non ha mai smesso di cercarmi, ma ogni volta che ci sentiamo coglie l'occasione per accusarmi di vivere una vita sbagliata. Mi dice sempre che dovrei fare come lui...

Gli voglio davvero bene, e sono felice di sentirlo, ma le nostre strade si sono divise irrimediabilmente, come le nostre vite, e questo, a volte, lui finge di non vederlo...

«Ehm, avvocato, dice di averla cercata anche a casa...»

«Ok, Sonia, la ringrazio. C'è altro?»

«Sì, volevo anche dirle che è appena arrivato il dottor Conni.»

«Ottimo! Gli dica che sono da lui in cinque minuti.»

«Certo!»

Appena esce chiamo velocemente Chico.

«Ohi, Simooo!» il suo umore è costantemente positivo, e spesso, non so perché, questo mi irrita...

«Come stai? Ho saputo che mi hai cercato ora dalla segreteria... Nicole non mi aveva detto nulla, scusa...»

«Ma figurati... be', l'ho sentita un po' giù...»

«Lei è sempre giù.»

«Lo so, Simo, eppure io di lei conservo un altro ricordo, era diversa...» fa una pausa. «E anche tu...»

«Chico...»

«Ok, ok... dico solo che forse stai perdendo di vista le cose che contano, amico. Lo sai che te lo dico perché ti voglio bene...»

«Forse per me le cose che contano sono altre... e poi lei non è mai contenta di niente, potrei fare qualunque cosa...»

«Ripeto, Simo: io non me la ricordo così, Nicole. So chi è, abbiamo passato tanto tempo tutti insieme... c'eri anche tu, no?» Fa una risatina ironica.

«Direi di sì!»

«Ecco, lei non è così. Lei ti ama, ti ha sempre amato da morire, voleva solo altro... e tu sei ancora in tempo per cambiare la tua vita!»

«Oddio, Chico... Io non voglio cambiare la mia vita! Mi piace la mia vita! Amo il mio lavoro!»

«Ok, ok... se è così sono felice per te, fratello! Ma ti dico solo questo: pensaci bene! Ok?»

Faccio un attimo di pausa e poi rispondo: «Ok, Chico, ok... Ma ora devo andare, ho una persona importante di là che mi aspetta».

«Ma certo, Simo, vai! E grazie per il tempo, non voglio rubartene ancora...» Poi aggiunge: «Simo, aspetta... "importante"? Hai detto "importante", vero?».

«Sì, importante, è un grosso banchiere, tra i più potenti al mondo.»

«Ok, importante...» ripete lentamente, e continua: «Per me "importante" è altro, Simo. Per me "importante" è Miriam, non sai quanto la amo... per me "importanti" sono Ruben e Carlos, darei la vita per loro. Per me "importante" è poter passare del tempo con le persone che amo. Io non voglio essere uno che si accorge delle cose che aveva solo dopo che le perde. Ho lavorato molto su me stesso per capire quanto è fasulla la dinamica dell'inseguimento, è stato un lavoro duro, ha che fare con la rinuncia alla felicità. E adesso, questo tratto, insieme a tutto il resto, mi connota e disegna i miei confini. Oltre i quali non si va. Dentro i quali restano in pochi...». Fa una pausa e aggiunge, serio: «Fra questi pochi ci sei anche tu...».

Resto in silenzio, poi abbozzo una mezza risposta: «Ok, Chico...». Cerco qualcosa da dire, ma proprio non mi viene. «Ora devo andare... grazie per avermi chiamato! Saluta i tuoi e state bene...»

Qualche volta una piccola luce, anche tenue, fa molto più paura del buio...

"Amore, perché non mi hai risposto?" È ancora Veronica... "Ho troppa voglia di rivederti. Ho voglia delle tue mani su di me. Di sentirti dentro. Ti penso sempre..."

"Mi dispiace, Veronica, non è proprio il caso..."

"Ma perché?"

"Perché sono sposato. Perché hai più di dieci anni meno di me..."

"Davvero l'età è un problema? Ma hai detto che con lei le cose non vanno!"

"Forse l'ho detto. Forse avevo bevuto troppo..."

"Io sento qualcosa di importante per te..."

"Veronica, ci siamo visti tre volte, e io non ti cerco mai..."

"Ma io la sento, basta anche una volta. E poi abbiamo fatto l'amore..."

"Ti prego, non cercarmi più. Ti auguro il meglio."

Apro il cassetto sotto la mia scrivania e prendo una bottiglietta di whisky. Ne butto giù un quantitativo sufficiente a sentire il fuoco fino alla punta dei piedi. E poi via...

Il dottor Conni, uno che da solo detiene il venti per cento di Banca Lenti, praticamente un impero economico, è seduto sulla poltrona in pelle della saletta privata del mio ufficio.

«Avvocato Coretti, salve!»

«Dottor Conni! Come va? La trovo in grande forma!»

«E io a lei!»

Dopo i convenevoli, iniziamo a parlare di lavoro. Sta preparando una scalata di quelle che faranno tanto rumore, e che finirà su tutti i media nazionali e internazionali.

Vuole essere certo che né lui né la sua holding siano esposti a rischi legali, che poi si tradurrebbero anche in problemi economici. Sarà seguito da varie unità del mio studio, io in particolare mi sto occupando di mettere su una squadra di avvocati esperti in diritto bancario internazionale che si metta sotto a studiare ogni minimo particolare, giorno e notte. La scalata è dietro l'angolo e cambierà la storia della finanza italiana.

Ecco, questo faccio io: cambio la storia.

Ore 09:04:56.446

Il sole è sorto alle 7.18
Tramonterà alle 18.36

Al contatto mancano solo 11,3 secondi, il cuore accelera, le mani sudano.
Un fulmine improvviso, oltre la finestra, rende l'atmosfera elettrica e meno serena.
Gli occhi sono puntati sull'obiettivo, guardinghi, sospettosi.
Ma l'arroganza genera ancora espressioni tranquille e saccenti.
Non manca molto…

E pensi: "Non vorrei essere qui, vorrei essere il bacio che ti sfiora appena, dietro al tuo orecchio…".

7
Sei rara!

La storia di Sally…

Domenica 9 dicembre

La prima volta che abbiamo fatto l'amore eravamo da lui, i suoi erano partiti per un weekend, era un sabato pomeriggio di fine maggio. In realtà ricordo anche il giorno, l'ora e qualunque altro particolare, anche apparentemente insignificante, di quel momento stupendo che ho disegnato nel cuore in un modo unico, speciale e prezioso…

Quando ci ripenso mi manca ancora il fiato e mi gira la testa. Se la felicità è fatta di attimi passeggeri che non riusciamo a fotografare nel momento esatto in cui accadono, allora la mia felicità sono quei momenti passati con Andrea.

Lui è stato dolcissimo, attento, mi chiedeva di continuo se ero a mio agio, se stavo bene, se mi piaceva. Se ero felice. E io ero felice, troppo felice…

L'abbiamo fatto in camera sua, con le tapparelle abbassate che lasciavano entrare solo un filo di luce e ci regalavano una penombra magica, che ci accarezzava la pelle e il cuore.

L'abbiamo fatto tenendoci tutto il tempo per mano, baciandoci di continuo, lui era sopra di me e mi guardava, mi cercava con gli occhi, sembrava voler essere certo che fosse tutto ok, che la felicità che provava coincidesse con la mia, sembrava chiedermelo con quel suo sguardo gentile e nello stesso tempo terribilmente sexy.

Per me era la prima volta in assoluto. Ero la sua principessa, mi ha fatta sentire così speciale, così desiderata e protetta... E unica. Lo sentivo muoversi lentamente dentro, con movimenti cauti ma decisi, entrava e usciva, piano e forte, e poi di nuovo dentro, e poi di nuovo fuori, e quando era dentro ci restava un po' muovendosi di lato, e mi piaceva da morire, perché quando lo fai con amore è diverso, il piacere non è semplice piacere, è qualcosa di più, che non si può spiegare, perché non ha un nome, nessuno sa dirti come si chiama o che sapore ha, ma tutti quelli che lo hanno provato, anche una sola volta nella vita, sanno che è il paradiso...

Oggi Andrea mi è venuto a prendere dopo pranzo per andare a casa dei suoi a Fregene e starcene finalmente un po' da soli.

Salgo in macchina e lo bacio, lui mi sorride, poi mi prende il viso fra le mani e mi bacia di nuovo.

«Sei uno schianto...» mi dice.

«Tu...» rispondo, giocando con le labbra.

Ha un paio di jeans stretti con il risvolto alle caviglie che scopre dei calzini neri con piccolissimi puntini bianchi, ai piedi le Gazelle nere dell'Adidas, che amo tanto, un maglione sempre nero di cashmere a collo alto, e sopra un trench beige. È proprio un figo! Con quegli occhi celesti, di ghiaccio, e i capelli scuri che gli cadono un po' sul viso a ciocche. E il naso perfetto. E la pelle bianca e liscissima. È il ragazzo più bello dell'universo, ed è mio!

La villa dei suoi si trova a duecento metri dal mare. Appena entriamo, accendiamo sia i termosifoni sia il camino. Si sta da dio...

Lui mi abbraccia da dietro, mentre gli scoppiettii del fuoco contribuiscono a rendere l'atmosfera perfetta. Comincia a baciarmi il collo, sollevando i capelli, e poi con la lingua mi percorre dall'angolo della spalla fino a dietro l'orecchio. Sento solo brividi in tutto il corpo. E non so più dove sono, è questo che mi fa lui, mi fa scordare dove sono. E come mi chiamo.

Mentre si muove lentamente dietro di me, posso sentire quanto è grande il suo desiderio, e il mio non è da meno. Quindi, mi tira lentamente su la gonna, centimetro dopo centimetro, mentre continua a baciarmi e a leccarmi il collo e l'orecchio... Ho messo slip neri di pizzo e reggicalze, perché so che lui ne va matto. E io voglio che lui sia matto, matto di me. Per farlo essere solo mio, sarei disposta a tutto.

Lo sento respirare affannato, dietro la mia schiena. Mi piega in avanti e io appoggio le mani sul tavolo che ho di fronte, mentre lui scende più giù, più in basso, e continua a fare quello che stava facendo prima sul collo, ed è bello, bellissimo... ma è anche molto diverso da com'era all'inizio della nostra storia. A me, lo ammetto, piaceva più quando lo facevamo guardandoci negli occhi o prendendoci per mano... Ma poi penso che forse questo è il prezzo da pagare quando si cresce, o forse è il prezzo che pagano quelli che non smettono di credere nei sogni e nelle favole... Io però chiudo ancora gli occhi... Anche adesso che tu non sei più quello di prima, anche adesso che non sono più la stessa, anche adesso che non mi sento più così speciale, ecco, io chiudo gli occhi e ti immagino accarezzarmi dolcemente, baciarmi, sussurrarmi che mi ami, che sono ancora la tua principessa, che ti senti ancora la persona più fortunata del mondo a stare con me, mentre i miei occhi si perdono nei tuoi, mentre le tue mani prendono le mie, e poi mi dico che adesso, anche adesso, io e te stiamo facendo l'amore, che non è solo un gioco, che non sono solo un gioco. Perché io non sono solo un gioco...

Mi toglie gli slip, la maglia e il reggiseno, resto nuda con i tacchi, nel frattempo anche lui si è spogliato e ha infilato il preservativo. Torna giù a finire quello che aveva iniziato, per poi risalire con la lingua lungo tutta la schiena, fino a tornare al collo, su di me, che sono ancora piegata sul tavolo. Mi raggiunge e le mie gambe cominciano a vibrare, poi finalmente mi prende, facendomi sua con forza e dolcezza, riempiendo ogni centimetro del mio e del suo desiderio, colpo dopo colpo l'emozione sale, insieme alla temperatura, e gocce del nostro sudore si mischiano a gocce del nostro piacere, fino a che non è più possibile distinguere le une dalle altre. E poi arriviamo insieme, esplodendo in un urlo di godimento e liberazione. Le gambe adesso tremano, quasi cedono. Mi giro e lo abbraccio, e ci baciamo. Ma poi lui si scosta un po', per respirare, quindi andiamo in camera e ci buttiamo sul letto, nudi e sudati.

«Posso fumarne una?» chiedo ad Andrea che sta guardando il suo telefono...

«Ok, dài...» risponde mentre digita qualcosa.

Mi accendo una sigaretta e mi giro su un fianco a osservarlo, senza dire una parola.

«Amore, ma tu cosa provi quando lo facciamo?» gli chiedo.

«Mi sento bene, amore, con te è sempre così.»

«Davvero?»

«Certo, piccola!» e mi accarezza il viso.

«Ma con me scopi o fai l'amore?»

«Ma è ovvio che con te faccio l'amore!» Poi si alza e mi viene sopra... «Ehi.. come mai queste domande?» chiede, e mi bacia il seno.

«Non lo so, è che per me conta tanto che sia fare l'amore e non scopare...»

«Piccola, ma tu lo senti, vero, come sono con te?»

Esito un attimo e poi rispondo: «Sì, lo sento...» e lo fisso seria negli occhi pensando che invece no, non sono sempre sicura di come è con me, e di come è in generale...

Nel frattempo ha ricominciato a stringermi e baciarmi in modo sempre più vorace, e sento quello che è, sì, lo sento, e quello che conta è che adesso lui è qui con me, anche se non sono certa che questo sia fare l'amore...

Più tardi, dopo aver fatto uno spuntino, vado in bagno e mi rivesto. Do un'occhiata al telefono, fra i vari messaggi c'è Marzia che mi dice che più tardi andrà in un locale vicino a casa a fare un aperitivo con un po' di amici, ci sarà anche Giulia.

Andrea mi dice che dobbiamo rientrare, perché deve studiare.

«Speravo di passare un po' di tempo insieme, magari di fare una passeggiata sulla spiaggia, vorrei vedere il mare…»

«Ma, Sally, il mare è sempre lo stesso, cosa c'è da vedere? E poi guarda! Lo vedi anche da qui!» ride, convinto di aver fatto una battuta divertente.

«Scemo!»

«No, davvero, amore, lo vorrei tanto anch'io, ma devo assolutamente andare a studiare!» Fa la faccia dispiaciuta.

«Finiscila, non ti crede nessuno!»

«No, dico sul serio, vorrei stare davvero altro tempo con te…»

«Certo, ma per fare altro, non per vedere il mare… o sbaglio?»

«Mi dipingi come un pervertito, oh!» ride e poi guarda il suo Rolex, facendo improvvisamente un'espressione preoccupata…

«Ok, dài, andiamo!» dico sbuffando.

«Amo, appena posso ti ci porto al mare, ok?»

«Promesso?»

«Promesso promesso!»

Mando un messaggio a Marzia per sapere se è confermato l'aperitivo. Poi mi scatto una foto e la posto nelle storie di Instagram. Nella foto non rido, sono serissima, nei miei occhi non c'è nemmeno un po' di luce, nemmeno un po' di felicità, ma si vede un accenno di scollatura, e forse nel mio sguardo c'è qualcosa di sexy… E a quanto pare questo basta, perché arrivano tanti messaggi, alcuni fin troppo espliciti. Gli uomini hanno solo una cosa in testa, ragionano tutti nello stesso, elementare modo, senza mai andare oltre, senza mai chiedersi cosa ci sia dopo. Che cosa triste…

«A che pensi?» mi chiede Andrea.

«Nulla, guardavo la foto che ho messo ora nelle storie...»

«Appena vista. Cazzo, come mi fai sesso lì...»

Ecco. Appunto...

«Come stanno Paco, Benedetta e Geggy?»

«Bene! Li dovrei vedere nei prossimi giorni... perché?»

«Così, amore, è un po' che non vi vedete...»

«Tutti insieme no, ma siamo sempre in contatto. Solo che fra la scuola, gli impegni personali, il lavoro... non è sempre così semplice.»

«Il lavoro?»

«Riccardo lavora.»

«Non lo sapevo, e perché?»

«Perché i suoi non sono ricchi e mentre decide se iscriversi o meno all'uni lavora per pagarsi un po' di cose, un po' di sfizi. Farà lo stesso anche Paco, appena finita la scuola, per pagarsi la vacanza...»

Sembra stupito che esista un suo coetaneo che lavori per permettersi il divertimento che a noi è garantito senza fatica. È come se vivesse in un altro mondo, o solo nel suo... Come se avesse bisogno di rimanere con i piedi ben saldi nella sua favola, nella sua campana di vetro dorata, evitando con cura di guardare cosa succede fuori. Come se la realtà, nelle sue sfaccettature più spigolose e ruvide, lo disturbasse. Gli mettesse paura.

In un certo senso mi fa quasi tenerezza, non è cattivo, ma solo alienato...

Entrando in macchina, Andrea guarda ancora l'orologio. Poi, dopo aver riacquistato la sua espressione sicura, dice: «Certo, poverini Riccardo e Paco, vero?».

«Perché?»

«Be', non deve essere mica facile crescere con tutte quelle difficoltà...»

Che carino a preoccuparsi, però...

«Vero, amore, ma loro sono forti, andranno comunque lontano!»

«Magari li prendiamo a lavorare in casa, appena andremo a vivere insieme, che ne dici?» e fa una linguaccia.

«Che battuta infelice, Andre… che cazzo ti ridi? Sono i miei amici!» Lo dico con un mezzo sorrisetto, ma dentro sono realmente infastidita. È sottile, a volte… ma c'è una sostanziale differenza fra sarcasmo e cattivo gusto, tra essere ironici ed essere stronzi.

«Cucciola, lo sai che scherzo! E poi non hai colto il sottinteso più importante, ho detto "quando andremo a vivere insieme"…»

Resto infastidita per la battuta cretina, ma ammetto di provare una certa emozione mentre fantastico sulla cosa…

«Scemo!» dico sorridendo, ma poi aggiungo: «Davvero vorresti vivere con me?».

«Sì, principessa…»

Non rispondo, mi giro e guardo fuori dal finestrino. E sorrido.

Subito dopo sono colta da un contraccolpo, un retrogusto amaro. Ripenso alla sensazione di poco fa, subito dopo aver fatto l'amore. Mi chiedo se le sue non siano solo parole, e spero non lo siano…

Andrea mi lascia sotto casa, ci salutiamo e nemmeno salgo, raggiungo Marzia e Giulia in quel posto dove fanno dei cocktail buonissimi e le alette di pollo fritte… che io a-do-ro!

Il locale è tutto in vetro, dalle sedie al bancone, con le luci LED che cambiano colore e le lampadine appese a un filo che sembrano quasi cadere sui tavoli.

Intorno a Marzia ci sono quasi tutti maschi, come al solito. In questo siamo diversissime, io mi innamoro e non vedo più nessuno, lei invece adora flirtare, le piace farsi inseguire e provocare i ragazzi…

Giulia arriva dal bagno con un'altra ragazza, che non mi pare di conoscere. Appena mi avvicino a Marzia, i tizi che ha intorno cominciano a fissarmi e a ridacchiare fra di loro...

«Ohi!» la abbraccio appena la vedo.

Poi corro incontro a Giulia, che urla e mi abbraccia forte. «Sallyyy!»

«Ciao Giuliaaa! Come stai?»

«Bene, non mi lamento! Tu? Sei sempre bellissima!»

«Ma senti chi parla! Sei uno splendore!»

«Figurati... Come va con Andre, tutto risolto?»

«Pare di sì, anche se in realtà non è mai tutto risolto... Comunque ora va molto meglio, grazie! Tu, l'amore?»

«Domanda di riserva?» ride, poi aggiunge: «Diciamo che al momento siamo in stand-by, ma non smetto di sperare...».

«Ma certo, sei una figa! Ci sarà la fila!»

«Oddio, dove?» chiede, e scoppiamo a ridere.

Nel frattempo si avvicina anche Marzia che esclama: «No, ma questi jeans dove li hai presi? Ma è una figataaa! Gli strappi sono perfetti e nei punti giusti!».

«Da Zara!»

«Da Zara? No, cavolo, domani ci vado... Com'è andata a Fregene?»

«Bene, dài...» dico, ma non devo sembrarne tanto convinta.

«Sicura?» mi chiede Marzia.

«Giuro! Dài, parliamo di cose serie: voglio un mojitooo!»

«Sììì!» urlano sia lei sia Giulia, poi Marzia si gira verso il bancone: «Può farne un altro, per favore?» chiede indicando il suo bicchiere.

Nel frattempo io agguanto un'aletta di pollo, mentre lei mi presenta le persone con cui sono, i tre maschi e la ragazza uscita dal bagno con Giulia, che scopro essere una sua nuova compagna di classe, figlia di diplomatici italoamericani tornati a Roma venti giorni fa... Si chiama Giada e sembra simpatica. Il suo marcato accento americano è curioso, ma in fatto di abiti non ha indecisioni, a giudicare dalla sua borsa di Prada...

Dopo nemmeno un'ora, bevuto il mojito e scambiate quattro chiacchiere con Marzia, Giulia, Giada e i tre provoloni, dico che devo andare a casa, con la scusa che ho da studiare. In realtà non me la sento tanto di stare lì con loro, con le battutine stupide di quei tre, mi stavo annoiando e poi il mio umore non è dei migliori, tanto per cambiare...

Mi sento addosso una sensazione strana, forse è solo un po' di tristezza, qualcosa che non ha solo una causa. Le cause sono tante, e sono tutte dentro di me, cercano una voce, un modo per uscire, un riflesso in cui specchiarsi. Certo, le ore passate a Fregene con Andre non sono state le migliori della mia vita, ma nemmeno le più brutte, e in fondo non c'è stato nulla che sia andato davvero storto. Ma la magia... dov'è la magia? Che fine ha fatto? Ne ho così bisogno...

Non so cosa mi prenda, sento un peso sul petto che mi schiaccia a terra quando invece avrei una voglia pazzesca di volare.

Andrea dice che il mare è sempre lo stesso... quanto sbaglia! Il mare è sempre diverso, ma lui non lo sa. Meravigliosamente diverso e pieno di poesia e parole e musica e suoni e storie e luci e colori e stelle e amori e baci e sfioramenti e promesse e dichiarazioni e tramonti, e se tutto questo non lo capisci, se non lo senti nel cuore, se non ti scorre nel sangue, allora non lo saprai mai, allora sarai sempre uno che vive a metà, e allora sarai sempre uno che non può volare, e allora mi assale la tristezza, mi sento sola, mi viene da correre e scappare e piangere e ridere e gridare e scalciare e prendermi la vita, la mia vita, quella vera fatta di vento e cielo, perché io voglio il mare, il mio mare, e lo voglio tutti i giorni, e mi ci voglio perdere, mi ci voglio innamorare, sempre, di continuo, come se non avessi mai amato, come se, dopo, non dovessi amare mai più...

Ho voglia di suonare un po' il piano, e quando sto male suono molto spesso un brano di musica classica di Erik Satie, si chiama *Gymnopédie*... Mi alleggerisce il cuore, mi fa tornare bambina, mi fa sentire coccolata. Me lo faceva ascoltare sempre mia mamma prima di addormentarmi, mentre mi leggeva una favola. È un pezzo colmo di amore e poesia, e io ho tanto bisogno di amore e poesia, e di essere abbracciata. Ho bisogno di un abbraccio immenso, di quelli che ti fanno staccare i piedi da terra. Di quelli che ti fanno sentire al sicuro. A casa. Protetta. Amata.

Mentre suono sento dei passi: è Claudia, che si avvicina e mi guarda in silenzio. Che dolcissimo angelo, non so come, ma sa sentire quando il mio cuore è triste. I nostri occhi si incrociano e non riesco a trattenere poche, significative lacrime. Poi mi asciugo subito, lascio i tasti e lei è lì con le braccia aperte, eccolo l'immenso prezioso abbraccio che cercavo, arriva da una bambina di undici anni, la mia sorellina del cuore, e mi fa sentire al sicuro! Mi lascio abbracciare, come se fosse lei la grande e io la piccola, rimaniamo così per un sacco di bellissimi minuti...

«Ehi, cucciolaaa!» le dico.

«Perché sei triste?» mi chiede.

«Ma no! Non sono triste!»

«Non dire bugie!» Mi punta contro il suo tenerissimo ditino.

«Ok, ok, sono un po' triste, ma poi mi passa, non c'è una ragione!»

«È ancora per Andrea?»

«Forse, un po'...»

«Ma se è un brutto cattivo perché ci stai ancora insieme?»

«Ma no, non è che è un brutto cattivo, è che, sai, ecco, i maschietti sono strani forte, eh...» e le sorrido.

Lei scoppia in una bellissima e disarmante risata. «Sì, hai ragione, anche io in classe ho un mio amico, Giulio, che dà sempre fastidio...»

«Sì, eh!? E perché ti dà fastidio? Cosa fa?»

«Rompe con il pallone, quando noi femmine ce ne stiamo lì a parlare delle cose nostre e non ce lo filiamo, lui arriva e ci tira il pallone addosso.»

La guardo e sospiro. «Ecco, Claudia, quello è il suo sciocco modo per dirvi che vorrebbe essere invitato alla vostra festa... ma non avercela con lui, è solo che non ne conosce altri!»

Scuote la testa come a dire "poverino", poi cambia tono ed espressione e socchiude un po' gli occhi. «Ehi, tu, pensi che mi sono dimenticata!»

«Di cosa?»

«I cinque euro per la cover!»

«Cavolo, non ti scordi niente, eh!» rido. «Senti, ma dove l'hai vista questa cover super figa?»

«Dal signore di colore qui sotto.»

«Dici che adesso lo troviamo?»

Allarga le braccia. «Dovremmo chiedere ad Alejandra, lei sa sempre tutto!»

«Poverina, quanto devi darle da fare... Senti, ti va se andiamo a vedere insieme, io e te, ora? Male che va, se lui non c'è, ti offro un gelato!»

«Sììì!» Poi torna un attimo seria: «Però dopo la cover me la prendi comunque, vero?».

«Oddio, sei una strozzina, tu!»

«Che significa strozzina?»

«Lascia perdere, andiamo! Fila a vestirti!»

«Yeah! Volooo!»

E così la mia giornata ha inaspettatamente preso una nuova piega. Claudia sprizza di gioia, e io con lei.

Su WhatsApp, intanto, mille notifiche...

Geggy mi manda un cuore dicendo che sono un'amica speciale, un messaggio dolcissimo come sa scriverne solo Geggy.

Marzia mi confessa che è andata a casa di uno dei tre fighetti...

Riccardo mi informa che ha sperimentato una tecnica infallibile per rimorchiare le tedesche al pub dove lavora… mi fa morire!

Paco mi manda una canzone su Spotify, Le Vibrazioni con *Respiro*, che bella! La riascolto mentre aspetto che Claudia si decida. Incredibile come sia in linea con le emozioni che sento dentro…

C'è Laura, prima di dormire:

Non era scontato che quella volta in cui mi sentivo persa, quando tutti gli altri mi avevano abbandonata, tu mi restassi accanto.
Non era scontato che quella notte in cui il mondo mi è crollato addosso tu fossi lì accanto a me, senza dire una parola, a prendermi la mano.
Non era scontato capire i miei silenzi.
E non era scontato cercare di strapparmi un sorriso nei giorni no.
Non era scontato condividere con me i tuoi momenti di felicità.
E non era scontato gioire dei miei.
Non era scontato sopportare i miei scleri.
E non era scontato avere un'alleata contro tutto e tutti.
Non era scontato ricevere un messaggio con scritto: "Io ci sono, ci sarò sempre, tu chiama e io arrivo!".
E non era scontato che tu mi mostrassi le tue fragilità.
Non era scontata tutta questa bellezza.
E no, non era scontato che tu scegliessi me, e che mi donassi la tua amicizia.
E io no, tutto questo non lo darò mai per scontato, perché le cose belle si custodiscono nel cuore, vanno protette, amica. E tu sei una cosa bella. Tu sei la mia amica…

È mio… Lo condivido su Instagram, come sempre, e taggo tutti!

Tu non sei solo un gioco, tu non sei solo un fine settimana, tu non sei solo qualche volta! Tu sei sempre. Tu sei tutto o non sei niente.
Tu non sei solo una parte, e non sei solo un'opzione, tu non sei qualcosa da tenere in ballo intanto che, e non sei solo "ci vediamo qualche volta, quando ci va".
Tu non sei solo "bellissima ma...", e non sei "speciale ma stasera non posso". Tu non sei qualcosa a cui dire "ora sono con lei, ti richiamo".
Tu non sei quella che capisce tutti ma nessuno la capisce, tu non sei solo un vuoto da colmare, tu non sei solo una foto da guardare, tu non sei solo un messaggio con belle parole, tu non sei sempre disponibile. Tu non sei sempre felice. Tu non sei sempre sorridente. Tu non sei l'unica ma sei unica, e non sei più degli altri, ma nemmeno l'ultima, e non sei solo un corpo, ma anche un cuore, e non sei solo un sogno, ma puoi essere anche un incubo.
Tu sei tanto.
E sei rara.
Tu sei una donna.
E chi non sa capire una donna non conosce la magia che fa girare il mondo...

Dài… non è possibile! Ma come fa? Ho capito che Laura, segretamente, scrive per me! Questo mi fa piangere, mi punge, mi tocca il cuore…

E poi, la buonanotte…

Buonanotte a te che quando ti chiedono come stai, sorridi e rispondi «bene» mentre il mondo ti crolla addosso, mentre vai in mille pezzi, mentre cerchi un abbraccio che ti salvi dal freddo, che ti scaldi il cuore. Buonanotte, buonanotte a te...

8
Mi senti?

La storia di Simone...

Domenica 16 dicembre

«Nicole... Come mai qualche giorno fa non mi hai detto che ha chiamato Chico?» chiedo mentre riordino la borsa da tennis e controllo le racchette, devo farle incordare...

«Perché, Simone? Ora forse ti frega del tuo amico?» Sulla bocca ha un sorrisetto sarcastico. «E che mi dici di tutte le volte che ti chiama e non gli rispondi, o lo liquidi con quattro parole di cortesia? È così che fai con tutti gli amici che non hanno a che fare con il tuo lavoro e con la tua carriera...»

«Ok, lascia perdere...» Lo dico senza nemmeno guardarla, poi esco dal bagno facendomi spazio fra lei e lo stipite. Meglio troncare sul nascere...

«Ecco, meglio...» risponde, voltandosi di scatto.

Poco dopo, mentre cerco i calzini di spugna nel cassetto della mia cabina armadio, la vedo nel riflesso dello specchio, si tiene la testa come se stesse per svenire.

«Tutto bene, Nic?»

Non risponde subito, poi alza leggermente gli occhi e, in un modo non troppo deciso, dice: «Sì... penso di sì. Ho avuto un forte giramento di testa, ma adesso è passato».

«Ok...» La fisso per un attimo. Poi torno a cercare i calzini. «Dobbiamo mandarla via questa! Mi ha rotto!» urlo con disappunto.

«Questa chi?»
«Maria!»
«E perché mai?»
«Perché non mette mai le mie cose nel loro giusto ordine.»
«E quale sarebbe "il loro giusto ordine"?» chiede con un tono canzonatorio.
«Quello che piace a me e che le ho chiesto di rispettare...» rispondo calmo, ma fermo.
«E vuoi mandarla via solo per questo? Perché sbaglia l'ordine in cui mette i tuoi calzini del cazzo?»
«Non è una cosa banale, per me, e poi non è necessario che cominci ad alterarti! Sono i miei calzini, e lei è solo una donna delle pulizie...»
«Ma ti senti? "Solo una donna delle pulizie"...»
«Cristo! Siamo alle solite...»
Esco dalla cabina armadio e mi chiudo in bagno per non sentirla. Quando riapro la porta me la trovo di nuovo davanti.
«Ma dobbiamo pranzarci per forza con quelli? Non possiamo andarcene dopo la partita di tennis?»
«Quelli?» sorrido, con un filo di sarcasmo. «Quelli sono i miei capi, Nicole! Dovresti essere felice di pranzarci! E con loro ci sono persone molto, molto influenti! "Quelli", come li definisci tu, sono le persone grazie alle quali facciamo questa vita! E possiamo permetterci di pagare Maria, nonostante lei ignori le mie istruzioni...»
«Sì, questa vita che piace solo a te...»
«Non mi pare che all'inizio le disdegnassi tanto, le vacanze ai Caraibi, in Messico, a Cortina. Gli atolli, le isole private e tutto il resto...»
«Non le disdegnavo quando erano le nostre vacanze, quando erano un modo per stare insieme e divertirci, per parlare, per fare l'amore... Poi sono diventate le *tue* vacanze, la casa è diventata la *tua* casa, la macchina la *tua* macchina, ogni cosa è diventata solo tua, un motivo di vanità, con le tue manie di

grandezza, questa smania di arrivare chissà dove, ma dove cazzo corri? Dove vuoi arrivare, ancora? Dove sta questo futuro sempre più dorato che insegui? Tu con i tuoi colleghi, quelli vecchi, quelli nuovi, quelli più o meno potenti, quelli più o meno ricchi, tu con i tuoi clienti milionari, con i tuoi capi. Tu, tu, tu. Il centro sei sempre tu.»

«Nicole, ti ricordo che sei tu che non vuoi più venire a letto con me...» Faccio una pausa di una frazione di secondo e poi continuo: «È sempre così con te, è una litigata continua, smettila di essere costantemente in guerra col mondo! Cazzo...». "Cazzo" lo dico a bassa voce. Ma lei mi sente.

«Sai cosa mi fa tanta tristezza? Che non ti accorgi che se io sono arrivata a questo punto è perché mi ci hai portato tu. E non ti accorgi nemmeno che io non sono in guerra col mondo, io sono in guerra con te! Con quello che sei diventato!»

«Guarda, Nicole, è tardi, non c'è tempo per ricominciare... Dài, andiamo, su...»

Prende la borsa e fa per avviarsi verso la porta, ma prima di uscire si gira e aggiunge, con le lacrime agli occhi: «E comunque io a letto con un puttaniere non ci vado, perché mi fa schifo!».

Non le rispondo. Chiudo la porta e andiamo, senza parlare. Ovviamente ha messo il muso. Non mi fa respirare...

È una bella giornata, il circolo si trova sul Tevere, all'interno di una serie di giardini su vari livelli. È un posto pazzesco, uno dei circoli più antichi ed esclusivi di Roma. Per entrare devi essere presentato da almeno cinque soci, dopodiché, se il comitato direttivo lo ritiene, vieni chiamato per un primo colloquio, e infine, se è tutto in linea con i loro standard, per un secondo dove ti comunicano se sei stato accettato. C'è gente che aspetta da anni di essere convocata per il primo colloquio.

Qui, giochi con gente che fa tremare l'Italia, ceni con top

manager e AD di livello mondiale, il gotha della finanza e dei poteri forti. Ti fai la doccia con loro, e la sauna, e tutto il resto… e se sei qui anche tu c'è un motivo, se sei qui è perché sei nel loro cerchio magico, è perché anche tu sei potente.

Eccomi, io tutto questo l'ho costruito da solo, e per me il resto è *fuori*.

Io poi a tennis non sono nemmeno male, ho iniziato tardi, ma ai tempi avevo un gran fisico. Sono sempre stato molto dotato nello sport, quindi ho imparato in fretta e nel tempo, anche se non avevo cominciato da piccolo come molti altri, sono addirittura entrato in una buona posizione, classificandomi 3-1 nel mio anno migliore, l'ultimo dell'università.

Poi il lavoro ha preso il sopravvento su tutto. A dire il vero ho ancora gioco facile perché sono uno dei più giovani, il che, sotto il profilo personale e professionale, mi lusinga. Di quelli dello studio sono uno dei pochi, se non l'unico, della mia età a essere stato invitato nel club. Qui l'età media è cinquantacinque, sessanta. Lo ammetto, comincerei ad avere qualche problema se dovessi vedermela con gente più giovane, considerati i chili che ho messo su e lo scarso movimento. Prima o poi devo valutare l'idea di mettermi a dieta. Ma è difficile, con la vita che faccio e con le priorità che ho…

Il tennis, in particolare il singolo, mi piace perché è un gioco dove conti solo tu, o vinci o perdi da solo. O vivi o muori. Non puoi dare la colpa a nessuno per i tuoi insuccessi, non puoi dire "non è colpa mia". E quando vinci te la vivi da solo, quella sensazione di godimento che è quasi più potente della droga.

Il tennis per me è una buona metafora di vita. Nicole ovviamente non è d'accordo, lei preferisce i giochi di squadra…

«Era riga!» urla il dottor Lireghi, AD di Tertys.

«Ma che dici?» ribatte il mio compagno di squadra, l'avvocato De Leonardis, capo della divisione Acquisizioni del mio studio.

«Ma sei un vecchio sòla!» ribatte Lireghi.

«Ahahah! Cavlo… sei sempve mevaviglioso…» L'avvocato De Leonardis è famoso per la sua erre moscia e per la sua perfidia nell'infierire sulla controparte soccombente. E la controparte, quando c'è lui di mezzo, è sempre soccombente…

I due cominciano a ridere.

«Gianluigi, prenditi il punto, basta che mi porti a casa il risultato con quell'associazione che ci rompe le palle dietro ai terreni a Tivoli, dobbiamo espropriare le case a quei poveracci e buttarle giù! Abbiamo bisogno di allargare le attività produttive in quello stabilimento!»

«Allova mi pvendo volentievi il punto, e vinco anche la causa!»

«Sarà meglio per te, o dovrò cambiare studio legale!»

Ridono ancora.

Qui a nessuno frega davvero del tennis e del risultato, a parte a De Leonardis, lui vuole vincere sempre. E ovunque. Anche a tennis.

«Simone, hai sentito il dottov Liveghi? Diamoci sotto, qui e con quella gente, che potvemmo già definive senzatetto!»

E ancora giù risate, da parte di tutti. Anche di qualche collega che guarda la partita a bordo campo. Ridono tutti, ridiamo tutti. A parte Nicole, che ci guarda da sotto gli occhiali da sole e resta impassibile.

Dopo la partita pranziamo in una saletta riservata del ristorante del circolo. Siamo circa quindici persone, tre avvocati, due imprenditori, un cardiologo e un broker, ognuno con la propria compagna. Qui il concetto di quote rosa direi che non ha fatto breccia…

Nicole è bellissima, ha un vestito rosso a fiori un po' anni Cinquanta, che le fa risaltare i seni prorompenti e le gambe lunghe e affusolate. E la pelle bianca. L'ho vista anche ridere, con le mogli di alcuni miei colleghi e quando il dottor Bert, il cardiologo, ha raccontato una barzelletta.

Abbiamo incrociato lo sguardo un paio di volte, senza che leggessi nei suoi occhi il solito odio.

Sono sotto stress, è un periodo tosto, questo. La pressione per il lavoro, i clienti con cui non si può sbagliare, i miei capi che si aspettano grandi cose da me... a volte sento che potrei cedere. Mi capita proprio in quei rari momenti di apparente relax che paradossalmente mi destabilizzano, quei momenti che sono quasi sempre legati ai bilanci personali, alle valutazioni introspettive, quelle che ama tanto Nicole. Ma io non ho tempo per i sentimentalismi, né per le debolezze. Infatti mi alzo e vado in bagno, e mi do forza a modo mio, tirandone su un po' di quella buona... E quando esco è tutto come prima, mi sento di nuovo forte, un treno in corsa. Potente. Senza freni. Imbattibile.

Dopo il caffè e l'amaro, ci salutiamo tutti e torniamo a casa, ripromettendoci di bissare domenica prossima.

In macchina chiedo a Nicole se è stata bene. «Sai, ti ho visto più rilassata» aggiungo.

È appoggiata al vetro e guarda fuori, non mi risponde. "Le sarà tornato il malumore" penso. Ma alla prima curva capisco che qualcosa non va. Si accascia addosso a me, è svenuta e perde sangue dal naso.

Giro più veloce che posso con un'infrazione e torno sul Lungotevere a tutta velocità, per raggiungere il Pronto Soccorso del San Michele. Nel frattempo la chiamo urlando: «Ehi, Nicole! Nicole! Amore, mi senti? Piccola cos'hai? Amore!»

La sento respirare ma non è vigile, il sangue dal naso continua a colare lentamente. Muove la mano come a cercare la mia, la prendo e scoppio a piangere.

Mi passa davanti tutta la vita.

«Nicole! Ti prego, amore, rispondimi! Tesoro, rispondimi!»

9
Tu sei molto di più!

La storia di Sally...

Lunedì 10 dicembre

«La amo!» e indico la Vespa che Paco sta legando con la catena a un palo della luce su via Tagliamento, come promesso è venuto a salutarmi alla scuola di musica, e dopo la lezione abbiamo scambiato qualche parola, poi ha insistito per accompagnarmi a casa con la sua Vespa bianca. È un modello originale del '72, 50 Special, di quelle con lo specchietto rotondo e la sella in pelle nera, la usava già suo papà, la scorsa estate gliel'ha rimessa a posto e regalata come ricompensa per aver lavorato con lui per un mese intero. Lui la ama spassionatamente, la cura come se fosse un bambino. Se l'è guadagnata, se la merita.

«Grazie...» La guarda, mi guarda e poi sorride. «Ci tengo tanto...»

«Lo so...» e gli restituisco il sorriso.

Quindi ci avviamo verso casa mia.

«Ma quando vieni in zona mia che effetto ti fa?» domanda Paco mentre attraversiamo a piedi piazza Mincio, dove affaccia il mio villino. Il nostro non è proprio un quartiere, però tutti lo chiamano quartiere Coppedè, che a sua volta fa parte del quartiere Trieste. A ridosso dei Parioli, dove vive Marzia.

«Che significa?» chiedo.

«Cazzo, qua è stupendo!»

«Anche da te non è male, a me piace!»

«Ahahah! Finiscila!»

«No, dico davvero! E poi lì da voi c'è tanto verde!»

«Anche da voi...» sottolinea, indicando la parete esterna di un villino vicino al mio, interamente ricoperta di piante rampicanti. «Sally, è davvero meraviglioso! La piazza è meravigliosa! La fontana è meravigliosa! L'arco è meraviglioso, e tutti questi villini con gli affreschi sulle pareti... È un incanto! E poi l'atmosfera quando fa buio... Quando fa buio, guarda... sembra di essere in una fiaba, con i castelli e le fate!»

Sorride, allargando le braccia e girandosi intorno come spaesato, con l'aria di chi ti sta dicendo: "Ti rendi conto di quello che hai?".

«Hai ragione!» gli sorrido anch'io. «Ma anche Casetta Mattei non è male, giuro! E poi ci sei tu...»

«Oh, ma che ci stai provando? Lo sai che sono un tipo rispettoso dell'amicizia, e poi tu sei fidanzata...» dice scrutandomi sornione.

«Be', non andrei mica male...» e lo guardo dal basso all'alto, a rimarcare la cosa.

«Oh, Sally...»

Poco prima di salire gli scalini del portone si ferma e diventa serio.

«Sì?»

«Ti voglio bene! Ok? Non scordarlo mai!»

«Certo, Paco! Lo so! Perché mi dici questo, adesso? È successo qualcosa?»

«Tu ricordati solo che io ci sarò sempre, tu chiami e io vengo da te!»

Il sorriso mi si allarga fino a prendermi tutta la faccia.

«Paco, quanto ti adoro...»

«Quanto?» chiede, e inizia a farmi il solletico.

«Taaantooo!» urlo, cercando di divincolarmi.

Poi lui si ferma e aggiunge: «Sally...».

«Sì...»

«...Ecco, volevo dirti... tu sei molto di più di quello sguardo triste che vedo nei tuoi occhi anche quando sorridi...»

Per un attimo resto pietrificata, è come se mi avesse toccato dentro, con quelle sue mani grandi e possenti e delicate allo stesso tempo. Non so che dire, quindi lo guardo e dico solo: «Ehi, Paco, grazie! Che cosa bella che hai detto... mi hai colpita!».

«Perché ci tengo a te, e non poco!»

«Anche io a te! E non poco!»

Dopo averlo detto mi butto di nuovo addosso a lui per un grande abbraccio.

In quel momento passa papà, che mi coglie di sorpresa, perché in genere arriva più tardi. Ci guarda, guarda soprattutto Paco, con freddezza e disprezzo. Mi immagino i commenti che starà facendo dentro di sé per il suo aspetto. Solo per il fatto che ha i capelli lunghissimi, proverà disgusto, lo conosco troppo bene.

Ci saluta a mezza bocca ed entra nel portone.

«È mio padre» spiego.

«L'avevo intuito...»

Mia mamma conosce tutti i miei amici, Paco e Ric compresi. Papà invece se ne frega di fare uno sforzo, un passo verso di me, di chiedermi, di interessarsi alla mia vita. Ma io ne sono felice, perché sono certa che mi farebbe vergognare se si mostrasse ai miei amici per quello che è. A lui vanno bene solo Andrea e quelli del suo livello, del suo rango sociale, tutto il resto è zero, per lui...

«Ne parli poco...» nota Paco.

«Fidati, non c'è niente da dire... Mio padre è mio padre solo all'anagrafe.»

«Ok, mi pare un argomento delicato... Dài, adesso vado, Sally. Tanto quello che volevo dirti te l'ho detto prima!»

«Grazie Paco, sei speciale...»

Ci salutiamo con un altro abbraccio.

Ho imparato che a emozionarsi per le cose si rischia di farsi male, ma che a smettere di farlo si rischia molto di più. Ho imparato che i dettagli sono dettagli solo per chi non li sa vedere, e che ti dice che fai caso a piccole cose assurde solo chi non fa caso mai a niente. E quelli che hanno bruciato i propri sogni col lanciafiamme dell'aridità emotiva e cercano di intossicare quelli degli altri col veleno dell'invidia e dell'intolleranza? Quelli che ti guardano e ridono, e giudicano con disprezzo, senza sapere nulla della tua storia? Di quelli vogliamo parlare? Naaa... noi sorridiamo anche a loro. E gli auguriamo di essere felici. Questo è il nostro antidoto al loro veleno, il più potente: il sorriso.

Leggo queste parole di Laura e penso a mio padre. E sorrido. Perché, in fondo, lui non lo sa, però mi fa pena…

10
Avrei potuto…

La storia di Simone…

Lunedì 14 gennaio

Quando lasciamo andare l'amore, in quella frazione di secondo in cui lo lasciamo andare, perdendolo, in quell'attimo di follia, ecco, è da quell'esatto momento che ci ritroviamo a correre verso qualcosa che, invece di avvicinarci al nostro cuore, ci allontana da tutto quello che ci fa stare bene. E il brutto è che questo avviene davvero in un battito di ciglia, e subito dopo ogni cosa, sul nostro percorso, si mostrerà in un modo diverso. Sbagliato.

Io non lo so quando è successo, non riesco a ricordarlo, ma so di essermi perso. E so di aver perso l'amore.

A Nicole hanno diagnosticato la leucemia linfoblastica acuta, un tumore del sangue raro e molto aggressivo che nella maggior parte dei casi colpisce i bambini o i giovanissimi, quindi ancora più raro in un adulto.

È tornata a vivere dalla mamma, mi ha lasciato. Ha detto che in questo momento della sua vita non può più avermi accanto, perché sarebbe un ulteriore insulto alla sua dignità.

E come darle torto? Quando ti perdi, perdi tutto. Manchi di rispetto a te stesso e alle persone che ti amano. Adesso lo capisco e me ne rendo conto, ma forse è troppo tardi.

In pochi giorni, la mia vita ha subito un terremoto di quelli che ti cambiano per sempre e lasciano dentro di te quasi solo macerie. E la colpa è solo mia.

Oltre al dolore per Nicole, per la sua malattia, per non poterle stare vicino in questo momento tanto drammatico, sto male perché la verità è che io, nonostante tutto, la amo. La amo più della mia vita. E non lo so, non lo so come ho potuto essere tanto stupido da scordarmene, non so come è successo, ma adesso vorrei solo sprofondare, per sempre.

Al lavoro non sono andato quasi mai, nelle ultime settimane. Inizialmente hanno compreso, ho ricevuto pure un paio di telefonate di cortesia dai miei capi, che si mostravano dispiaciuti per Nicole e per me. Ma già da un paio di giorni ricevo mail in cui mi si sollecita, nemmeno troppo velatamente, su questioni delicate che ho lasciato in sospeso e di cui non si può occupare nessun altro.

Nicole non vuole vedermi né sentirmi.

Le scrivo una lettera al giorno, la lascio ogni notte nella cassetta della posta di casa di sua mamma, nella speranza che ogni mattina possa ricevere un gesto d'amore. Non so se gliele dia, se lei le legga, se le butti. Non lo so…

Vieni qui, amore, dimmelo sottovoce quello che non ho capito, sfiorami dolcemente con tutto questo dolore, perché, sai, non lo so se ce la faccio, non so se sono abbastanza forte. Sussurramele in un orecchio le traiettorie che ho mancato, le parole che non ho ascoltato, le più belle, le più importanti, quelle che non hai mai pronunciato, quelle che hai detto solo con gli occhi. Dài, fammelo vedere quel tramonto che mi sono perso, raccontami tutto, ma ogni tanto soffia sulle ferite, ogni tanto prendimi per mano perché ho bisogno di un po' coraggio. Perché ho bisogno di te.

Dimmi di quel paesaggio bellissimo che hai dentro il cuore. Dimmi dei nostri sogni, di come li ho uccisi. Parlami del tuo sorriso, di come l'ho spento. E lo sai, lo sai… siamo così fragili che perdiamo l'equilibrio e le cose che contano senza nemmeno accorgercene, e poi ci ritroviamo a rincorrere una felicità che ci sfugge continuamente dalle mani semplicemente perché non esiste. Perché non era quello di cui avevamo bisogno. La mia felicità erano le parole che non ho saputo ascoltare. Tutto quello che non ho capito. I sogni che ho ucciso. Il tramonto che ho perso. Il sorriso che ho spento. La mia felicità eri tu.

Mi manchi così tanto che poi manco anch'io, dentro di me. Mi cerco ma niente, non c'è niente nel mio cuore, da quando non ci sei tu. Non c'è niente…

E tu diglielo alla luna che senza il buio non avrebbe senso.

E tu diglielo al sole che senza il freddo nessuno lo cercherebbe.

E diglielo al piacere che senza brividi non sarebbe niente.

E poi diglielo, diglielo all'amore che senza te non avrebbe un nome…

Avrei potuto essere diverso, meno sbagliato, meno vigliacco. L'amore, quando non hai coraggio, si perde. E dopo, dopo che l'hai perso, la tristezza nel cuore ti pesa il doppio. E non ti lascia più...

Avrei potuto dirti "Ti amo", dirtelo di continuo, dirtelo sempre, dirtelo a ogni costo, ché le cose belle sono belle solo quando hai la follia di viverle ogni giorno, come se ogni volta fossero belle per la prima volta, come se ogni volta fossero belle in un modo nuovo...

Avrei potuto guardarmi dentro, smettere di scappare, lasciare quello che non aveva a che fare col mio cuore e venirti a prendere, portarti via da tutto, da tutto quel rumore, da tutte quelle bugie, da tutta quella vita sbagliata, senza amore, senza poesia, diversa da quella che avevamo sognato.

Avrei potuto raccontarti la verità, parlarti di quello che ho dentro, dirti che non c'è nulla, fra le cose che sanno di buono, che non abbia anche un po' del tuo sapore. E che non c'è nulla, fra le cose che suonano bene, che non abbia anche un po' della tua musica...

Avrei potuto mollare tutto e portarti al mare, come quel giorno, come quella notte, quando ti ho detto: «Sei la cosa più importante della mia vita», quando mi hai detto: «Sono solo tua», quando ho sentito un brivido percorrermi tutto il corpo, e le ossa, e il cuore, e la pelle, per poi lasciarmi lì, sospeso, fra il cielo e la terra. Perché senza volare non c'è amore, e senza di te, non c'è più niente...

Tuo,
Simone

Ore 09:04:58.026

Il sole è sorto alle 7.18
Tramonterà alle 18.36

196,7 millimetri, 8 secondi all'impatto. 6 mani sfogliano la sostanza igroscopica, la muovono, la mostrano. Il neon, nonostante la luce del giorno, lampeggia senza un motivo apparente, molti altrove parlano sottovoce ma il suono finale è un sibilo simile a quello dei serpenti.
La pressione è alta.
Puoi scegliere di essere quello che vuoi essere.

E pensi: "Non vorrei essere qui, vorrei essere le dita che si intrecciano alle tue…".

11
Volevi solo essere capita

La storia di Sally…

Giovedì 13 dicembre

Alla prima ora ho laboratorio di biologia.

Arrivo dieci minuti prima, vedo un compagno di classe di Andre, ma lui non c'è. Raggiungo alcune amiche ed entriamo insieme. Il laboratorio è all'ultimo piano della scuola, un edificio medioevale che, nei secoli, è stato un manicomio, un ospedale e poi un collegio. Io lo trovo molto bello, ma anche un pochino inquietante.

Il prof di biologia è un grande, sorride sempre, è gentile con tutti. Le sue interrogazioni sono piacevoli chiacchierate, confronti, ti mette a tuo agio e quasi tutti infatti lo rispettano e studiano la sua materia con interesse, non come se fosse un obbligo. Questo dovrebbe far riflettere anche gli altri professori, che invece hanno un approccio ben diverso. Tipo la Maritozzi, che quando ti interroga e non sai qualcosa, non so, magari non rispondi alla prima domanda, te lo rinfaccia di continuo, pure se poi vai alla grande per il resto dell'interrogazione: «Eh, ma quella cosa non la sapevi, eh! Alla prima domanda non hai risposto!». Solo per fartelo pesare e farti sentire inadeguata. Che pessima che è…

Comunque ok, biologia non mi pesa, ma poi ho due ore di latino, una di greco e una di filosofia: non passano mai! Però oggi sono felice, quindi posso affrontare tutto, anche la scuola… E la giornata trascorre tranquilla.

Appena suona l'ultima campanella, salgo in macchina e volo a casa. Non ci posso credere che fra qualche giorno inizieranno le vacanze di Natale e finalmente avrò due settimane di stacco, quest'anno sento la stanchezza come non mai. Sogno l'estate! Ho voglia di mare! Con Andre avevamo pensato di andare in Spagna, anzi, dovremmo prenotare...

Oggi hanno sospeso un ragazzo del mio istituto, perché lo hanno beccato mentre faceva una scritta su un muro con una bomboletta, mah... non bastava un rimprovero?

Che poi la scritta mi piaceva troppo: "Dobbiamo imparare a proteggere i baci sul collo, le mani fra i capelli, gli sguardi sul cuore".

Se gli adulti capissero davvero il senso di quelle parole, se capissero quanto sono vere e profonde, forse crescerebbero figli diversi, e alunni diversi. Forse ci sarebbero meno bulli, più amore, e qualche scritta in più sui muri...

Rientro in casa e al piano di sopra trovo Claudia che dorme mentre Alejandra le accarezza il viso. Questa donna è di una dolcezza infinita.

«Ciao, Alejandra» dico a bassa voce.

«Benarrivata, signorina» risponde, quasi usando solo il labiale, per non rischiare di farsi sentire da Claudia. Ogni mattina la accompagna a scuola e poi, all'una, la va a riprendere, anche se la scuola è proprio dietro l'isolato.

«Come mai dorme a quest'ora?» chiedo, rimanendo sulla porta della stanza di Claudia.

«Era un po' triste...»

«E perché?»

«Dice che ha sentito i vostri genitori litigare...» risponde Alejandra con tono preoccupato.

In effetti è strano che i miei litighino, in genere o mio padre si disinteressa di quasi tutto e mia madre è "libera" di fare quello che vuole, oppure lui si impunta su questioni che lo toccano particolarmente, e allora tutti noi dobbiamo adeguarci alle sue regole, senza possibilità di appello. Non ho mai visto mia madre contraddirlo o discuterci. E nel tempo anche noi abbiamo imparato a non farlo, anche perché le cose a cui tiene sono davvero poche e riguardano tutte la sua immagine o il suo lavoro, per il resto basta fare e decidere tutto quando lui non c'è, e il gioco è fatto: lui non vede, non chiede, non si interessa, e noi non gli diciamo. Amen.

Comunque, il fatto che litighino non sarebbe così assurdo, anzi, troverei molto naturale se mia mamma un giorno esplodesse ribellandosi. Ma, considerando il temperamento di mio padre e l'accondiscendenza ai limiti del normale di mamma, che non ha mai avuto un carattere forte, ho sempre pensato che non sarebbe mai successo.

«E quando?» chiedo ad Alejandra.

«Questa notte, mentre lei andava in bagno passando davanti alla camera dei vostri genitori dice di averli sentiti litigare...»

«Povera cucciola...» dico, e rivolgo un sorriso di gratitudine ad Alejandra. «E cosa dicevano?»

«Non me lo ha detto...» risponde, allargando le braccia.

Imito il suo gesto e scendo in cucina. Mentre metto a bollire l'acqua della pasta, mi giro e vedo Alejandra che corre verso di me preoccupata.

«Signorina, faccio io!» dice muovendo le mani in avanti.

«Alejandra, ma rilassati, dài, stai tranquilla, oggi cucino io per te, ok?»

«No, no, questo non è possibile! Spetta a me cucinare, signorina! Se mi vedesse suo padre mi licenzierebbe! E poi io sono felice di cucinare per lei!» Fa per togliermi il cucchiaio di legno che avevo impugnato per girare il sugo.

Io porto entrambe le mani dietro la schiena e mi piazzo davanti a lei: «Alejandra, oggi cucino io per te. Guarda che ho un caratteraccio, non cambio idea tanto facilmente! E poi papà negli ultimi quindici anni non è mai rientrato in casa prima delle otto! Quindi…».

Mi guarda con un mix di resa, gioia e gratitudine. E poi dice: «Ok, ma posso aiutarla?».

«Dipende…»

«Da cosa, signorina?»

«Solo se cominci a chiamarmi Sally e mi dai del tu, come tutti gli altri. Mi hai visto crescere, per me sei di famiglia, molto più di altri…» Poi, prima che dica una parola, aggiungo: «Ok, magari solo quando siamo sole… che dici? Sarà una cosa solo nostra… ti va bene?» e le accarezzo una spalla.

Esplode in un sorriso meraviglioso e la luce che vedo nei suoi occhi mi fa capire quanto sia felice. «Ok… ok, Sally…» risponde.

Mi commuove un sacco che lo abbia fatto, vengono anche a me gli occhi lucidi, ho voglia di abbracciarla forte, esito un po' e poi lo faccio, e lei me lo permette.

Alejandra è nata in Venezuela, è arrivata in Italia quando aveva circa vent'anni. I suoi sono venuti qui per cercare fortuna. So che ha un marito e una figlia che studia Medicina e che, ovviamente, è il suo orgoglio. Parlandole, ora, scopro che ha quarantadue anni, che la figlia ne ha ventitré e che il marito fa il portiere in un hotel del centro. Scopro anche che si sveglia alle cinque per poter prendere i mezzi e arrivare in orario da noi, tutte le mattine, alle sette e mezza. In Venezuela ha studiato Lettere, ma poi la sua vita è andata in un'altra direzione.

È bello parlarle mentre cuciniamo, osservo il suo corpo robusto, gli occhi luminosi e i capelli nerissimi, legati dietro con un fermaglio. Veste sempre con abiti scuri, sul verde o sul grigio, sobria ma a modo suo elegante. Il suo viso è bello, ma segnato dalla stanchezza. Nonostante questo sorride sempre, e nel suo sguardo vedo tanta dignità.

Poco prima di scolare la pasta, chiedo ad Alejandra di andare a svegliare Claudia. Lei si gira e fa per andare, poi quando è sulla porta torna indietro.

«Sally...»

«Sì?» Mi guarda con quei suoi occhi pieni di vita e significato.

«Ci tenevo a dirti due cose...»

«Certo, dimmi!»

«La felicità non passa per quello che possediamo, ma per quello che abbiamo dentro.» Mi mette una mano sul petto, all'altezza del cuore. «Ecco, qui dentro...»

Io resto immobile e la ascolto.

«La felicità passa per quello che c'è qui!» insiste, e si ferma un secondo, come per permettermi di ascoltare il battito. «E tu, qui, hai tantissimo amore...» Continua a parlarmi con un filo di voce, ma è come se dentro di me stesse smuovendo montagne e oceani. Poi aggiunge, continuando a guardami negli occhi con una profondità disarmante: «Non smettere mai di inseguirla! Non permettere a nessuno di convincerti che non ne vale la pena. Tu sei diversa!». Mentre lo dice si allontana leggermente e prima di girarsi, quasi sussurrando ripete: «Tu sei diversa...».

I miei occhi sono di nuovo lucidi, ma questa volta c'è di mezzo un sacco di roba: emozione, confusione e soprattutto gioia. Nessuno mi aveva mai parlato così prima d'ora, facendomi sentire completamente nuda. Meravigliosamente nuda.

Non riesco a rispondere nulla, perché lei si volta e va a chiamare Claudia. Quando torna, davanti a Claudia, come da accordi, ricomincia a darmi del lei.

Mia sorella sembra aver già dimenticato la tristezza di prima, perché salta e ride, e rompe perché vuole che le mettiamo i cartoni in tv. Io non le chiedo nulla. È straordinaria la capacità che hanno i bambini di reagire alla tristezza, dovremmo imparare da loro.

Durante il pranzo incrocio spesso lo sguardo di Alejandra, sorridendole. E una volta finito, prima di andare in camera, mentre Claudia è distratta dalla tv, le dico in un orecchio: «Grazie, dolcissima Alejandra. Ti voglio bene!».

«Grazie a te, Sally, grazie a te! E anch'io, anch'io te ne voglio...» risponde a voce bassissima.

Salgo in camera e mi metto a studiare, avevo iniziato un libro di Diego De Silva che mi sta prendendo troppo, ma ora non posso leggerlo anche se vorrei, ho troppe cose da rivedere per domani, c'è la verifica di matematica.

Prima di mettermi sotto con lo studio, faccio un giro su Face e Insta, do un'occhiata al profilo di Andre e a quello di Alessia... fra di loro nessun contatto, pare. Bene. Tiro un sospiro di sollievo.

Poi leggo un nuovo post di Laura e uno di Loy, entrambi su Tumblr:

Loy:

Io so che questa è la mia vita, e che poi alla fine l'ho scelta io. Tutti i casini, è colpa mia. Tutte le lacrime, è colpa mia. Tutti i sorrisi, è colpa mia. Tutta la magia, è colpa mia. So che le mie gambe vorranno sempre correre via da qui, o da lì, e che il mio cervello vorrà sempre volare. E il mio cervello col cazzo che li seguirà i tuoi consigli, ché il mio cervello seguirà i consigli del mio cuore. So che nel mio cuore ci sarà sempre tanto fermento, e tanta voglia di esplodere. So che nel mio cuore ci sarà sempre un gran casino, sì, un gran casino. Ma se tu, un giorno, dovessi aver voglia di mettere un po' di ordine, ecco, io non avrò paura, ti farò entrare, io ti darò le chiavi di casa. E a quel punto saprai solo tu dove trovare certa roba, quando ne avrai bisogno, quando la pretenderai, quando urlando mi vomiterai in faccia il fatto che tu la meriti. Ché a quel punto forse nemmeno io saprò sistemare certe mie cose senza il tuo aiuto, ché t'avrò dato l'unico mazzo di chiavi che avevo. E se poi un giorno te ne andrai via, lontano, sticazzi, quella roba resterà lì, in quello sperduto angolo nascosto e chiuso a chiave della mia anima. In quello sperduto angolo che solo tu sai, del quale io non vorrò più sapere, ché io quella roba non la cercherò. Per far cosa? Per recuperarne il recuperabile ed essere un po' meno triste? O un po' meno debole? O un po' meno stronzo? Per comprenderne la logica, che tanto, poi, non ci capisco mai un cazzo? Per un po' di quel noioso mediocre equilibrio? Checcazzo, no! Fanculo, no! Il mio cuore non ha bisogno del posto fisso e garantito, non cerca un posto in banca. Lui sta troppo bene in jeans e T-shirt, e vive alla giornata, e campa di momenti. Ché se c'è lavoro bene, sennò guardiamo le stelle, e ascoltiamo il rumore del mare, sdraiati sulla sabbia, col vino e la salsedine. E guarderemo ancora avanti, e sogneremo ancora, ascoltando musica che ci racconterà un po' di quel che eravamo e un po' di quel che siamo. Ché se arriverà qualcun altro, con il lanternino e le tenaglie, con la pazienza e la follia e un sacco d'altro amore, bene, sennò c'è il mare, sennò sticazzi.

Adoro lo stile di Loy! Poi leggo quello di Laura che mi fa pensare al mio amore…

Come quando tipo tu mi guardi e io mi metto a cercare dentro di me un modo per essere meno emozionata, ma non lo trovo, cazzo non lo trovo.
Come quando tipo tu ti giri all'improvviso e mi sorridi così, senza una ragione, senza niente che potesse avvertirmi che lo stavi per fare, e io mi ritrovo col cuore in gola e senza fiato.
Come quando tipo io ti chiedo come stai e tu rispondi che stai bene perché stai con me e che senza di me non sarebbe più lo stesso e io mi sento il cielo nel cuore.
Come quando tipo stiamo insieme tutto il giorno e poi la sera tu mi saluti e mi dici: «Ciao» e io penso che "ciao" è la parola più bella del mondo e non riesco a smettere di sorridere, perché

quando tu mi dici «ciao» il mondo è più bello.
E io sono più bella.
E la metro che prendo per tornare è più bella.
E la strada di casa mia, con tutto quel grigio e tutte quelle buche, è più bella.
Ecco, così mi fai sentire tu, col solo fatto di esserci.
Come quando tipo ci baciamo...

Amo questa donna, è come se riuscisse a decodificare le mie emozioni, le cose che ho dentro, quelle che sogno…

Nei giorni scorsi Andrea è stato troppo carino, sempre presente con messaggi e telefonate. Ha fatto due storie su Insta con le sue foto e delle frasi bellissime e romantiche, e sotto c'era il mio tag! Sono piccole cose, ma fanno piacere… E poi ieri è passato solo per darmi un bacio e portarmi un regalino, mi ha comprato un completino intimo nero, bellissimo e un sacco elegante. Mi ha detto che si addice una principessa come me. Oddio, che dolce! Mi ha abbracciato tantissimo scusandosi di essere poco presente per via dello studio.

Quanto lo amo! Sa rendermi così felice con così poco, quando vuole…

Buonanotte a te che volevi solo essere capita, senza troppo rumore, senza troppe parole. Perché qualche volta spiegarsi è difficile, e parlare fa male. Qualche volta i mostri tornano, insieme al passato e alle paure, e abbiamo bisogno solo di un abbraccio silenzioso in cui perderci e sentirci al sicuro.

Laura

Su Spotify:

Non è vero mai, Bianca Atzei e Alex Britti
Peace&Love, Charlie Charles, Ghali e Sfera Ebbasta
Cara Italia, Ghali

Cupido, Sfera Ebbasta
Rockstar, Sfera Ebbasta
Finiremo per volerci bene, Marco Carta
La mia forza, Marco Carta
Paris, The Chainsmokers
Mentre nasce l'aurora, Briga
We Can, James Morrison
Oronero, Giorgia
Not Coming Down, Anastacia
Sei bellissima, Loredana Berté
Thinking Out Loud, Ed Sheeran
Potremmo ritornare, Tiziano Ferro
Cosa resterà, Irama
La descrizione di un attimo, Tiromancino
Mystery, Tom Odell

Buonanotte mondo…

12
Tu sei la neve d'estate

La storia di Simone...

Venerdì 1 febbraio

Non tocco cocaina da più di un mese.

Appena sveglio, appena rientrato in me, ho capito di non averne affatto bisogno, non ne ho mai più sentito la necessità. La botta che ho sentito per la malattia di Nicole e per averla persa è stata più forte di qualunque droga. E l'amore che provo per lei è più forte di qualunque droga. E anche la voglia di ricominciare, di riprendermi la vita, nonostante mi guardi intorno e veda solo macerie...

Oggi, dopo tanto, decido che è il caso di tornare in studio, quantomeno per gestire le faccende che ho lasciato in sospeso, alcune delle quali immagino siano già state prese in carico da altri, vista l'urgenza e il mio telefono aziendale perennemente spento.

In ufficio incontro due clienti che mi cercano da venti giorni, i miei capi sono felici di vedermi, mi chiedono come stia Nicole, ma non aspettano nemmeno che finisca di rispondere che già partono con un lungo discorso su quello che davvero li preoccupa: i loro soldi, i loro clienti. Sottolineano quanto sia importante che in questo periodo io non perda la testa, perché c'è la scalata del dottor Conni, imminente, da affrontare, la fusione di Brk, l'acquisizione di Tv Nazione da parte del gruppo Merivel. E poi l'esproprio di... e...

«Tutte cose su cui bisogna essere presenti, essere sul pezzo, cattivi, vigili, e spregiudicati. Come sempre!»

Io annuisco in silenzio, senza replicare. Mi chiedono se abbia bisogno di un "aiutino", che ne hanno di buona e potente...

«No, grazie, non mi serve...» rispondo.

«Non ti serve? Ok, ok, Simone...» Continuano a scrutarmi preoccupati, per capire se io stia per cedere.

«Allora grazie, ora vado, incontro un paio di clienti fuori studio» dico. Li guardo anch'io negli occhi, senza vederci nulla dentro.

«Simone... se dovessi avere qualche problema o dubbio non esiteresti a parlarcene, vero?»

«Vero...» rispondo indietreggiando.

«Bene, bene. Forza, ragazzo, contiamo su di te! Non deluderci!» dicono, scambiandosi occhiate visibilmente preoccupate.

«E in bocca al lupo per Nicole, eh! È questa la cosa che ci sta più a cuore!»

«Certo...» rispondo con un filo di voce mentre mi volto.

Tutto a un tratto questo posto mi dà il voltastomaco, è come se mi fossi risvegliato da un incubo e allo stesso tempo, in qualche modo, è anche come se ci fossi appena entrato...

Ho una sensazione di vuoto, di torpore, lungo tutto il corpo. Corro verso l'ascensore e chiamo Anna, la mamma di Nicole, che è sempre gentile con me, nonostante negli ultimi anni ci siamo sentiti poco, e non per colpa sua. E nonostante non apprezzasse affatto il mio stile di vita e il modo in cui mi comportavo con Nicole.

Ci sentiamo ogni mattina, le chiedo come vanno le cose e lei mi riferisce tutto, delle cure, degli esami, di quello che dicono i medici.

«La situazione è sempre la stessa» mi dice oggi, «stanno cercando di stabilizzare i linfociti, l'obiettivo ora è renderla più forte con trasfusioni e altro. Poi, se tutto va bene, inizierà il primo ciclo di chemio, e poi, se ancora tutto sarà andato bene, penseremo al trapianto di midollo... e pregheremo Dio... ma adesso è presto per parlare di questo.»

«Dio...» lo dico con un filo di voce. Resto in silenzio per qualche secondo. «Ok, ok, ok... e lei come sta?»

«Lei sta così, Simone, ma è forte...»

«Le mie lettere le riceve? Le legge?»

«Io gliele porto tutte le mattine, ma non so se le legga. È una cosa che riguarda lei, io non posso entrarci...»

«Certo, Anna, certo! Ma vedi, io vorrei vederla, starle vicino... mi distrugge non poterle stare vicino! Pensi che prima o poi vorrà rivedermi?»

«Non lo so quando e se vorrà rivederti. Ora non penso sia il caso, ha bisogno di serenità, non di turbamento. Deve fare solo quello che si sente. Ecco, Simone... tu l'hai delusa molto!»

Non riesco a rispondere. Dico solo: «Lo so... lo so...».

Lei resta in silenzio, senza aggiungere nulla per non infierire.

«Ok, Anna, grazie, davvero, grazie...» Esito qualche secondo e aggiungo: «E... Anna...».

«Sì?»

«Scusami...»

«Non preoccuparti, Simone. Ora devo andare, riguardati...»

Attacco, chiamo l'ascensore e appoggio la testa sul marmo della parete.

Dopo poco si aprono le porte ed escono due colleghi che tentano di attaccare bottone, ma li saluto velocemente mentre entro e premo "Parking".

L'ascensore fa una fermata al piano terra e quando si aprono le porte mi ritrovo davanti Veronica, che passa nel corridoio con una cartellina stretta al petto, sulla camicetta di seta bianca.

Ci guardiamo per un attimo, ha uno sguardo triste, di quella tristezza che ti lascia addosso la vita quando ti ricorda che le favole non esistono, ma i mostri sì... Io resto inebetito, con la bocca aperta. Vorrei dirle qualcosa, chiederle scusa, raccontarle di quello che ero, di quello che sono, del vuoto e degli errori, del freddo che sento dentro… ma poi le porte si richiudono, e io posso smettere di guardare negli occhi il marcio che ho nel cuore. E il male che ho fatto.

E poi le porte si richiudono…

Ieri, cercando online, ho letto che è stato fatto uno studio che proverebbe il rapporto fra lo stress psicologico e l'insorgenza di certe patologie, la tristezza prolungata può incidere su questo genere di cose. E non ho potuto evitare di colpevolizzarmi più di quanto già non faccia ogni minuto. Cristo, Simone, cosa hai fatto, cosa hai fatto…

Dolcissima Nicole, piena di grazia, non ho saputo proteggerti e custodirti! Mentre tu hai tentato fino all'ultimo di capirmi, di farmi vedere le cose che stavo perdendo…

Se dovessi dire qualcosa di te, qualcosa che mi fa mancare il fiato, ecco, più che parlare di quanto sei bella (e cavolo se sei bella!), io parlerei dei dettagli, di alcune piccole significative caratteristiche che ti rendono unica e speciale. Parlerei di quel modo gentile che hai di parlare e che non perdi mai, nemmeno quando ti arrabbi.

Parlerei della grazia nel muovere le mani, che a me, più che un movimento, sembra una carezza al cuore.

Parlerei della macchia sulla caviglia, quella che ti baciavo di continuo la notte.

Parlerei di te dentro quel mio vecchio maglione rosso con i rombi, bruttissimo, scolorito, largo e senza forma, fuori da qualunque moda, che ti rendeva la donna più bella e sexy del mondo, che ti rendeva solo mia.

E poi parlerei dei tuoi occhi, non della loro forma, non del loro colore, ma della luce, di quella luce che ha il sapore della bellezza, della magia. Che si posa sulle cose e le rende più belle. Che si è posata su di me, un giorno di tanti anni fa, e mi ha reso migliore…

Rientrando a casa, mangio qualcosa e scrivo la lettera per Nicole. Esco, come tutte le sere, per lasciarla nel solito posto.

Tu sei speciale, e forse sembrerà banale ma... quando ti penso mi manca il fiato, e tutte le volte che lo faccio è come se fosse la prima. Perché è così raro trovare qualcuno che abbia voglia di crederci e di combattere insieme a te, contro tutto e tutti. È così raro che una sola persona riesca a muovere così tanta energia, mettendo il cuore in tutto quello che fa, affrontando la tempesta a volto scoperto, come se il vento e la pioggia fossero solo gli effetti collaterali di un amore bellissimo. Come se il mondo e la sua parte marcia non potessero niente, e non fossero altro che rumore in mezzo a tutta quella musica...
Tu sei importante, perché quando sto male accendi il sole, spegni il buio, fai suonare il silenzio e mi regali i tuoi sogni, e tutto questo lo fai senza troppo clamore, con la forza di chi, quando ti ama, usa parole sussurrate che ti accarezzano dentro. Di chi schiva i colpi, cade e si rialza. E cade ancora, per poi rialzarsi di nuovo, e ancora una volta, come se non fosse caduta mai. Come se non dovesse cadere più. Come se la bellezza avesse il sapore della fragilità, come se l'amore avesse l'aspetto di uno sbaglio perfettamente riuscito, come se tu fossi un meraviglioso errore da commettere tutte le volte che ne ho bisogno. Un vuoto dentro il quale volare quando tutto sembra perduto.
Tu sei questo per me.
La neve d'estate.
Il sole di notte.
Le regole che saltano.
L'amore.

Tuo,
Simone

Quando sono di nuovo a casa, prima di mettermi a letto tentando inutilmente di dormire, guardo alcune vecchie foto.

Mi fermo su una dove ci siamo io e Nicole, e mi vengono i brividi.

Eravamo in Sicilia, era agosto. Avevamo forse ventidue anni. E i nostri occhi erano puri e pieni di vita. Ricordo che quel giorno lo avevamo passato tutto in barca, ne avevamo affittata una di quelle piccole con lo skipper per visitare la costa di Taormina, eravamo a Isola Bella. E ricordo uno scambio, come se fosse ora, mentre eravamo in acqua abbracciati, a pochi metri dalla riva, aspettando il tramonto...

«Come stai, amore?» mi aveva chiesto baciandomi le labbra con quel sapore di sale e vita e luce e stelle...

«Bene...»

«Ehi, amore...»

«Sì?»

«Voglio saperlo davvero!» Lo aveva detto mentre, con l'indice, disegnava cerchi sulla mia pelle bagnata dal mare, e il suo sguardo si posava un po' sul mio corpo, quando si abbassava, e un po' sui miei occhi, con dolcezza, quando cercava risposte...

«Cioè?» le avevo chiesto sorridendo.

«Hai risposto in modo veloce, frettoloso, quasi come se fosse un automatismo, o una risposta di cortesia, qualcosa di dovuto, quelle risposte che il mondo si aspetta da noi e noi, per non deluderlo, per non pesargli, gli diamo... Io invece voglio sapere di più. Io ho bisogno di andare oltre, a me interessa sapere cosa senti, come ti senti, se davvero va tutto bene, se sei felice, se il tuo cielo è blu, se ti piace stare con me, se hai bisogno di parlare, se c'è qualcosa che vuoi dirmi o che ti turba, qualunque cosa, per me conta tantissimo...»

«Dio, Nicole! Tu mi lasci a bocca aperta. Questo livello di attenzione, il modo in cui ti occupi di me, è qualcosa che mi commuove, mi fa impazzire di gioia... Ecco, amore, tu... tu sei i miei brividi!»

Mi era saltata al collo, tenendomi le mani dietro la testa e intrecciando le gambe ai miei fianchi, in acqua, in modo che potessi prenderla in braccio.

«Oddio, amore... E tu i miei, guarda!» Mi aveva mostrato la pelle d'oca sul braccio. Poi aveva chiesto: «Ti peso?».

«Non so cosa ho fatto per meritare tanto amore, e tanta bellezza, ma grazie... E no, no che non mi pesi, tu mi alleggerisci la vita tutte le volte che mi salti addosso!» le avevo risposto, e poi avevo aggiunto: «Ti amo!».

«Non sai io...»

«Quando mi prendi per mano il mondo è un po' più bello...»

La sera avevamo fatto l'amore, ed era stato bellissimo...

Ripensandoci ora, capisco quanto è vero. È amore quando ti chiede se stai bene e quando rispondi "sì" ti dice: "No, io voglio sapere come stai, come stai davvero". È amore quando qualcuno ha voglia di ascoltare le parole che non dici. Perché non hai avuto il coraggio di pronunciarle, perché non hai saputo trovarle. Perché le persone che si amano a volte non riescono a dirselo. È amore quando ci specchiamo negli occhi di qualcuno che, guardandoci, ci parla della sua vita e ce ne affida un pezzo, ci racconta un po' delle sue paure, si perde e si ritrova più forte. È amore quando quello sguardo si posa sul nostro cuore e ci fa sentire a casa, come se quello fosse l'unico posto in cui essere, perché è inutile imporre alla mente un posto dove il cuore non vuole stare.

Ora, invece, quando mi specchio, mi faccio schifo. Guardo l'immagine riflessa e vedo una costruzione grigia e fatiscente che cade a pezzi, la maschera di un prototipo di un modello brutto e lontano dai miei valori. Devo alzarmi, cercare il coraggio dentro di me, e iniziare a correre forte verso la mia vita, senza girarmi mai, senza girarmi più, per ritrovarmi, per trovare un terreno di dialogo con il mio cuore, con la mia vera natura, con la persona che ero e che a un certo punto ho lasciato andare. Quella persona c'è ancora, da qualche parte. E io non mi darò pace finché non la troverò.

Volevo dirti un sacco di cose, alcune avevano a che fare con i miei vuoti, altre con quella cosa che ci prende dentro quando non riusciamo a dare un nome alle nostre imperfezioni.

Volevo dirti un sacco di cose ma poi non l'ho fatto, forse perché mi è mancata la voce, magari perché non c'era più tempo, o forse ho solo perso la strada.

Volevo dirti "ti amo", ma poi ho sentito un nodo in gola e le gambe tremare.

E sì, ci insegnano che l'amore conta, ma non ci spiegano che non deve essere perfetto, non ci dicono che disegnarlo dentro un perimetro lo rende banale, ne vanifica la magia, perché l'amore ha senso solo quando esplode nella nostra vita e si prende tutto quello che deve, nel modo più naturale possibile, senza regole o schemi già scritti.

Volevo dirti che adesso, senza di te, capisco quanto conti un solo attimo di felicità per dare un senso a tutta una vita, e che, da quando ti ho perso, un senso, la mia vita, non lo ha più…

13
A volte l'amore fa così…

La storia di Sally…

Lunedì 17 dicembre

Appena uscita da scuola volo a casa, mangio con Claudia e Alejandra, come sempre in cucina, molto velocemente perché poi, alle due, viene il maestro per la lezione di piano.

È un tipo un sacco serioso, sui sessanta, sempre in giacca e gilet, ha degli occhiali con le lenti spessissime e quando ci salutiamo mi fa l'inchino. Un uomo d'altri tempi, ma personalmente lo trovo di una tenerezza infinita. È molto severo nell'insegnamento, ci tiene tanto, per lui la musica e il pianoforte sono uno stile di vita. «Dita a martello, schiena dritta e concentrazione.» Avrò sentito queste parole milioni di volte negli ultimi dieci anni, però il suo modo di amare la musica mi ha sempre reso accettabile il suo senso un po' esagerato della disciplina.

Partiamo come sempre con il solfeggio, l'odioso ma necessario solfeggio. Poi provo una sonatina di Mozart su cui sto lavorando da tanto. Dolce, leggera, maestosa. La musica è in grado di farti sentire sempre al posto giusto, anche quando intorno a te tutto sembra sbagliato.

Alle tre in punto dico al maestro che non possiamo trattenerci oltre e lo accompagno alla porta. Volo alla scuola di musica, non vedo l'ora di vedere Federica e poi finalmente i ragazzacci! Passo a prendere Marzia e via!

«Ciao Federica, come stai?» chiedo appena entro in sala.

«Sally! Benissimo, tu? È uscita Benedetta un quarto d'ora fa…» Mentre lo dice, viene ad abbracciarmi.

«Sì, lo sapevo che avrebbe avuto lezione anche lei, dopo ci vediamo tutti insieme al muretto! Ma questo vestitino anni Cinquanta? Ma quanto sei figa?» dico, toccandole la gonna a quadretti bianchi e blu.

«Grazie, l'ho preso sotto casa mia, in via dei Serpenti, c'è un negozietto bellissimo con tutte queste cose particolari, le fa a mano la proprietaria… ti ci devo portare!»

«Sììì! Hai una classe e uno stile che io pagherei!»

«Ma che dici? Sei sempre deliziosa! Però grazie…» Mi fa una carezza sul viso. «E come stai, dimmi? Come va con Andrea?»

«Dài, davvero meglio! Ultimamente è dolcissimo, anche se ci vediamo poco perché è incasinato con lo studio e gli impegni sportivi… Però pare aver cambiato atteggiamento, speriamo…»

«Ecco, sì, speriamo che continui e capisca una buona volta cosa ha tra le mani, e cosa perderebbe se ti lasciasse scappare… Tu sei speciale, Sally, davvero, ricordalo! Tu sei solo per pochi! E non lo dico tanto per dire…»

«Grazie, Fede…»

Poi iniziamo la lezione. Federica mi aveva chiesto una canzone nuova da preparare, ne studiamo una al mese quando riesco ad andare in modo costante. Ho portato *(You Make Me Feel Like) A Natural Woman* di Aretha Franklin.

Dopo i vocalizzi e il riscaldamento iniziale, la proviamo insieme, con lei che mi accompagna alla tastiera. A parte in un paio di punti in cui calo un pochino, mi pare di averla presa bene. Anche il falsetto. Federica dice che vado forte, che dovrei provare seriamente… A me piace tantissimo cantare, mi fa sentire leggera, libera, ma amo farlo solo per me. Mi immagino cantare sotto la doccia, mentre mio marito gioca col cane in giardino: ecco cos'è la musica, per me…

Appena finito saluto Federica ed esco, Marzia è fuori che mi aspetta e fuma.

Faccio due tiri anche io, poi da dietro l'angolo sbucano Paco e Ric.

«Eccoli!»

«Eccole!»

«Come state? E tu, Ric? È un po' che non ti vedo! Quante te ne sei fatte nel frattempo?»

«Ahahah!» ride Marzia.

«Sally, sei troppo piccola per sapere certe cose...» Sorride, socchiudendo un po' gli occhi.

«Ma finiscila!» Paco gli dà una piccola spinta.

«Ragazzi, voi non sapete che fortuna avete avuto a incontrarmi! Io posso spiegarvi i segreti dell'amore, dell'eros...» Mentre lo dice allarga leggermente le braccia e guarda in cielo, come se fosse un mago, o un profeta.

Io e Paco ci scambiamo un'occhiata e ridiamo. Nel frattempo arrivano Benedetta e Geggy che, vedendo Ric in mezzo e noi intorno a ridere, capiscono che è in corso uno dei suoi soliti show.

«Vogliamo ridere anche noiii!» Gli saltano addosso, baciandolo, abbracciandolo e spettinandolo di proposito...

«Dài, spostiamoci» propone Paco, «andiamo sul muretto nostro, come ai vecchi tempi!»

«Sì, andiamo!» concordo io.

«Comunque ti adoro, Ric!» dice Marzia mentre ci spostiamo.

«Anche io, Marzia, anche io mi adoro...» risponde quel buffone di Ric.

E giù risate.

«Che amico scemo!» fa Paco, mentre scuote la testa.

«Senti chi parla!» risponde lui.

«Chi fuma?» chiede Benedetta, ma non aspetta nemmeno che qualcuno risponda e aggiunge: «Va be', io la faccio, intanto...», mentre inizia a rollarne una.

«Sì, ma andiamoci piano che poi devo guidare!» dico io.

«E capirai, per due tiri di erba!» urla Geggy.

«Dài, ha ragione Sally! Chi guida non fuma!» dice Paco.

«Ok, io non guido!» interviene subito Marzia. La solita...

«Allora, che raccontate? Novità?» chiede Geggy. «Tu, Paco, che ci racconti?»

«E che dico, tutto bene, a scuola si tira avanti... Durante le vacanze di Natale aiuterò papà, che ha preso due lavori di ristrutturazione per quel periodo e avrà bisogno di una mano, così con la scusa metto via un po' di soldi per la prossima estate. Con il latin lover, qui, vorremmo andare in un campeggio in Puglia, con la tenda...»

«E ti sporchi tutto quando lavori con tuo padre?» chiede Marzia maliziosa.

«Marzia, fai schifo!» dico io ridendo.

Gli altri ridono, Paco compreso.

«Che bravo che sei, Paco! E poi la vacanza in tenda... che figata!» commenta Geggy.

«Vero, anch'io vorrei troppo farla una vacanza con la canadese!» aggiunge Marzia.

«E unitevi!» risponde Paco.

«Chissà... magari...» interviene Benny, che chiede: «E tu Ric, come va al pub?».

«Una strage di straniere, raga'! Dovrei pagare io per lavorare lì e avere tutto quel ben di dio a portata di mano, altro che campeggio!»

«Oddio, Ric, ogni volta che parli muoio!» ridacchia Marzia. «Comunque, scherzi a parte, quel giorno che sono passata a salutarti ti ho visto molto in gamba con i clienti, invece! Sei bravo, e ora non provare a nasconderti come sempre dietro la tua sbruffonaggine...»

Lo vedo arrossire per un attimo e cercare la solita battuta per uscire dall'imbarazzo. Nel frattempo Benedetta e Geggy si baciano e si tengono per mano.

«Bella quella matita!» Indico la meravigliosa matita con in cima uno Swarovski viola e blu che Benedetta fa ruotare fra le dita.

«Grazie! La uso per segnarmi i consigli di Federica sul canto...» dice abbassando un po' lo sguardo. «Ci tengo molto, è un regalo di mio zio Luca. Me l'ha regalata quando ho compiuto tredici anni, insieme a un tavolino con la bandiera dell'Inghilterra. Lui è stato il primo, e per molto tempo l'unico della mia famiglia, ad appoggiarmi senza se e senza ma» dice stringendo la mano di Geggy, e poi le dà un veloce ma dolcissimo bacio.

«Lo scrittore...» sottolinea Geggy visibilmente emozionata.

«Sììì! Luca Marini!» confermo io. «Ho letto il suo romanzo d'esordio! È troppo bello!»

«È quello che ha cambiato vita, vero?» chiede Paco.

«Sì, ha una storia molto particolare alle spalle, e per certi versi magica. Io l'adoro, non solo come zio, ma prima di tutto come uomo. Per me è e sarà sempre un modello da seguire» dice Benedetta guardandoci negli occhi con grande forza.

«Chissà quanto tromba ora che è uno scrittore affermato...» dice Riccardo, ridacchiando come al suo solito.

«Che cretino che seiii!» urla Benedetta. «E comunque posso garantirti che trombava pure prima, è un figo pazzesco!»

«Adesso però i tuoi hanno accettato la tua omosessualità, vero, Benny?» chiede Marzia, rispettosa.

«Sì, finalmente sì. Ma devo tutto a mio zio... Senza di lui, far breccia nel loro muro di ignoranza sarebbe stato molto più complicato.»

«Io in questo sono stata più fortunata! Ma c'è da dire che sono cresciuta con una coppia omosessuale, Gianni e Michele, due amici di famiglia che stanno insieme da una vita. Per me sono loro i miei zii, papà se n'è andato da casa quando non avevo nemmeno otto anni, e da quel momento i parenti da parte sua non mi hanno praticamente più calcolata» racconta

Geggy con il suo solito modo garbato, poi aggiunge: «E per fortuna!» rivolgendo un sorriso disarmante a Benny.

«Che stronzi!» dico io. «E tua mamma non ha fratelli?»

«No, mamma è figlia unica e ha perso i genitori quando era piccola.»

«Cavolo...» dice Paco.

«No no, è tutto a posto, io sono felicissima della mia vita! Io e mamma siamo alleate, amiche e sorelle, prima di essere madre e figlia. Anche con i miei fratelli vado d'accordo. E poi ho una persona che amo, e non potrei chiedere nulla di più!»

«Quanto ti amo!» dice Benny mentre la tira a sé e la abbraccia forte.

«Siete una meraviglia!» dice Marzia estasiata.

«Cavolo, davvero...» le fa eco Paco.

«Sì, siete una meraviglia ma possibile che quando mi guardate non vi faccio mettere nemmeno un pochino in discussione i vostri gusti? Su! Guardatemi! Non sono irresistibile?» Riccardo si mette al centro del gruppo indicando se stesso.

«Ma finiscila, buffone!» urla Benedetta, visibilmente divertita.

«In effetti sai che mi stai facendo quasi cambiare idea?» Geggy lo dice con un'espressione ironica e giocosa.

«Riccardo, sei tremendo!» urla Paco tirandogli addosso una palla di carta e ridendo forte. «Che poi fino a un paio di anni fa era l'uomo più romantico che conoscessi, ve lo giuro!»

In effetti Paco la dice spesso questa cosa che prima Ric sembrava un'altra persona. Pare che abbia iniziato ad avere questo atteggiamento da latin lover dopo una forte delusione d'amore. Ma nessuno di noi si è mai spinto a chiederglielo apertamente.

«Ah-ah! Ma allora sotto quella maschera da duro c'è un tenerone!» ride Marzia, prendendo un lungo tiro di canna.

«Un dolce orsacchiotto, ecco cos'è Riccardo!» affondo il colpo io, senza pietà.

«Io romantico?» chiede Ric guardando Paco, con la stessa

identica espressione di De Niro in *Taxi Driver* quando parla allo specchio: «Ma dici a me?». Solo che lui, Riccardo, risulta tanto, tanto tenero...

«Sì, tu!» insiste Paco ridendo.

«Guarda che è una cosa bella, eh, Ric! Non devi mica vergognartene!»

«Voi siete matti!»

A quel punto io, Benny e Geggy, vedendolo in difficoltà, lo abbracciamo, e lui, proprio come un orsacchiotto tenerissimo, se ne sta lì a farsi abbracciare.

«Ma con quella tipa con cui uscivi, Paco, come va?» È Marzia che cambia bruscamente discorso.

«La vedo qualche volta, ma boh, non lo so mica quanto durerà. Non è scattato quel sentimento che pensavo...»

«Paco, ma io non ti ho insegnato niente allora? Sentimento? Ma non hai nemmeno diciotto anni, cazzo, ti devi divertire!» gli urla Ric avvicinandosi, come per farsi sentire meglio.

«E perché, non ci si può divertire anche da innamorati, stando con una sola persona?» chiedo io.

«Dài, ammetterai che è un po' complicato...» interviene Marzia. «In coppia poi si finisce sempre a rompersi le palle con tutti quei divieti, tutte quelle restrizioni... meglio liberi!»

«Non sono d'accordo, io mi sento davvero libera solo quando sto con le persone che amo!»

«Io la vedo come te!» dice Paco. «Se trovo una persona con cui sto bene non sento proprio il bisogno di cercare altro...»

«Beati voi...» dice Marzia alzando gli occhi al cielo.

«Marzia, tu sei una brava ragazza, hai un gran cervello!» le dice Riccardo, che aggiunge: «Io la mia libertà la difendo!».

«No, dài, ho fatto una battuta, però non è facile sentirsi davvero liberi stando in coppia, no? E poi spesso, dopo un po', è naturale che si senta l'esigenza di evadere. Ma io ci credo nell'amore! E spero che arrivi quello grande di cui parli tu!» dice Marzia rivolgendosi a me.

«Ma come? Ti avevo appena fatto i complimenti e mi crolli così?»

«Riccardo, per una volta sii serio!» lo ammonisce Paco, con una finta espressione di rimprovero.

«In effetti, quando l'amore è quello con la A maiuscola, quello che ti fa staccare i piedi da terra, non provi la minima sensazione di soffocamento... Anzi, quando l'altro non c'è respiri male» dice Benny tenendo la mano di Geggy.

«Esatto!» dico con fermezza.

«Esatto!» concorda Paco, e poi aggiunge: «Ecco, la tipa con cui sto uscendo non mi ha fatto staccare i piedi da terra...».

«Arriverà, Paco, arriverà!» lo rassicuro, con un sorriso pieno di affetto.

«Ma certo!» risponde lui, raccogliendosi i capelli con le mani e legandoli con un elastico. «E sarà bellissimo...» aggiunge, restituendomi il sorriso. «Tu con Andre ora tutto bene?» chiede poi.

«Comunque questa cosa che la conversazione ha preso questa piega non la sto capendo! Ci sono altre cose, eh! C'è altro nella vita, oltre all'amore! C'è la PlayStation! Il cibo! Il calcio! Le macchine sportive! C'è il sesso!» Riccardo urla la parola "sesso" e mima il movimento di anca e bacino. Che scemo che è!

Facciamo tutti finta di non vederlo, divertiti.

«Sì, dài, non mi posso lamentare!» rispondo a Paco. «Finalmente sembra che abbiamo trovato il nostro equilibrio, questo per noi è proprio un bel momento e lui è carinissimo, pieno di attenzioni! Non lo voglio dire, ma sono troppo felice...»

«Oddio, hai gli occhi a cuoricino! Mi si riempie il cuore di gioia a vederti così!» dice Geggy con una dolcezza disarmante.

«Vero, che bello, Sally! Negli ultimi mesi ti abbiamo vista troppe volte triste! Te lo meriti questo momento!» aggiunge Benedetta, che fa un tiro e passa la canna a Riccardo.

«Quella Alessia ha smesso di rompere?» chiede Paco.

«Pare di sì, ma tanto a me interessa cosa fa lui. Non posso

impedire a lei o a chiunque altro di essere quello che è...» faccio un attimo di pausa. «E non è necessario che io vi dica cosa penso sia lei, vero?» Faccio una mezza smorfia, mischiata a un sorrisetto da finta bimba ingenua.

Scoppiano tutti a ridere, Marzia dice: «Direi di no!» e mi viene ad abbracciare.

Verso le sette e mezza ci salutiamo con la promessa di rivederci presto.

Alle otto sono a casa, papà non è ancora arrivato. In attesa che rientri e si ceni, salgo un attimo in camera e approfitto per leggere qualche riga de *L'Arminuta*, il romanzo che ho iniziato da un po'. Mi piace un sacco. Ne avevo iniziato anche un altro, ma l'ho mollato dopo venti pagine. Con i libri sono come in amore: se una cosa non mi prende subito, preferisco lasciar perdere e passare ad altro.

Mando un messaggio ad Andrea: "Ti amo tanto!". Dio, quanto mi manca...

Dopo mezz'ora finalmente arriva papà e ci chiamano per la cena. Andrea non ha ancora visualizzato, non si connette dalle cinque... Metto in tasca il cellulare e proprio mentre sono sulle scale arriva la notifica di una mail, è un post di Laura:

> Voglio dirti che tu sei la mia festa preferita, quando sto con te sono felice, quando stai con me, con me c'è la musica più bella, le canzoni che mi fanno ballare, quelle che mi commuovono, il ritmo che mi dà la carica, le luci, la gente, tanta gente anche quando non c'è nessuno, i cocktail, i palloncini, tu sei alcol, tu sei droga, tu sei la festa.
> Voglio dirti che tu sei il mio luogo preferito. Sai cambiare le mie giornate, quando sono spente e le accendi con un sorriso, quando sono vuote e le riempi parlandomi di te, quando sono triste e mi perdo fra le tue braccia, quando sbaglio strada e mi prendi per mano.

Tu sei il mio profumo.
Tu sei il mio contatto.
Tu sei casa.
Voglio dirti che ti amo, ma voglio dirtelo senza dirtelo, voglio fartelo vedere, voglio fartelo sentire, voglio portarti un cielo pieno di stelle da mettere in camera, un mare e un tramonto da mettere nel cuore, l'aria che sa di buono per fartela respirare, voglio portarti a sentire il profumo della vita quando corriamo verso i nostri sogni, quando io corro verso di te, che sei il mio sogno, per saltarti addosso.
Voglio che ascolti i miei silenzi.
Voglio farti vedere il mio cuore,
che sarà sempre tuo anche quando te ne andrai, anche quando il tuo sarà di un'altra.
Il mio cuore batterà per te anche senza la tua musica.
Tu sei la vita.
Tu sei l'amore.
Tu sei il mio cuore.

Che bello! Mentre lo leggo mi batte il cuore e penso ad Andrea, che è la mia vita, il mio amore…

Sono ancora sulle scale, a fissare le parole di Laura, quando arriva un WhatsApp. Lo guardo subito pensando sia di Andre… invece è Marzia.

Marzia: "Ohi, amorina, sono sotto casa tua, puoi scendere un attimo?".

Sally: "È successo qualcosa? Comunque ok, scendo".

Non risponde.

Avverto una sensazione, e non è bella…

Avviso i miei che esco un attimo, scendo e vedo Marzia in piedi, appoggiata alla sua macchina, con una faccia terribilmente tesa e preoccupata. Sento un'angoscia pazzesca farsi largo dentro di me.

Le vado incontro con lentezza, forse, inconsciamente,

per ritardare il più possibile il momento in cui inizierà a parlare…

«Devo dirti una cosa, e non è una bella cosa…»

Appunto.

Mi si gela il sangue, mi appoggio anche io alla macchina. Abbozzo un sorriso poco convincente.

«Dimmi…»

«Rientrando sono passata da un'amica a cui avevo prestato il vocabolario di latino, abita su via Nomentana, all'altezza del… sì, insomma, non lontano da dove abita Giulia…»

Capisco tutto, subito, ma resto in silenzio ad ascoltarla, la fisso immobile, mentre i miei occhi si bagnano…

«Amore, tutto bene?» mi chiede Marzia.

«Sì, sto bene, però ti prego, vai avanti…» dico con un filo di voce.

«Ok…» esita un attimo facendo un lungo respiro. «Sotto casa sua c'era Andrea, li ho visti, erano abbracciati, e… e allora mi sono fermata e ho fatto un video di nascosto.» Si ferma un attimo, mi prende per mano.

«Lui e Giulia?» chiedo, cercando di non far tremare la voce. Mentre sento un desiderio inarrestabile di urlare, spaccare tutto, scappare, piangere, crollare, diventare piccola, minuscola, invisibile, e poi nascondermi. E poi sparire. Per sempre. E non lo so, non lo so se mi fa più male il tradimento di Andrea o quello di Giulia. Lui è, o meglio era, il mio uomo, lui lo amo, ci avevo creduto, avevo sognato… ma in qualche modo ormai lo sentivo, dentro al cuore, che poteva essere transitorio nella mia vita, per come si comportava, per tutto quello che c'è stato nell'ultimo anno, per certe sensazioni che non sbagliano mai. Ma lei… cazzo, lei no! Lei non può farmi questo. Lei non doveva farmi questo! Lei, porca puttana, è una mia amica, e un'amica è sacra. Un'amica ti protegge, è tua alleata! Con lei ho passato ore, giorni, nottate a parlare, a confidarmi, ci siamo prese per mano, ci siamo giurate amore, ci siamo guardate negli occhi e promesse che ci saremmo state sempre l'una per l'altra, qualunque cosa fosse successa, contro tutto e tutti. Ci siamo promesse che ci saremmo difese, che ci saremmo sempre capite, e che saremmo state leali... E ok, ultimamente non ci vedevamo più con la frequenza di prima, le cose cambiano, ognuno ha la sua vita, impegni diversi, ok... ma io mi fidavo nello stesso modo, perché per me, per essere amiche vere, non serve mica vedersi tutti i giorni o stare di continuo insieme. Per me, per essere amiche vere, basta sentirsi nel cuore, basta continuare a volersi bene, e io la sentivo, e io mi fidavo di Giulia...

Adesso ho un coltello che scava nello stomaco, e scende e sale e taglia e toglie pezzi di vita, pezzi di amore, pezzi di me...

«Sì» sospira. «Mi dispiace da morire, amorina...»

«Mandami quel video su WhatsApp...»

«Sicura?»

«Sì...»

Marzia mi lascia la mano e prende il telefono. Dopo pochi secondi mi stringe di nuovo la mano e dice: «Inviato». Poi aggiunge: «Amo, mi dispiace da morire. Avevi ragione, è uno stronzo!».

La guardo senza rispondere, poi abbasso gli occhi e fisso l'asfalto. Mi sento frastornata, stordita... come se ancora non riuscissi a realizzare davvero, come se mi fosse arrivato addosso un treno e mi avesse fatto perdere i sensi e il contatto con la realtà.

Nel frattempo arriva il video su WhatsApp, lo scarico, ma non ho la voglia né l'energia per guardarlo ora.

«Ora vado su, tesoro... Lo guardo dopo» dico a Marzia a mezza bocca, senza nemmeno guardarla negli occhi...

«Ma come amore, no! Non voglio lasciarti sola!»

«No, va bene, ho bisogno di stare un attimo sola con me stessa. Però, grazie, eh! Per tutto. Non sai quanto sia stato importante per me che tu sia venuta a dirmelo. Ti voglio bene... Ti scrivo io, ok?»

«Dio, non sai quanto mi fa stare male saperti così… Io ci sono a qualunque ora, Sally! Qualunque ora! Ok?»

«Lo so… grazie, amore!»

La saluto con un abbraccio e torno in casa. Passo davanti alla sala, dove tutto è già pronto per la cena, e dico che non ho fame, che ho un po' di nausea. Mi scuso ancora, guardando mamma negli occhi, e dalla sua espressione capisco che intuisce qualcosa, e vorrei tanto un suo abbraccio. Papà fa un mezzo cenno come a dire ok, nemmeno mi guarda, come al solito, resta con gli occhi sul cibo, meglio così. Mi giro e vado su.

Entro in camera, mi siedo sul letto, fisso il telefono. Dopo un paio di minuti mi decido a guardare il video.

Ci sono loro, davanti a un grande cancello verde, un po' in disparte. Si baciano. Lei gli tiene le mani sul collo, ogni tanto smette di baciarlo e lo guarda negli occhi. Si sorridono, poi si baciano ancora. Mi chiedo come io possa aver ignorato tutto questo, come è successo? Quando? Continuo a domandarmi come possa un'amica arrivare a tanto. Come? Come può specchiarsi la mattina, come fa a dormire la notte? Come cazzo fa a stare tranquilla una che tradisce un'amica?

E lui… lui! Che bastardo! Che pezzo di merda! Ma io lo sapevo, lo sapevo…

Sento tantissime cose dentro di me, un misto di rabbia, disperazione, tristezza. È come se fossi sopraffatta da un enorme vuoto, un vuoto che mi si insinua dentro e rende tutto buio. E nero. E mi fa sentire persa, e abbandonata, e disperatamente sola…

Mi butto sul letto, la stanza gira, sento il cuore che va a duemila. Stringo forte i denti. Serro i pugni e la mascella.

Scatto su, prendo il telefono e inoltro il video ad Andrea su WhatsApp. "Complimenti…" scrivo. "Sparisci dalla mia vita per sempre!"

Fisso il telefono mentre le spunte diventano blu. Chiudo di nuovo gli occhi. Dopo un po' arriva la notifica, è lui che risponde.

Andrea: "Mi dispiace, amore... non so che dire... è che certe cose succedono, ma, davvero, posso spiegarti... non è esattamente come sembra...".

Lo blocco senza rispondere. Vaffanculo, stronzo! Mi alzo di scatto, piango, chiudo la porta a chiave e metto il volume al massimo sulle casse del mio portatile. Cerco *Chandelier* di Sia, e clicco su ripetizione continua.

"Troverò il modo per riprendermi" mi dico mentre mi vedo piangere, immobile, davanti allo specchio, mentre sento tutto il mio mondo andare in fumo.

Ma adesso sto male. Adesso sto troppo male...

Alle undici arriva un sms di Andrea. Mi ero dimenticata di bloccarlo anche lì! C'è scritto: "Amore, mi dispiace tanto, vorrei tanto tornare indietro. Se un giorno deciderai di parlarmi, io sarò sempre qui per te...".

Fisso lo schermo mentre provo un misto di rabbia e delusione. Spengo il telefono.

Sento l'improvviso bisogno di chiudere gli occhi per dormire. Fin da quando ero una bambina, nei momenti di tristezza e sconforto il mio rifugio è sempre stato il sonno, è come se in quei momenti io mi spegnessi per sopravvivere, è come se entrassi in una modalità di autoprotezione. Quando la sofferenza è troppo alta, quando la fitta allo stomaco ti toglie il respiro, un mix fra oblio e narcolessia può essere una fortuna...

Dopo due ore spalanco gli occhi. Accendo il telefono, ci sono milioni di messaggi degli altri: Paco, Marzia, Benny, Geggy e Ric... sono tutti preoccupati, e dolcissimi. Scrivo nella chat di gruppo.

Sally: "Ragazzi, sto bene...".

Sally: "Anzi, no, sto malissimo. Ma ne uscirò! Non preoccupatevi, ne uscirò!".

Geggy: "Amore, ci hai fatto preoccupare! Avevi il telefono staccato, volevamo venire ma Marzia ci ha detto che volevi stare sola! Non sai quanto mi dispiace... Che bastardo!".

Benedetta: "Sono distrutta, il mio cuore sanguina col tuo... Lo so che ora è presto per dirlo, ma, credimi, meglio non avercelo accanto uno così!".

Geggy: "Sì, infatti!".

Benedetta: "Cercano la libertà nel tradimento. E in quel modo tradiscono se stessi e la loro libertà. Che pessime persone... per non parlare di lei!"

Geggy: "Lei nemmeno si commenta, non la conoscevo bene, ma non mi è mai piaciuta a pelle! E non mi sbagliavo. Che troia!".

Paco: "Sally... io ti dico solo che ti voglio bene, e che lui non si rende nemmeno conto di quello che ha perso. Quindi andasse affanculo! E quell'altra con lui!".

Paco: "Io ci sono, lo sai, ci sono a qualunque ora per te... ♥".

Riccardo: "Sally, mi dispiace! So quanto ci tenevi. E posso capire quello che stai provando...".

Sally: "Grazie, Ric...".

Sally: "Grazie a tutti, ragazzi. Vi amo, siete la mia unica fonte di luce...".

Marzia: "Noi ci siamo e ci saremo sempre per te...".

Marzia: "Siamo noi che adoriamo te!".

Geggy: "Sì, Sally, ti adoriamo".

I messaggi vanno avanti a oltranza, ma io ho bisogno di staccare ancora. Chiedo scusa, li saluto tutti ringraziandoli, e spengo di nuovo il telefono.

Alle quattro sono ancora sveglia, dormire è impossibile. Mi alzo per andare in bagno, mi specchio di sfuggita e quello che vedo non è un bello spettacolo. Ieri sera non ho trovato nemmeno il tempo di struccarmi, e il risultato è palese...

La cosa che mi fa stare più male, più del vuoto e dello sconforto che sento, è la sensazione che qualcun'altra è stata preferita a me, di non essere stata scelta. Di essere stata abbandonata...

Torno a letto e abbraccio il cuscino, piango forte a singhiozzi, ma il mondo non può sentirmi, nessuno può sentirmi. Non voglio che Claudia si svegli, le spezzerei il cuore.

Ripenso a tutte le cose che abbiamo fatto insieme, Andrea e io, a tutto quello che ci siamo detti, a quanto ero felice la prima volta che mi ha chiesto di uscire... Siamo andati al cinema, lui mi aveva proposto *Alvin Superstar* e io avevo trovato la cosa dolcissima. Durante la proiezione, ogni tanto ci cercavamo con lo sguardo e con le mani, e a un certo punto ci siamo sorpresi a sbirciare l'una nella direzione dell'altro. Ci siamo sorrisi, così finalmente lui mi ha preso la mano e mi ha baciata. Ero così felice, lui era il mio sogno che si avverava, erano due anni che pensavo a lui, il mio diario era completamente inondato di parole per lui, cuori, canzoni, dichiarazioni. E lui era lì, a prendermi la mano, aveva scelto proprio me, e io mi sentivo la ragazza più fortunata del mondo... Il primo anno insieme è stato bellissimo, lui era così dolce e presente... Ma poi è cambiato, ho iniziato a percepirlo diverso, più distante. Giulia è stata solo un effetto collaterale del suo cambiamento, all'inizio lui non le guardava proprio le altre, perché quando sei davvero innamorato non ti sfiora nemmeno l'idea di guardare qualcun altro, non c'è nulla che possa tentarti. Poi è cambiato tutto, e ho iniziato ad avere la sensazione che chiunque avrebbe potuto mettersi fra noi e il nostro amore, perché Andrea glielo avrebbe permesso!

Non so cosa ci sia davvero fra lui e Giulia, se si sia innamorato, se è solo una scopata, ma so che sarebbe potuto essere davvero chiunque, Elisa, Veronica, la stessa Alessia, che è stata per tanto tempo la mia ossessione... chiunque! E magari è così, magari mi ha tradito chissà con quante altre, magari sta già facendo lo stesso con lei.

A volte l'amore fa così, ci colpisce e ci confonde, ci avvicina a persone che ci mettono in un angolo, in disparte, e più siamo nell'angolo più desideriamo essere messi al centro dell'universo, senza comprendere che non saremo mai al centro dell'universo di chi ci tiene in un angolo...

Verso le sei, cercando di non fare rumore, mi vesto e scendo, ho voglia di fare due passi, prendere una boccata d'aria fredda e fumare una sigaretta. Il rumore della fontana la fa da padrone. Mi avvicino e fisso l'acqua che sgorga e schizza e scorre inesorabile. Come la vita. Come le cose. Come l'amore. Non c'è nessuno in giro, siamo io, piazza Mincio con la sua magia, e tutta la tristezza dell'universo. Mentre fisso la fontana e le sue rane scolpite, inizia a piovere, e non mi sembra affatto una cosa brutta, non la trovo affatto una cattiva idea, anzi... Metto le cuffie, come se niente fosse, e faccio andare Sally di Vasco. In fondo è anche un po' a questa canzone che devo il mio soprannome, mia mamma la amava molto, forse perché già allora sentiva che la vita le stava togliendo troppo, che le stava sfuggendo di mano, forse perché sentiva che si stava allontanando dal suo cuore, dai suoi sogni, dalla sua felicità... Comunque, quando è rimasta incinta di me la ascoltava sempre, e a quanto pare ogni volta che suonava io scalciavo, e davo segni di vita, e ballavo...

Perché la vita è un brivido che vola via / è tutto un equilibrio sopra la follia...

Mentre Vasco canta con la sua voce stupenda, calda, ruvida, con le sue parole semplici ma profonde e perfette e significative, io ballo, sotto la pioggia, e canto, e piango...

«Quando sei triste ma sorridi, e so che sei triste perché ti guardo negli occhi, ecco, è in quel momento che io voglio prenderti per mano e dirti che no, non me ne vado. Io resto...» Me lo aveva detto Andrea, tanto tempo fa, subito dopo aver fatto l'amore. Forse perché per un attimo il mio sguardo si era perso nel vuoto, e lui era venuto a ritrovarmi in quel vuoto. Ma adesso lui non c'è a guardarmi negli occhi, a vedere quanto sono triste, a osservarmi mentre cado a pezzi, a prendermi per mano, per restare, per salvarmi, per non lasciarmi più. Adesso lui non c'è...

Senti che fuori piove, senti che bel rumore...

14
C'è ancora tempo

La storia di Simone…

Sabato 9 febbraio

L'anno in cui morì mio padre fu drammatico, e alla sua morte si aggiunse, dieci mesi dopo, quella della sorella di Nicole. Fu un incidente: investita da un ubriaco mentre attraversava sulle strisce.

I genitori di Nicole avevano divorziato da poco, mentre io avevo iniziato a lavorare due giorni prima nello studio. Lei, la sorella, stava venendo proprio in ufficio da me, per portarmi dei documenti da parte del padre. Fu investita a pochi metri dall'entrata.

Nicole impazzì, letteralmente, e io con lei. Amavo sua sorella come fosse la mia, fu un colpo pesante, di quelli che ti mettono al tappeto ma prima ti spezzano le gambe. E poi rialzarsi non è affatto facile…

Quell'anno, non c'è dubbio, ha significato molto per quello che saremmo poi diventati. Io ho vissuto la cosa con un grande senso di colpa. Ho insabbiato il dolore, l'ho mascherato, l'ho nascosto a me stesso con la coca, con l'alcol, con i soldi, insieme a un mucchio di altre cose che non servivano a niente e che non erano davvero importanti, ma lui è sempre rimasto lì, perché qualche volta, le cose che insabbi, arriva il mare a farle riemergere.

Se non le avessi chiesto quel favore, di portarmi i documenti, forse sarebbe ancora viva.

Tuttavia, nonostante il dolore, io e Nicole riuscimmo a riprenderci come coppia, almeno apparentemente. Lei soprattutto fu meravigliosa, si fece carico del mio e del suo dolore, della mia e della sua tragedia, con quella forza che non è solo forza, ma molto di più, è qualcosa di più vicino alla magia, a un miracolo. Una forza che io non ho saputo capire, e apprezzare…

Mio padre invece è morto qualche mese prima che mi abilitassi come avvocato. Fu un gran peccato, ci teneva tanto a tenere in mano il biglietto da visita e vedere, davanti al nome e cognome di suo figlio, quelle fatidiche tre lettere: "Avv.". Per me sognava un futuro pieno di prestigio e successo, ma dal suo punto di vista, ne sono certo, tutto questo non aveva per niente a che fare col diventare una persona di merda.

Poco prima di andarsene, in ospedale, mi disse: «Cerca di essere onesto e ascolta sempre il tuo cuore». Accanto a me, in quel momento, c'era mia mamma, e lei questa cosa l'ha ripetuta per anni. Ancora me lo ricorda, in quelle rare volte che vado a trovarla… deve essere uno di quei ricordi che l'hanno toccata in modo particolare. Un po' perché è una bella frase, un bel pensiero, un po' perché associare quei terribili momenti a qualcosa di positivo è un modo per essere meno esposti a tutto quel dolore, per esorcizzare la paura di tutta quella perdita, di tutto quel vuoto. Di tutte quelle urla silenziose. Di tutte quelle domande senza una risposta.

Ho cercato di seguire il suo insegnamento fino a un certo punto, poi qualcosa è andato storto, qualche passo falso, un tiro di troppo, il miraggio di una vita diversa, la rabbia, la voglia di riscatto, un po' di consigli sbagliati, qualche alibi, i soldi. E poi niente, poi ti perdi, poi ti perdi…

Ma, ecco, a parte questo, a me invece, fra le altre, a ripensarci, c'è una cosa che mi è rimasta impressa. Era agosto e faceva caldo, quando mio padre è morto. E lui, pochi minuti prima di lasciarci, ha sussurrato: «Appena torno a casa devo comprare i climatizzatori».

Mi è rimasta impressa perché, nonostante possa sembrare una frase banale, in realtà secondo me non lo è, è molto profonda. Dietro questa frase c'è la voglia di vivere, di farcela, l'attaccamento alla vita, il desiderio di non morire. Sentiva che se ne stava andando, eppure era più forte di lui, era come se volesse gridare al mondo: "Forse non ce la farò, ma lotterò fino all'ultimo respiro". Perché voleva esserci. Esserci. E così ha fatto. Ha lottato fino all'ultima possibilità di vita. Fino all'ultima chance. Ma alla fine, in quel sabato sera di molti anni fa, non ce l'ha fatta. E niente… è stato un po' come una crepa improvvisa, una rottura. Io la chiamo la mia data spartiacque, quella che ha diviso tutto il resto in due. Per due. Diviso due. Prima e dopo quel burrone. Prima e dopo quello strappo, come la foto che porto sempre con me, bellissima, che non guardo ormai da troppo tempo perché pensavo di non averne più bisogno, quella foto strappata in cui, guardandoci, pareva ancora tutto perfetto, intatto, possibile.

Quella in cui tu mi abbracciavi da dietro, proteggendomi.

Quella dove io ero felice.

Quella che, guardandoci, i condizionatori erano un lontano pensiero, non servivano, non ci servivano. Non ci serviva niente.

Adesso mi ritrovo a fissare quella foto piangendo, seduto sul bordo del letto, mentre suona J-Ax con *Piccoli per sempre*…

Mi alzo, cerco un vecchio paio di jeans. Non riesco ad abbottonarli, perché ho preso troppi chili, però mi fanno sentire subito bene, più leggero. È come un senso di protezione, di casa.

Li indosso senza allacciare gli ultimi due bottoni, e sopra metto una T-shirt abbastanza lunga. Quindi infilo le scarpe, esco e vado da mamma.

Mamma vive a Trevignano Romano, poco fuori Roma. Subito dopo la morte di papà ha deciso di vendere la loro casa perché non poteva sopportare di rivivere in ogni singolo istante tutti quei ricordi che le spaccavano il cuore. Così si è trasferita in questo posto incantevole sul lago di Bracciano, pieno di verde, bellezza e pace.

Quando arrivo e suono il citofono, da dietro il cancelletto mi accoglie scodinzolando Axel, il suo terranova, enorme, dolcissimo e dal pelo lucido e nero.

«Chi è?» chiede lei al citofono.

«Io...»

Apre subito.

«Ciao ma'...» dico con gli occhi bassi, richiudendo il cancello.

Sulla porta di casa, lei mi accoglie sorridente: «Amore, quanto tempo che non ti vedo! Ti avrò chiamato mille volte, nemmeno una richiamata, farabutto! Entra!».

«Hai ragione...» ammetto, ancora a testa bassa.

«Ehi, che succede?»

È pazzesco come l'amore di una madre non conosca orgoglio o rancore. Tutto questo tempo senza nemmeno un "ciao" da parte mia, senza mai risponderle a un solo messaggio, e lei è lì, a preoccuparsi per me, a percepire il mio dolore...

«Eh, tante cose...» dico, con la voce strozzata.

«Vieni, mettiti seduto qui.»

Mi indica il divano e io mi siedo cercando di non guardarla negli occhi.

Lei insiste: «Dimmi, amore, di' tutto alla tua mamma!» e mentre lo dice mi prende la mano stringendola e accarezzandola.

A quel punto alzo lo sguardo e abbozzo un: «Mi dispiace...», ma non riesco nemmeno a finire di dirlo che scoppio a piangere. A singhiozzi. Come un bambino.

E, proprio come si farebbe con un bambino, lei prende la mia testa, senza dire una sola parola, e la porta al suo petto. Mi accarezza i capelli e sussurra: «Ok, ok… piangi amore, io sono qui, ci sono io qui con te…».

Passano almeno dieci minuti senza che io riesca a dire una sola parola. Avevo incredibilmente bisogno di qualcuno che mi lasciasse sfogare, avevo bisogno di questo, avevo bisogno di lei, e il peso era ormai insostenibile.

«È successo qualcosa al lavoro?»

«No, non solo, ma è molto peggio. Si tratta di Nicole…»

«Cosa è successo a Nicole?»

«È malata. Ha la leucemia linfoblastica acuta, una malattia rara e gravissima.» Non le do il tempo di rispondere e aggiungo: «E mi ha lasciato…».

La guardo negli occhi e lei fa lo stesso.

«Perché?»

«Perché in una fase tanto delicata della sua vita non lo vuole vicino, uno come me. È una questione di dignità, ha detto.» Faccio un attimo di pausa e aggiungo: «E come darle torto…». Allargo le braccia abbozzando un sorriso amaro: «Le cose non andavano da tanto, è da un sacco di tempo che cerca di farmi capire che razza di brutta persona sono diventato. Ma non devo dirti niente, immagino, lo sai anche tu…».

Mi ascolta in silenzio e poi interviene: «Amore, io lo so chi sei, io lo so cosa hai dentro. E so anche cosa ti ha reso così, so perché ti sei perso. Io lo so chi è davvero Simone Coretti! E lo sa anche Nicole. Devi solo trovare il modo di mostrarglielo ancora, ancora una volta, perché è di quel Simone che lei si è innamorata perdutamente! Con me non serve, io ti amerò lo stesso, io ti amerò comunque…». Fa una pausa, mentre i suoi occhi diventano lucidi, e poi continua: «Perché io lo so chi sei e cosa hai dentro al cuore, io lo so! Io sono tua madre! Noi lo sappiamo, vero tesoro?».

La domanda è dolcissima e retorica. Non pretende risposta… Mi butto su di lei e l'abbraccio forte. «Scusa mamma…» e piango ancora.

«Shhh! Andrà tutto bene, amore, vedrai, andrà tutto bene...»

Rimaniamo abbracciati senza parlare per almeno un'ora mentre lei mi accarezza i capelli.

Mi chiedo cosa ho fatto per meritarmi tutto questo amore, e non so rispondermi. Negli ultimi anni io, per mia madre, non ci sono mai stato. E nemmeno per Nicole. E nemmeno per gli amici, come Chico. Loro sono le uniche persone che hanno visto dietro la maschera, che hanno visto il vero Simone... e io ho voltato loro le spalle, inseguendo i colleghi, i capi, quelli che "contano", inseguendo soldi, prestigio, un'idea di me stesso che adesso, al solo pensiero, mi fa venire la nausea.

Le persone che contano, quelle che avrei dovuto tenermi stretto, sono sempre state lì, eppure è come se le vedessi solo adesso, dopo anni di buio.

È per loro che devo cambiare, glielo devo. A loro e a Simone Coretti. Quello vero.

Posso farcela. Non è impossibile.

«Ti dice che è impossibile chi nel vuoto vede solo vuoto in cui cadere. E tu vola!»

Me lo diceva sempre mio padre quando ero piccolo. E io farò in modo di volare...

Mentre torno e mi godo questa sensazione di leggerezza sento che ho appena fatto un piccolo passo verso il mio cuore, e sono sicuro che papà ne sarebbe fiero...

In macchina suona *La donna cannone* di De Gregori, mi emoziona e alzo un po' il volume.

Poi mando un messaggio a Nicole. In questi giorni ogni tanto l'ho fatto, giusto per chiederle come si sentisse, per farle sapere che la pensavo, ma lei non mi ha mai risposto.

Le scrivo di mamma, ci teneva tanto lei, aveva sempre voglia di vederla, di invitarla a pranzo, mi chiedeva di continuo di andare a trovarla, soprattutto dopo la morte di papà, e mi rimproverava di non preoccuparmene… finché non le ho chiesto di smettere di mettersi in mezzo. L'ho fatto per egoismo, per non avere rotture, con la testa rivolta sempre alla stessa cosa: il lavoro, l'ambizione. L'arrivismo sfrenato. Non esisteva niente oltre a quello, tutto il resto erano perdite di tempo e di energie di cui mi sarei potuto occupare in un altro momento. Per colpa mia, nel tempo, Nicole ha diradato i rapporti anche con la sua, di mamma, che non tollerava il mio stile di vita e il mio atteggiamento. A un certo punto le ho chiesto di scegliere fra me e lei, e da quel giorno ha iniziato a incontrarla solo qualche volta per conto suo. Teneva così tanto a me e al nostro rapporto da mettere in secondo piano sua mamma, che le ha donato la vita, e l'ha sempre compresa e supportata in tutto. Una madre che, per colpa mia, si è ritrovata all'improvviso senza due figlie. Con un dolore immenso.

Questo sono stato io: una persona profondamente marcia, che ha intossicato la vita di chiunque gli fosse vicino.

Sento la notifica di un messaggio in arrivo. È lei! Salto dal sedile.

Nicole: "Ne sono felice, lei ha bisogno di te. E se lo merita…".

Rispondo subito: "Come ti senti, amore?".

Ho il cuore che mi batte forte. Com'era prevedibile, a questo messaggio non arriva risposta.

Però c'è stato un segnale, e io l'ho trovato importante, un piccolo riavvicinamento… Solo che vorrei tanto sapere come sta, saperlo da lei. Vorrei poterle stare vicino. Stringerle la mano, intrecciare le nostre dita…

Passo velocemente da un cliente, gli do un appuntamento in Prati, in piazza Mazzini angolo via Crescenzio, vestito così come sono uscito, coi jeans e le Adidas. Aveva bisogno di una relazione urgente. L'ho preparata questa notte in fretta e furia.

Quando scendo dall'auto mi squadra dalla testa ai piedi, poi prende il fascicolo schifato, senza rivolgermi una sola parola oltre a: «La ringrazio, avvocato».

Pronuncia "avvocato" con poca convinzione. Non credo vorrà continuare a essere un mio assistito...

Lo saluto con un'espressione che sta per: "Capisco".

Si volta senza nemmeno rispondere, sale in macchina e se ne va.

Rientro in casa e scrivo subito la lettera per Nicole:

Prendimi così, se puoi, con tutte queste imperfezioni, con questo cielo senza stelle, con questo sguardo senza luce. Coi sassi e le mancanze.

Prendimi così, amore. Non sono stato quello che credevi, non ti ho portato rose e margherite, non ho composto musica, non ti ho dipinto su ogni muro.

Prendimi così, anche senza le rime e le parole, anche senza le carezze e le sorprese. Le poesie e i cioccolatini. Senza il vento e la magia.

Prendimi così, che a volte perdiamo di vista le cose che contano, la vita ci spinge a sommare le cose inutili invece di sottrarre, e io ho sottratto l'unica preziosa, l'unica che conta. La più speciale.

Prendimi così, amore, perché c'è ancora tempo. E il mio, ti giuro, sarà solo per te...

Tuo,
Simone

Ore 09:05:01.973

Il sole è sorto alle 7.18
Tramonterà alle 18.36

L'asse della sfera è ormai allineato, il tocco è quasi certo, il cuore pompa, la traspirazione è evidente a chi osserva e si chiede: "Ma cosa fa, perché non accelera?".
Non c'è un motivo, è più una sensazione, qualcosa che frena il volo, che rallenta la corsa.
È tutto apparentemente molto bello, perfetto, importante… ma c'è una spia accesa, è rossa, e ora, nell'aria, si respira un po' di paura, e aumenta il nervosismo dei presenti che ostentano comunque sicurezza.

E pensi: "Non vorrei essere qui, vorrei essere la luce dell'alba che disegna i tuoi contorni…".

15
Avrei voluto chiederti di restare…

La storia di Sally…

Giovedì 17 gennaio

Avrei voluto chiederti di restare un altro po', solo un po', per abituarmi all'idea di una vita senza di te, di un mare senza il tuo sguardo, di un orizzonte senza l'infinito, per capire che effetto fa la notte senza le stelle, il giorno senza il sole, e l'aria senza ossigeno. Leggo un libro ma non so di che parla, dico cose di cui non conosco il senso. Parlo con la gente ma non l'ascolto.

Avrei voluto un ultimo bacio, per ricordarmi il sapore delle tue labbra sulla mia vita, per non dimenticare cosa si prova quando si vola, catapultati su un altro pianeta, per provare ancora quella sensazione di vuoto sotto i piedi, per guardare il cielo da dentro il cielo.

Avrei voluto un ultimo abbraccio, per respirare il profumo di casa, per guardarci negli occhi e dirci che non è andata. Che forse potevamo essere tutto, ma alla fine non siamo stati niente. Che forse potevamo ritrovarci, ma alla fine ci siamo persi…

Avrei voluto cercarti, ma poi non l'ho fatto, un po' perché sapevo che non sarebbe servito, e un po' perché ormai, lo sento, sei così lontano che io non potrei trovarti più. In nessun posto. Ok, no… nel mio cuore ancora ci sei. Da lì non ti sei mosso. Ma non dipende da te, tu nemmeno lo sai. Che tu, lì, non hai mai voluto esserci. E io l'ho capito troppo tardi che le cose che trattieni con la forza non ti apparterranno mai.

Con Andrea è finita da un mese. Diciamo che non è stato il Natale più bello della mia vita, senza contare Capodanno: tutti volevano che io mi divertissi, ma io non avevo voglia di divertirmi.

Incontrarlo a scuola, la mattina all'entrata o in giro per i corridoi, non è certo stato d'aiuto. Da quando abbiamo chiuso, alterno giornate in cui dormo di continuo ad altre in cui non chiudo occhio nemmeno la notte. In tutto questo, in mezzo, ci sono lo studio, le lezioni di pianoforte e il canto. Oltre al gruppo, che mi è vicino sempre, in un modo pazzesco ed emozionante.

I primi giorni dopo la rottura, ho notato dei like di Marzia a due post di Giulia, che avevano palesemente a che fare con tutta la faccenda, Coelho e Osho, con i quali in qualche modo pareva volersi giustificare o scusare, cercando alibi filosofici e introspettivi... Ma vaffanculo, va'! Comunque, l'intento non l'ho nemmeno voluto prendere in considerazione, lei ormai la considero meno di zero, come se non esistesse, mi fa schifo! Ma a parte questo, ammetto di aver provato fastidio per i like di Marzia. "Ma come?" mi sono detta. "Ma che cazzo metti like a quella stronza?". Comunque non le ho fatto notare nulla, anche se forse sono stata un po' più fredda. Perché, dài, magari non lo diciamo, ma dà fastidio che una tua amica metta like a una persona che ti ha fatto male, anzi, che ti ha tradito! Potrebbe sembrare una scemenza, qualcuno potrebbe dire che è solo un social network, ma la verità è che quelle sono cose che contano, e in fondo non ti va giù. È una cosa che ti fa salire l'acido, perché la vivi un po' come un'altra pugnalata, come se anche lei ti stesse tradendo.

Un giorno, però, poco prima di Natale, Marzia mi ha chiamato per dirmi che anche lei aveva chiuso definitivamente con Giulia.

«Ci ho ragionato, se ti hanno fatto male mi hanno fatto male. Non ce la voglio una traditrice del genere nella mia vita!»

«Marzia, io non pretendo certo che i miei amici chiudano con chi mi ha ferito… ma sentirtelo dire mi alleggerisce il cuore. Non ti nascondo di aver provato un po' di rabbia quando ho visto i tuoi like sotto ai post di quella… Falsi come Giuda, poi!»

«Scusa, amo, hai ragione, non me ne sono resa conto… Mi pareva un modo per scusarsi, da parte sua, e lì per lì, ingenuamente, ci stavo cascando. Ma poi c'ho pensato, e non esiste proprio! Il tuo dolore è il mio dolore, siamo inseparabili, e voglio che tu sappia che puoi contare su di me, come sugli altri del gruppo. Siamo una famiglia, nessuno deve toccare uno di noi! Nessuno! Se tocchi uno, tocchi tutti. Se fai male a uno, fai male a tutti. Questo è il nostro concetto di amicizia, di famiglia, e nessuno potrà mai cambiarlo!» Era seria, quasi piangeva, raramente ho visto Marzia così….

«E siete la famiglia più bella del mondo! La più bella del mondo!» le ho risposto.

Mio padre, invece, quando l'ha saputo, a tavola, mentre pranzavamo, invece di preoccuparsi per me e domandarmi come mi sentissi, mi ha chiesto se per caso avessi fatto qualcosa per spingere Andrea a cercare altro.

«Faccio davvero fatica a immaginare quel ragazzo come una persona scorretta, sai…» mi ha detto. «Mi auguro che possiate chiarire» ha poi aggiunto.

Ho guardato mamma, cercando conforto nei suoi occhi, speravo intervenisse dicendogliene due, ma come sempre niente. Ha provato ad abbozzare una mezza cosa: «Dài, caro, non mi pare il momento…» ma poi si è subito tirata indietro.

Io l'ho guardato con odio e disprezzo, non gli ho nemmeno risposto, mi sono alzata e me ne sono andata in camera mia. Che razza di stronzo, insensibile e maschilista!

In ogni caso, anche se è già passato un po' di tempo, la mia ferita brucia ancora. Quando vado a lezione da Federica, da un lato sento che cantare mi aiuta, eppure dall'altro mi devasta, come se mi costringesse a guardare sempre in faccia il mio dolore e lo diffondesse ovunque, insieme alla musica.

Oggi arrivo da lei puntuale, alle sei.

«Ciao, Federica!»

«Tesoro... come stai?» mi chiede dolcemente.

«Non bene, Federica, non bene...»

«Amore, ti capisco, ci sono passata anche io, so quello che stai provando... e non ti dirò "non ci pensare", perché so che non è possibile. Questo dolore ora devi vivertelo, purtroppo...»

«Già...» abbozzo un sorriso. «Tu sai sempre cosa dire, Federica, sei forte...» mentre lo dico scoppio a piangere, non riesco a trattenermi.

Federica corre ad abbracciarmi e mi tiene stretta a sé, senza dire una parola, cullandomi con il suo calore.

«Ehiii...» mi dice, con voce bassa e dolcissima. «Io sono qui, sempre... ok?»

«Grazie, e scusa...» rispondo cercando di ricompormi.

«Grazie? Scusa? Ma allora vuoi litigare!» dice rivolgendomi un sorriso, che le restituisco con gratitudine.

Mi asciugo le lacrime e partiamo con i consueti vocalizzi per scaldare la voce, poi proviamo il pezzo su cui stiamo lavorando, *Back to Black* di Amy Winehouse, che mi fa sentire nel cuore tutta la tristezza e il dolore che mi sono piombati addosso. Questo brano mi travolge, mi sconvolge, mi violenta, mi accarezza, mi cura, e poi mi fa provare quella sensazione di magia, quella del vento in faccia quando ti lanci nel vuoto e scopri di poter volare, e poi un brivido, e poi la pelle d'oca, un'energia che mi ricorda che io posso farcela, che io ce la farò!

Federica mi accompagna col piano elettrico...

We only said goodbye with words
I died a hundred times
You go back to her
And I go back to…

Mentre canto, ci metto tutta la forza e il cuore che ho, e sento che la mia voce arriva dove deve arrivare, tocca le corde giuste, fa suonare le note perfette, i ricordi più brutti, quelli che mi spaccano in due, il rifiuto, l'assenza, l'abbandono, il tradimento. Canto e vedo tutto, la musica va e io sento ogni cosa… mentre canto una lacrima mi riga il viso, ma non è un problema, perché ha ragione Federica: mi serve vivermelo, questo dolore, mi aiuterà a stare meglio, a essere più forte, a soffrire di meno…

Appena finisco guardo Federica, che è ammutolita, ha gli occhi lucidi e mi fissa seria.

«Ho i brividi… avrei pagato perché tu non smettessi di cantare… Oggi, qui, ora, è successo qualcosa, Sally, e ha a che fare con te, con la donna che stai diventando, con la bellezza e i colori che hai dentro. È successa una cosa bella e magica, e io mi sento onorata di farne parte, anche solo un po'…»

Questa volta corro io ad abbracciarla, senza dire una sola parola.

E poi ci salutiamo con affetto…

Prima di entrare in macchina ricevo un messaggio di Paco.

Paco: "Esame di teoria superato! Il 20 febbraio ho la pratica! E poi sarò patentato! Comincia a pensare a dove vuoi che ti porti… ♥ Tu come stai, amichetta? Come ti senti?".

Pazzesco, ha compiuto diciotto anni il 2 gennaio e già ha superato la teoria… che bomba!

Sally: "Ma sei un grande!!! ♥ Io insomma, non benissimo… ma giuro che mi riprendo presto, eh! Ci sto lavorando! Ho finito ora lezione con Federica. Mi sento come svuotata, me ne vado a casa…".

Paco: "Mi dispiace... se hai voglia di parlare... lo sai, vero?".

Sally: "Sì, Paco, lo so... grazie... ♥".

Rispondo a qualche altro messaggio accumulato, fra i quali quelli di Benny, Marzia, Ric e Geggy. Quello di Ric mi fa morire.

Ric: "Mi chiedo cosa mai potrebbe avere un'altra donna per risultarmi, sessualmente, più appetibile di te. Voglio dire, tu hai già tutto: respiri".

Sally: "No, va be', io muoio, Ric! Nessuno sa strapparmi una risata come sai fare tu!".

Ric: "Non sono bravo con questa roba, Sally... ma volevo dirti che ti voglio bene e so che stai giù, e io sono qui...".

Sally: "Oddio, Ric, mi fai commuovere! Grazie! ♥".

C'è anche quello di Marzia: "Hai passato la vita a ritrovare chi ti aveva persa fino a che non hai perso te stessa. Ma io ci sono sempre per te. Sempre!".

Sally: "Ti amo. Grazie...".

Quindi metto in moto e torno a casa.

Questa sera, subito dopo cena, esco per fare un giro da sola. I miei mi permettono di farlo in settimana, a patto che torni entro le undici. Se il giorno dopo non ho scuola, o d'estate, sono molto più libera...

Mi infilo in macchina, attacco il telefono col cavetto allo stereo e metto una playlist che ho preparato oggi. Mentre guido ascolto la musica che va, guardo quello che ho intorno, le strade, le macchine, le persone, e penso. Adesso suona *Paracetamolo* di Calcutta. È pericoloso sentire il cuore a mille... rischi di sentire tanto dolore! E adesso lo so, lo so bene! Ecco perché qualche volta ci nascondiamo...

A volte ti chiudi per proteggerti, ti chiudi per non soffrire. Qualche volta ti chiudi perché in passato ti hanno fatto male, e allora, dopo, non è più così scontato aprirti. Non è più così scontato amare…

Arrivo sul Lungotevere, parcheggio la macchina e scendo. Quanto amo Roma di notte, quanto amo questa sensazione di malinconia e solitudine, nonostante il dolore che provo! Faccio una foto appoggiandomi al muretto, riesco a inquadrare Castel Sant'Angelo e San Pietro, nella foto ci sono molti rami con le foglie verdi dei platani che costeggiano il fiume da entrambi i lati, sembrano cadere come pioggia. Più che una foto, con le luci gialle del ponte, sembra un quadro, un acquerello. Accendo una sigaretta, la prima della giornata, e resto ferma. Sento la vita intorno a me, so che ne uscirò e che troverò la mia strada, so che realizzerò i miei sogni.

Che scema, tutto quel tempo speso a chiedermi se mi amasse, se le parole che mi aveva detto le sentiva davvero nel cuore. Che stupida a non rendermi conto di quanto sia facile da comprendere tutto questo vuoto, e che la risposta è qui, così tanto chiara, così tanto dura: lui non c'è. E chi ti ama non ti lascia andare. L'amore non si lascia andare. L'amore resta. E quando non lo fa, quando se ne va, non è amore. E allora lascialo andare…

Dopo un po' salgo in macchina e riparto, mentre suona *Accattone* di Frah Quintale.

Appena entro in camera, chiudo la porta e mi spoglio, ma dopo qualche secondo bussano. È Claudia, felicissima, alza un libro tutto nero come fosse un tesoro prezioso…

«Ohi, piccolina… cos'è?» le chiedo.

«Ops!»

«Ops? In che senso?»

«Ma cosa hai capito? È il titolo… è il libro della Maino! *#Ops* con il cancelletto, come gli hashtag!» dice urlando e saltando, mentre mi mostra la copertina…

«Ma chi, il tuo mito? Quella che guardi su Musical.ly e imiti di continuo?»

«Sììì!»

«Ma dài, ha scritto anche un libro?»

«Sì. Non è un libro, è un romanzo!»

Sottolinea la parola "romanzo", rimarcandola con orgoglio. È incredibile, a undici anni fa i salti di gioia per un romanzo... questi sono i miracoli del web...

«Ma pensa... E di che parla?» le chiedo, un po' incuriosita e un po' per darle soddisfazione.

«Non lo so, devo ancora iniziarlo! Sicuramente delle ragazze della mia età, della loro vita...» e allarga le braccia come se fosse del tutto evidente.

Sorrido e le chiedo: «Senti, ma me lo regali un abbraccio enorme, uno dei tuoi?».

Non mi fa nemmeno finire che si butta su di me. Regalandomi un abbraccio. Bellissimo. Caldissimo. Speciale. Uno dei suoi...

Le do la buonanotte e io cerco la mia, quella di Laura. Vado sul suo Tumblr e la trovo:

> Buonanotte a te che eri convinta che questa volta sarebbe andata, e che lui fosse quello giusto. Che poi non pretendevi mica che le cose andassero proprio come le avevi in mente tu, vero? Quelli sono i sogni... Ti bastava che tutto andasse bene. Ti bastava ballargli un po' sul collo, respirando il suo profumo. Ti bastava sentirti un po' speciale. Tu sei speciale! Più di quello che credi. Buonanotte, buonanotte a te...

Sembra davvero che riesca a seguire le vicende della mia vita, e a leggermi nel pensiero. Mi fa venire i brividi!

> Lei è forte. Dicono: «È una stronza!». In verità, non abbassa più la testa e non crede più a qualunque cosa. Perché ha già sofferto per i colpi bassi di un bastardo. E non si fida più...
> Lei è forte. Dicono: «È una stronza!»... ma la notte stringe il cuscino, e i denti, mentre piange sotto le lenzuola.

Anche questo post pieno di rabbia e dolcezza di Laura mi lascia senza parole. A volte penso che la cura sia davvero diventare una stronza. Ma io non credo di averlo nel mio DNA. Abbiamo bisogno di qualcuno che ci prenda per mano e ci dica, con gli occhi, senza dire una parola: io ci sarò sempre, io ci sarò comunque…

Mi metto a letto, mentre suona Briga con *Che cosa ci siamo fatti*, e poi Irama con *Un giorno in più*.

Non lo so se mi hai mai amata davvero, e a questo punto non conta più. Che importa…

L'amore non è mica una questione di sola corrispondenza. Io ti ho amato, e amarti mi faceva stare bene, mi faceva sentire viva. Amarti è stato bello, è stato giusto, è stata l'unica via possibile.

Non lo so cosa e chi ho amato, non so se eri quello che pensavo o solo una parte. Non so se c'era un riflesso nei tuoi occhi che non ho mai saputo capire. E adesso non starò qui a colpevolizzarti, a banalizzarti, o a distruggere l'idea che avevo di te, come mi consigliano di fare senza comprendere che quello sarebbe il modo migliore per banalizzare e distruggere me stessa. Non servirebbe, sarebbe sciocco, e stupido, anche se tu non fossi quello che pensavo. È probabile che lo fossi, all'inizio, poi però sei cambiato, e va bene lo stesso, le cose cambiano, e pure le persone. È la tua vita, è il tuo modo di esserci, di stare al mondo. Io ti ho amato anche quando in te vedevo leggerezza e superficialità. Non mi piaceva, ma ti amavo. Anche quando sentivo che mi tradivi, e facendolo mi umiliavi e mi mancavi di rispetto. Non è finito nemmeno in quei momenti, l'amore che sentivo per te e che mi faceva battere il cuore come non ha più battuto. Perché? Non lo so, nessuno lo sa. L'amore è un'alchimia, è un'operazione che dà sempre un risultato diverso. Ci ritroviamo incastrati in un sentimento che ci consuma giorno dopo giorno, e anche quando non siamo ricambiati noi amiamo lo stesso. Anche quando sbagliamo persona, noi amiamo lo stesso.

Non lo so se mi hai mai amata davvero, e penso che tu non sia fatto per me, eppure sei l'unica cosa che vorrei la mattina appena sveglia. L'unica che chiedo la notte prima di dormire.

16
Sei felice?

La storia di Simone…

Lunedì 18 febbraio

Le mie giornate scorrono quasi tutte nello stesso modo, scandite dagli impegni lavorativi, che affronto con sempre minor interesse e convinzione, e dal pensiero fisso per Nicole.

I miei capi mi stanno addosso, mi chiedono resoconti, analisi, strategie. Si chiedono se io sia ancora quello di prima, e presto, ne sono certo, capiranno che non è così.

Negli ultimi giorni pare che le condizioni di Nicole siano migliorate, stando a quello che mi dice Anna. Con lei direttamente ancora non riesco a parlare. Le ho scritto altri messaggi, ma non è mai arrivata alcuna risposta.

Sono andato a trovare ancora mamma. Ieri mi sono portato via uno scatolone con dentro le lettere e altra roba mia e di Nicole, soprattutto del periodo universitario.

Ho ripensato a tante cose…

Era ottobre, ed entrambi avevamo appena dato un esame. Io le avevo proposto due notti al mare, vicino a Gaeta, e avevo messo i soldi da parte per pagare quel piccolo viaggio.

Avevamo dormito in un bellissimo bungalow di legno, a pochi metri dalla spiaggia.

«Sei felice?»

È una domanda che non fa mai nessuno. Quando siamo piccoli impariamo a camminare, a recitare le tabelline, a rimettere in ordine, ad andare in bicicletta senza rotelle. A fare da soli.

A scuola ci dicono che dobbiamo essere seri, rigare dritto, studiare ed essere preparati. E poi ci spiegano che esistono regole e gerarchie. Relazioni e gruppi.

All'università ci insegnano il senso del dovere, a organizzarci la vita e il tempo. Ci dicono che i nostri sacrifici saranno valutati da qualcuno che ha un potere maggiore del nostro, e che se saremo bravi, prima o poi, avremo lo stesso potere.

Al lavoro si parla di obiettivi, benefit, soldi. Ci spiegano come farli. E noi capiamo quanto contino per riuscire a comprare quella vita che ci vogliono vendere in tv e sui giornali...

E poi, quando siamo fortunati, arriva anche la famiglia, e i figli. E i nipoti. E i doveri e il sacrificio.

Ma nessuno, nessuno ci chiede mai se siamo felici. Nessuno si chiede se quello che facciamo è quello che vorremmo, se ha a che fare con i nostri sogni. Basterebbe formulare quest'unica domanda per capire, per ripartire. Per ricominciare. Per concederci un'altra opportunità. Per fare uscire un po' di odio. Per fare entrare un po' d'amore. Un po' d'amore...

Dovremmo chiedere più spesso alle persone che amiamo se sono felici. Dovremmo chiederci più spesso se siamo felici. Basterebbe poco, eppure non lo fa mai nessuno, come se non contasse nulla, e invece conta solo quello...

«Sei felice?» le avevo chiesto, mentre guardavamo in silenzio il tramonto.

«Che domanda meravigliosa, amore...» mi aveva risposto sorridendomi, per poi aggiungere: «Io sono felice solo se ci sei tu, solo se tu sei qui a tenermi la mano...».

«Ti amo! Tutto quello che mi parla d'amore ha a che fare con te.»

L'avevo stretta in un abbraccio lunghissimo che poi era proseguito anche durante la notte, prima e dopo aver fatto l'amore... Ché le donne belle le abbracci di notte, da dietro, con dolcezza, senza preavviso. Sono belle perché, mentre le abbracci, sorridono. Sono belle perché si addormentano così: sorridendo.

Intanto suona *Iris (Tra le tue poesie)* di Biagio Antonacci, uno dei nostri brani preferiti…

Prendo il telefono e scrivo una mail a Veronica:

Le parole che non ti ho detto hanno a che fare con te, con i tuoi occhi, con il tuo futuro.
Quello che volevo dirti iniziava con "Scusa", ma poi mi sembrava banale, stupido, e anche un po' troppo comodo...
Però, ecco, voglio che tu sappia che sei bella, che sei pulita, e che hai un futuro meraviglioso che ti aspetta. Un futuro che ti meriti. Ascolta questa cosa: non smettere mai di essere quello che sei, anche solo per un secondo, per colpa di uno stronzo come me. Tu meriti un amore sincero, un uomo che ti corteggi, che ti faccia dei regali, che ti porti dei fiori. Che ti tratti come meriti. Tu sei il meglio e meriti il meglio, e non permettere mai a nessuno di metterlo in dubbio, o di metterti in un angolo.
Le parole che non ti ho detto hanno a che fare con il tuo cuore, con le tue aspettative, con il rumore che sento dentro adesso. Ti diranno che puoi ottenere questa o quella cosa, ma in cambio vorranno il tuo corpo... e invece tu combatterai tutta la vita a testa alta, senza vendere mai nemmeno un pezzetto della tua anima, della tua integrità, senza risparmiarti mai, mettendo sempre al primo posto tutto quello che hai di più caro: l'amore. Lo metterai su un piatto, come fa chi vive col vento in faccia, come fa chi non ha paura di sognare e di esporsi, perché è solo così che si vive davvero la vita. E se il mondo ti chiederà di essere diversa, tu cambierai il mondo, e se sarà necessario soffrire per arrivare a quello che può renderti felice, tu soffrirai. Attraverserai il dolore. Non scapperai. Non scappare!
E scusami, scusami se puoi...

Ho detto a Maria di prendersi una vacanza pagata, se la merita. E io ho bisogno di starmene da solo in questo periodo...

Mentre metto a scaldare qualcosa al microonde, arriva un messaggio di Nicole: "Mi sento un po' meglio, domani inizio il primo ciclo di chemio. Grazie...".

Non posso trattenere qualche lacrima di gioia.

"Ti amo da morire. Andrà tutto bene" le rispondo. "E vorrei tanto poterti stare vicino..."

Ma come sempre, quando tocco questo tasto, nessuna risposta. Eppure sono felice, tanto felice che si senta meglio. Ora è solo questo ciò che conta. E in fondo sono felice anche del fatto che abbia pensato di scrivermi...

Telefono a mamma e la aggiorno, è contentissima anche lei. Mi dice che ha trovato una foto meravigliosa di papà mentre rideva.

Di mio padre ho ricordi sbiaditi, eppure l'ho vissuto fino a che non ci ha lasciati. Sarà che certi ricordi, davanti al dolore, tendiamo a cancellarli. Perché le cose belle che non ci sono più ci spaccano il cuore più di quelle brutte.

Di lui ricordo cose semplici, tipo mentre canticchiava davanti allo specchio intento a farsi la barba col rasoio in mano.

Lo ricordo tornare tardissimo e mangiare un pezzo di pane e del formaggio in piedi, mentre mamma gli chiedeva come fosse andata al lavoro.

Lo ricordo in giardino, inveire borbottando tutto sudato, intento a riparare la mia bicicletta senza riuscirci, perché non era affatto portato...

Lo ricordo giocare a tennis, malissimo, in modo goffo, con Carlo, uno dei suoi migliori amici, e litigare per ogni singolo punto.

Lo ricordo serio e concentrato mentre giocava a pinnacolo in coppia con mia madre.

Lo ricordo discutere di calcio senza troppo impegno.

Lo ricordo collezionare enciclopedie che non avremmo mai aperto.

Ricordo che una volta, appena comprata un'utilitaria nuova, io rigai tutta la fiancata con la fibbia della mia cinta in ferro. Lui si arrabbiò molto, ma dopo dieci minuti mi chiese se volevo il gelato.

Lo ricordo incrociare mio zio per strada, nella zona dove sono cresciuto, e dirgli sorridendo: «Oh, ma ci facciamo due fili di pasta tutti insieme, a cena?».

Ricordo quel giorno che mi disse: «Tu diventerai qualcuno, ma devi impegnarti, devi studiare!».

Di lui mi restano cose così, semplici e piccole. Poi me lo ricordo rientrare a casa con un pacchetto di marron glacé, il dolce preferito di mia madre, darle un pizzicotto sulla guancia e dirle con un gran sorriso, pieno di orgoglio, gratitudine e dolcezza: «Cazzarella mia!», storpiando il suo nome, che è Graziella, come faceva lei da piccola quando le chiedevano come si chiamava. Ricordo mia madre felice, immensamente felice per quel piccolo regalo, ricordo che nell'aria c'erano bellezza, miracolo, felicità. Ecco, io questo ricordo di mio padre: l'amore.

L'amore... Mi siedo su un divanetto in terrazza che Nicole amava, uno di quelli con i cuscini da esterno e il tetto parasole. È per due persone. Me la immagino seduta accanto a me a bere un caffè. Lo sento, il profumo di caffè, lo sento nel cuore...

Lei non vuole vedermi, ok, ma per me è come se fosse qui, mi pare di poterla guardare, di poterla toccare, la amo da impazzire...

La spiritualità dell'amore è un concetto sottovalutato, una magia conosciuta da pochi. Siamo talmente abituati al "tutto e subito", alla fisicità forzata e a volte un po' banale, che non ci rendiamo conto del vero filo che ci lega alle persone che amiamo. La quantità delle volte in cui tocchiamo qualcuno fisicamente non ha nulla a che vedere con la qualità dei momenti in cui sentiamo davvero quella persona. Ci sfioriamo il cuore con uno sguardo, ci dichiariamo amore in silenzio, ci percepiamo in mezzo a milioni di persone, nonostante le migliaia di chilometri che ci separano, quando il sentimento è vero e profondo e straripante. L'amore è questo, il punto di non ritorno di un pensiero leggero e intoccabile. Un cerchio che si chiude intorno a due anime destinate a fondersi completamente. Non è necessario essere fisicamente attaccati a una persona per sentirla vicina, per sentirla addosso, dentro ogni centimetro del nostro corpo, in ogni angolo della nostra mente, dentro i limiti di tutti i nostri pensieri. In ogni cellula che ha a che fare con la nostra chimica, con la nostra più magica alchimia.

Il posto accanto non è mai vuoto, se abbiamo qualcuno nel cuore.

Scrivo la lettera per Nicole e poi esco a portarla.

Forse non lo sai, ma da quando mi hai lasciato non piango mai. Però, se alzo gli occhi al cielo, non riesco più a vedere le stelle, e se sento una canzone alla radio, una di quelle che prima mi facevano impazzire, non mi emoziono più.
Forse non lo sai, ma da quando non ti vedo non sto lì a lamentarmi che te ne sei andata, ma non ho più voglia di sentirmi qualcuno. Forse perché ho capito che non sei nessuno senza una persona che ti aspetti, e che io, qualcuno, volevo esserlo solo per te...
Forse non lo sai, ma da quando non sei qui non chiedo di te in giro, ma tutto quello che pensavo di aver costruito si è rivelato un castello di sabbia, è andato giù, si è sciolto con la pioggia, è crollato sotto i miei piedi. E adesso fa freddo...
Forse non lo sai, ma da quando vivo solo non dico mai a nessuno che mi manchi, ma quando mangio qualcosa che mi piace ti penso, quando vedo un tramonto ti penso, prima di dormire

ti penso, appena sveglio ti penso. E quando non mi muovo, e non trovo il coraggio, e mi mancano le forze, e rido, e piango, e corro, e urlo, e tremo, ecco, io ti penso! E questo, forse, tu non lo sai...

Tuo,
Simone

17
Raccontami delle delusioni…

La storia di Sally…

Giovedì 7 febbraio

«Come stai?» mi chiede mamma, che incrocio davanti alla sua camera da letto.

Sta uscendo anche lei, usciamo quasi sempre alla stessa ora.

«Bene, grazie» rispondo velocemente, senza nemmeno guardarla negli occhi. So che è davvero in pena per me, eppure la sento così distante, come se il muro che ha tirato su papà la spingesse a guardarmi sempre da lontano. Sento che fa il tifo per me, ma non urla, il suo è un coro silenzioso, poco deciso. Senza passione. Senza coraggio. E questo in un certo senso mi fa più male dell'indifferenza di papà, a cui sono ormai abituata e che vivo con altrettanta indifferenza e rassegnazione.

«Buona giornata, amore…» dice mentre io sono già sulle scale.

«A te…» rispondo a mezza bocca prima di entrare in cucina e salutare Alejandra con un abbraccio affettuoso.

«Come ti senti, Sally?» mi chiede a bassa voce.

«Non benissimo, Alejandra, ma non mollo, sono forte, ne uscirò!»

«Ricordati, Sally, chi gioca pulito e ci mette il cuore ne esce sempre bene, e ha già vinto in partenza!»

«Lo spero, Alejandra…» dico, con voce bassissima, per mantenere il patto di darci del tu solo quando siamo sole.

«Buona giornata!» ripeto poi sorridendole, mentre lei mi fa una carezza delicatissima sul viso.

Non dovrei pensarci, ma lo faccio. Mi hai tradita, mi hai dimenticata, e non sei qui, ora, a prendermi per mano. Non puoi chiedere al tuo cuore di smettere di battere per una persona, e io non posso chiedere a questa fitta di smettere di bruciare nello stomaco. E non posso chiedere alla mia mano di smettere di tremare per te. E non posso chiedere al mio cielo di essere meno nero.

Non lo so perché succede, come succede. Io so che non sarai più mio, di questo sono sicura, certe cose le sentiamo dentro, le sappiamo fin dall'inizio. Sapevo che non eri mio anche quando stavamo insieme. Anche quando facevamo l'amore. Anche quando mi promettevi il futuro che sognavo. Ma questo, tutto questo non cambia il fatto che ti penso, e non cambia quello che sento dentro, e non cambia che ti ho amato tanto, da morire, un po' come si ama la droga, che ti fa male ma non ne puoi fare a meno, che ti consuma ma ne vuoi ancora. E quando finisce la cerchi dappertutto, nei cassetti, sotto il tavolo, dentro le tasche, negli occhi della gente, nelle parole dei libri, nelle scene dei film, nelle strofe delle canzoni che passano alla radio, quando sei in fila al supermercato e il mondo pare non avere più senso.

E no, non uscirò con altri per dimenticarti e ricominciare, perché non ti dimenticherei, e ricomincerei, sì, ma ricomincerei da te, dal pensiero di te. E mi sentirei terribilmente sola uscendo con qualcuno che non sei tu. E mi sento terribilmente sola, adesso, mentre tu non mi cerchi, non mi trovi. E non sei qui.

Tutto questo mi gira per la testa, lo elaboro, lo distruggo, lo scompongo in una deriva emotiva senza una fine, e il risultato è sempre lo stesso...

Dovrei detestarti, odiarti, sperare di non vederti mai più, e invece mi ritrovo a controllare di continuo il telefono, le tue connessioni, i commenti, i like, qualunque cosa… Ti ho anche sbloccato, con la scusa ufficiale che altrimenti sarebbe stato come scappare, come essere sconfitti due volte, ma sotto sotto, in fondo, farlo è stato lasciare un'ulteriore finestra aperta… e quando sei online su WhatsApp, spero sempre, da un momento all'altro, di leggere: "Andrea sta scrivendo…". Mi ritrovo a fantasticare su quel momento, sulla scena… a quel punto chiuderei velocemente WhatsApp, aspetterei di sentire il suono della notifica, leggerei l'anteprima dove, nelle mie fantasie, ci sarebbe scritto qualcosa come: "Amore, non riesco più a vivere senza di te, da quando non ci sentiamo la mia vita non ha più senso, è una non-vita, ti prego, perdonami! Tu, nel mio cuore, vieni prima di ogni altra cosa, e sono pronto a tutto per dimostrartelo!". A quel punto gongolerei parecchio, con un sorriso di quelli pazzeschi, metterei un pezzo di quelli che mi fanno impazzire, tipo *Poetica* di Cremonini, e inizierei a cantare saltando sul letto. Ti terrei appeso per un sacco di tempo, qualche ora di sicuro, forse un giorno… poi risponderei con un che di freddezza e sufficienza, facendoti notare il male che mi ha fatto… Nelle mie fantasie, però, tu insisti sempre, troveresti mille modi, regali, sorprese, fiori, cioccolatini, scritte sui muri e sul marciapiede davanti a casa… e alla fine sì, in questo sogno che mi sparo di continuo a occhi aperti, alla fine penso che ti perdonerei. Perché, nonostante tutto, mi manchi da morire.

Ecco, è demoralizzante, dopo quello che ho subito, ritrovarmi tanto debole, come sempre *sotto* di lui, più piccola, meno potente… Provo rabbia, e frustrazione, e mi sento sola! Se non fosse per loro, per i miei amici, mi sentirei totalmente al buio, senza possibilità di riprendermi.

Ma poi invece ci sono momenti in cui la fragilità lascia spazio a un po' di forza, a un po' di ottimismo, e mi dico che io posso farcela anche senza di lui, devo farcela, perché una persona così non se lo merita il mio cuore. Io sono solo per pochi, stare con lui, invece, significa essere per tutti! E alle persone che non hanno voglia di occuparsi della nostra felicità non dobbiamo permettere di sedersi al nostro fianco, perché non se li meritano i nostri sorrisi, e non se lo meritano tutto l'universo pieno di stelle che abbiamo dentro.

Arrivata a scuola, lo vedo, nel cortile, da lontano, mi vede anche lui, ma appena incrocia il mio sguardo, come sempre, lo volge altrove e sparisce.

Tutte le volte che succede sento un sussulto, un piccolo giramento di testa, mi sento quasi mancare, poi dopo qualche minuto mi riprendo, e la mia vita continua.

«Amore, che hai?» È Marzia, mi spunta davanti insieme a Michelle, una della sua classe.

Io nemmeno l'avevo notata, ma lei deve aver letto nei miei occhi il panico.

«Tesorino... Niente, ho visto Andrea, lo sai che tutte le volte ho quella sensazione...» Mi tocco la fronte, poi aggiungo subito per tranquillizzarla: «Ma poi passa, teso, tranquilla, davvero! Ora sto bene!».

Cerco di abbozzare un sorriso e incrocio lo sguardo di Giorgio, un ragazzo vestito sempre in un modo un po' eccentrico. Credo sia gay, ma in realtà io e lui non abbiamo mai parlato davvero, giusto qualche parola qua e là. Pare così dolce, ha gli occhi buoni, anche adesso mi sorride, non so come ma sembra aver colto il mio sconforto, è come se avesse percepito o sentito un pezzetto del mio dolore. Apprezzo tanto questo suo gesto di empatia, ricambio il suo sorriso con gratitudine e ci salutiamo con un cenno che ha il sapore di intesa.

Quindi mi giro di nuovo verso Marzia, che mi prende per mano, saliamo insieme i gradini dell'ingresso centrale senza dire più una parola. I miei pensieri sono lì, dove non dovrebbero essere, ma a quanto pare non c'è nulla che possa fermarli.

Arrivate al terzo piano, prima di avviarci ognuna nella propria classe, Marzia mi stringe forte la mano.

«Amo, lo sai che ti amo troppo, vero? E che per qualunque cosa io ci sono? Voglio starti sempre vicino!»

«Lo so, amore, non so cosa farei senza di voi, sarei già persa!»

Ci abbracciamo forte, e ci salutiamo.

Prima di entrare in classe leggo un messaggio di Paco: "Buongiorno, dolce creatura, ricordati che tu sei bella e speciale. Nulla può cambiare tutto questo. Soprattutto uno stronzetto che non sa cosa si perde!".

Dio, che tesoro.

Ce n'è anche uno di Ric, pare si siano messi d'accordo sull'incipit: "Ricordati che Dio esiste, ecco perché ti ha fatto diventare così: single! Proteggi questa cosa. Non cambiare mai! E gioiscine! :P".

E mi strappa un sorriso, come sempre, come solo lui sa fare.

Laura invece, la sera viene a salvarmi:

Raccontami delle delusioni, parlami di lui, di quanto ci pensi, ancora, di quanto ti ha ferito, delle parole dette, di quelle perse. Delle promesse a cui avevi creduto. Che questa volta avresti scommesso fosse quella buona, che questa volta lui sembrava quello giusto. Che ti fidavi, perché tu sei così: pulita, leale...
Raccontami di quando hai paura, di quando cerchi un'isola col cuore, un motivo per sorridere, un po' di forza per non piangere, un appiglio per non crollare.
Raccontami dell'amore, di quello che hai nel cuore, nascosto, protetto, dimenticato. Dell'amore in cui credevi, quello che ti ha tradita. Di quello che sogni da quando eri bambina, di quello che ti ha salvata quando credevi fosse finito.
Raccontami dei tuoi sogni, di quando ti ritrovi a fantasticare sul futuro, di quando fai progetti così grandi che il cuore ti scoppia. Di

quando poi, di notte, nel letto, da sola, arriva la tristezza, e qualche lacrima a bagnarti il viso. A renderti più bella, più vera. Più forte. A ricordarti che asciugarle sul cuscino, in silenzio, con compostezza, ti rende quella che sei: una donna. Una donna meravigliosa.

Ne leggo un altro meraviglioso che mi fa proprio pensare a quanto sono fortunata ad avere accanto i miei amici e le mie amiche…

L'amica speciale ascolta i tuoi vocali infiniti su WhatsApp, fino a tarda notte, quando ti lamenti di quanto stai male perché lui non si è fatto vivo. Perché sa quanto ci tenevi, e sa che tu faresti lo stesso per lei.
L'amica speciale ti copre, in qualunque caso, perché non è lì per giudicarti, ma per volerti bene e proteggerti. Per prenderti per mano anche quando sbagli, quando piove, quando finisci nei casini.
L'amica speciale piange quando piangi ma poi trova un modo per farti ridere, perché vederti triste la distrugge, perché lo sente col cuore, se stai male, anche se non parli.
L'amica speciale è sempre al tuo fianco, perché siete inseparabili, contro tutto e tutti, sorelle vere.
L'amica speciale è speciale perché sa che tutto passa, ma non il vostro amore. Non quel filo che vi lega. Che resterà per sempre. Qualunque cosa accada.

E con loro resterà per sempre, io lo so, qualunque cosa accada…

Buonanotte a te che sei leale, anche se conosci il sapore del tradimento, anche se hai già provato sulla tua pelle quella sensazione di sconforto, di tristezza, di amaro, quella che prova chi si fida e resta deluso, chi si getta fra le braccia di qualcuno e poi sente il vuoto. Buonanotte a te, coraggiosa rivoluzionaria dell'amore!

18
Abbiamo smesso di fare l'amore…

La storia di Simone…

Martedì 19 febbraio

Rientro da un appuntamento di lavoro con l'AD di una nota multinazionale di tabacchi, durante il quale non sono riuscito a concentrarmi per più di dieci minuti consecutivi.

Accosto vicino a un'edicola e scrivo un messaggio lunghissimo a Chico. Cerco di spiegargli la situazione, aggiornandolo su tutto quello che è successo.

Nemmeno dieci minuti e squilla il telefono.

«Simone…» Ha una voce preoccupatissima. «Ma… ma come? Dio, sono sconvolto! Ma perché non me lo hai detto subito? E adesso come sta?»

«Hai ragione, amico mio, avrei dovuto avvisarti subito… Comunque… adesso deve affrontare questa cosa, dopo i primi giorni di forte debolezza ora pare stia meglio. Oggi inizia il primo ciclo di chemio…»

«Sono senza parole…» dice, commosso. «E tu come ti senti?»

«Così, Chico… grazie!»

«Ma grazie di cosa?»

«Di essere così, come sei, nonostante io sia diventato uno stronzo. Avevi ragione…»

«Simone, non siamo perfetti, non siamo sempre perfetti! E capita di confondersi… smettila! Ok?»

«Ok…» Anche la mia voce è commossa.

«Adesso vedo di organizzare il lavoro qui, cercherò qualcuno che possa gestire il locale per qualche giorno, voglio venire!»

Chico gestisce un ristorante sulla spiaggia, a Cabo de la Vela, mentre la moglie, ex insegnante alle elementari, adesso si occupa dei figli.

«Ma no, pensa al tuo lavoro e alla tua famiglia. So che in questo periodo è pieno di turisti lì, lascia perdere… io ti aggiorno, tranquillo! Anche perché le cose potrebbero andare per le lunghe…»

«Ma lei ti parla?»

«Eh, ecco, no… ma ieri mi ha mandato un messaggio, anche qualche giorno prima… dài, piano piano, forse…»

«Ci stai male?»

«Da morire.»

«Ti perdonerà.»

«Lo spero…»

«Ne sono certo, conosco Nicole.»

«Chico…»

«Sì?»

«Scusa…»

«Simone, se lo ridici torno lì in Italia solo per gonfiarti…»

«Le hai sempre prese, da me…» rispondo ridendo.

«Ma adesso è diverso, hai la panza!» ride anche lui.

«Hai ragione!» Dopo un attimo di silenzio, aggiungo: «Ti voglio bene».

«Anch'io, Simo, non sai quanto…»

Attacchiamo promettendoci di sentirci spesso per gli aggiornamenti. E per non perderci mai più…

Poi scrivo la lettera per Nicole:

Amore, quanto mi manchi…

Io volevo costruire qualcosa di importante, volevo essere qualcuno. C'era un vuoto dentro di me, c'erano le mancanze, c'era la voglia di renderti felice.

Ci insegnano che senza possedere non siamo niente, che i soldi possono comprare un bel pezzo di felicità, e che i nostri vuoti possono essere colmati da oggetti di valore, case, auto, gioielli... Presto ci rendiamo conto che il prezzo da pagare è alto, ma quando succede pensiamo che in fondo va bene lo stesso, perché è questo il gioco!
Amore... adesso, dimmi, non ti viene da ridere? Guarda come siamo messi! Guarda! Ci siamo persi, in quel vuoto! Ci siamo persi, in quel gioco...
Abbiamo smesso di fare l'amore e di leccarci le ferite. Abbiamo smesso di piangere e di sentirci fragili. Abbiamo smesso di addormentarci con un sogno nel cassetto. Abbiamo smesso di guardare le stelle e i tramonti. E abbiamo smesso di baciarci in riva al mare, di notte, sotto la luna. Abbiamo smesso di dirci "Ti amo" in tutte le lingue del mondo. E abbiamo smesso di credere che se possiamo toccarlo, in fondo, ce lo siamo già presi, un pezzo di cielo.
Adesso ti dico questa cosa: non ci hanno detto la verità! Non ci hanno parlato dell'amore. Non ci hanno spiegato che quel bacio, di notte, in riva al mare, può salvarci la vita. Che sono le nostre fragilità a renderci speciali, che solo con quelle possiamo accarezzare il cuore di chi ci prende per mano e non pronuncia le parole più belle del mondo perché le dice con gli occhi. Nessuno, amore, nessuno ci ha raccontato di quando arriva il freddo nel cuore a ricordarci i colpi presi, di quello che ci ha segnato, degli errori e le cadute, di tutto quello che ci ha cambiato per sempre, del mare grosso che si perde su quella linea all'orizzonte e ci fa dubitare, tutte le volte, su dove inizi il nostro cielo.
Nessuno ci ha detto dell'inverno, nessuno! Di come ripararci, di come farcela senza le nostre emozioni, di come camminare in bilico sul filo del nostro equilibrio senza cadere nel vuoto, senza saper volare. Non ci hanno detto degli abbracci che sanno di pace e ci scaldano la vita. Nessuno ci ha detto che le ferite ci rendono più forti e che la pioggia, qualche volta, si confonde e

ci salva dalle lacrime, e che la felicità, qualche volta, si nasconde dietro la paura di provarci, di scappare, di scendere dal treno sbagliato. Ecco, io volevo costruire qualcosa, amore, volevo essere felice. Ma nessuno mi aveva detto che senza di te, felice, non potrei esserlo mai...

Tuo,
Simone

Ore 09:05:08.099

Il sole è sorto alle 7.18
Tramonterà alle 18.36

Il battito cardiaco si fa più forte, c'è un silenzio assordante, quindi possono sentirlo tutti il tuo cuore. Si guardano insospettiti, con un certo allarme. Si chiedono tu chi sia, odiano la tua indecisione, la detestano come detestano le tue origini.
«Ci auguriamo che lei abbia le idee chiare» dicono.
Vorrebbero che quel volo terminasse integrando come sempre il loro sistema. Tu sei un numero, e un gesto scontato è quello che stai per fare. 120 millimetri, meno di 7 secondi alla svolta. Un segno, una traiettoria nera e rappresentativa, importante e definitiva, che cambi la tua storia. Il tuo passaggio qui, sulla terra. Un po' come sbarcare sulla luna, secondo loro...

E pensi: "Non vorrei essere qui, vorrei guardarti dormire, e proteggerti, accarezzare la tua pelle in penombra".

19
Vorrei che un giorno, di notte, ti svegliassi di soprassalto cercando la mia mano

La storia di Sally…

Venerdì 15 febbraio

Appena mi sveglio sento subito quel retrogusto amaro, quella sensazione che ti sorprende appena passi dallo stato di incoscienza alla veglia e ti ricorda che l'ultimo pensiero prima di addormentarti era qualcosa che ti faceva stare male, anche se non riesci subito a focalizzarlo, sai che è lì, a un passo dal tuo equilibrio, a un millimetro dalla tua felicità. A minare la curva del tuo sorriso.

Poi metto a fuoco: ieri era il 14 febbraio, e in un angolo del mio cuore nemmeno troppo nascosto avevo sperato che Andrea si facesse vivo, ma niente. Niente…

> Arriverà qualcuno che avrà voglia e coraggio di dimostrarti che ti vuole, che ti vuole davvero. Che non erano solo parole. E che tu non eri solo un gioco. Qualcuno che sul piatto metterà la sua vita e ti dirà: «Io ci sono, qualunque cosa accada, sono qui. E non mi muovo». Arriverà. Ma prima di allora non sprecare nemmeno un grammo d'amore…

Leggo queste parole che Laura ha appena postato sul suo Instagram. Lei mi salva sempre, ma la tristezza non passa.

Non sono una di quelle che reputano San Valentino una festa stupida solo per un vezzo intellettuale, ma nemmeno le sovrastimo, queste ricorrenze. Non è tanto il simbolo o quello che rappresenta, ovvio, ma trovo che San Valentino sia un'occasione d'amore, e le occasioni d'amore vanno protette, perché non sono mai inutili, e neppure banali. E quest'anno viverla da sola, senza Andrea, è stato tanto triste. Ci siamo messi insieme proprio in questo periodo, e per due anni consecutivi lo abbiamo passato insieme. Il primo anno aveva chiesto ai suoi di uscire e avevamo cenato a casa, a lume di candela, con una cena semplicissima ma preparata da lui, con l'aiuto della mamma e della loro collaboratrice domestica. Poi mi aveva portato in camera sua, e mi aveva fatto trovare sul letto tantissimi palloncini rossi e un grande cuscino bianco a forma di cuore, con la scritta rossa: "Ti amo". Piansi tantissimo, di gioia. Fu una cosa dolcissima, che non scorderò mai.

Sto male, ma penso che il dolore sia necessario viverlo, un po' perché ci rende più veri, più belli, più forti, e un po' perché fingere che non ci sia non lo fa scomparire. Anzi, il dolore più lo insabbi e più ritorna.

Vorrei vederti tornare, ricevere un tuo messaggio con scritto che mi ami e che non puoi più vivere senza di me, ma la verità è che tu non mi ami, e che puoi vivere senza di me. Se non fosse così, ora saresti qui, a prendermi la mano, a chiedermi di perdermi in un tuo abbraccio che saprebbe di bello, e di buono, e di casa. E invece non ci sei, e non è vero che le persone se ne vanno anche quando amano. Le persone, quando amano, non ci pensano nemmeno ad andarsene, perché restare è l'unico modo che hanno per respirare. E nessuno può vivere senza respirare. Nessuno. Nemmeno tu...

Dopo la scuola, mangio una pizzetta al volo e raggiungo Benedetta e Geggy in centro, in via del Corso. Benedetta vuole prendere una giacchetta di pelle a buon mercato che ha visto in un negozio all'angolo con via Condotti.

«È proprio bella! E poi ti sta troppo bene, Benny!»

«Confermo! Sei bellissima, amore!» dice Geggy.

«Dite?» chiede Benedetta, felice dei nostri complimenti. «Allora, dài, la prendo!» e alza le braccia con un gran sorriso.

«Sììì!» rispondiamo in coro.

Poi propongono un giro a piedi, le strade del centro mi mettono allegria, nonostante il caos, la puzza e i piccioni...

Guardiamo un po' di negozi, io mi fermo da Foot Locker e provo le Vans nere, le volevo tanto...

«Che stile, Sally...» esclama Benedetta, e mentre lo dice si tocca i capelli cortissimi arrivando con la mano fino a dietro la nuca.

«Le adoro, le voglio da troppo tempo! Le prendo?»

«Sììì! Sono fighissime!» dice Geggy. «Appena posso le prendo anche io!»

«Te le regalo io, amore» le dico. «I miei mi hanno dato la paga settimanale! Lo sai che sono fortunata, sono molto generosi con me, sotto questo punto di vista... E vorrei tanto tanto farti un regalo!»

«Non potrei mai accettare, tesoro, ma non sai quanto io apprezzi che tu l'abbia detto! Sei così dolce e generosa!»

Geggy non è povera, ma sua mamma deve far fronte a tante spese, quelle della casa, le proprie e quelle dei figli. Quindi non sempre può permettersi di fare shopping.

«Sei un tesoro, Sally, davvero!» dice Benedetta.

«E voi? Ma dove le trovo amiche come voi?» Ci baciamo, poi mi giro verso Geggy: «Ohi, allora io non insisto... ma vorrei tanto!».

Non dice nulla, i suoi occhi si bagnano, poi mi abbraccia forte. E io mi rendo conto che la fortuna più grande del mondo è averle come amiche.

Usciamo dal negozio e continuiamo il giro, tagliamo per via di Pietra e poi, camminando ancora, e arriviamo al Pantheon, che tutte le volte mi emoziona nello stesso identico modo. Prendiamo un gelato lì in piazza e ci buttiamo a mangiarlo su un muretto.

«Ma poi l'hai sentito il tipo?» mi chiede Benny.

Si riferisce al ragazzo che ho conosciuto insieme a Marzia una settimana fa mentre cercavamo un parcometro in zona Testaccio, eravamo lì perché lei voleva prendere il regalo di compleanno a sua mamma in un negozio troppo bello di oggetti di design. Jacopo, il ragazzo in questione, ce ne ha indicato uno ed è nata una chiacchierata. Ho pensato che era un sacco carino, esteticamente e nel modo di fare. Da quando ho chiuso con Andrea, non mi è praticamente mai capitato di guardare qualcun altro.

«Sì, mi ha scritto, è davvero un bel tipo...»

«Dài! Racconta! Ma che fa?» chiede Geggy.

«Il primo anno di Lettere...»

«Ma pensa! Anche sensibile, quindi...» interviene Benny.

«Devi uscirci subitissimooo!» Mentre lo dice, Geggy si alza in piedi come per rimarcare l'importanza della cosa.

«Anche prima di subito! È pure gnocco?» chiede Benny.

«Ahahah! Che matte! Be', non è niente male...» rispondo io, poi aggiungo: «Solo che non so come potrei sentirmi, non sono certa di essere ancora pronta...».

«Sally, tu intanto escici! Poi vedi...»

«Mh, potrei, sì... ci penso.»

Più tardi, verso le cinque, ci salutiamo. Dobbiamo tutte andare a casa a studiare. Poco prima di salire in macchina do uno sguardo alle notifiche. Fra gli altri, ci sono i messaggi di Marzia, Riccardo e Paco.

Marzia: "Devi troppo farti lo gnocco di Testaccio, avete già fissato per uscire?".

Sally: "Ahahah! Ma la finisci? Comunque, sì, ci sto facendo un pensierino...".

Non lo so, c'è qualcosa che mi fa sentire stupida a farmi tutte queste paranoie, dovrei andare, uscirci, divertirmi e basta, senza troppe pippe mentali. In fondo è un bel ragazzo, e sembra anche un tipo a posto, e invece... e invece ti senti così, imprigionata, immobile, e stupida, ti senti stupida ad averci creduto, stupida ad averlo aspettato, ti senti stupida mentre indossi un vestito per cercare di piacergli, stupida mentre abbracci un cuscino per sentirti meno sola. Stupida quando sorridi e dentro senti il vuoto. Stupida mentre sorridi ma dentro sei triste da morire. Stupida quando rispondi: «Sto bene» ma il mondo ti crolla addosso. Ti senti stupida a coprirti il viso mentre piangi anche se nessuno può vederti. E ti senti stupida mentre urli dentro di te senza che nessuno possa sentirti. Stupida a mettergli in mano il tuo cuore, stupida a difenderlo da tutto e tutti, stupida a sognare che torni, anche adesso che se ne è andato. Stupida quando ti scopri ancora gelosa. Stupida quando ti senti mancare per averlo visto in una foto abbracciato a un'altra. Stupida a rifiutare di uscire col primo che capita perché per te non è mai così facile, mai così veloce, mai così meccanico. Perché ne uscirai, sì, ma prima devi vivertelo addosso, tutto quel dolore. Perché ne uscirai, sì, ma prima devi sentirla nelle ossa, tutta quella rabbia. E ti senti stupida in mille modi per avergli elo permesso. Stupida perché se ti chiedono di descrivere l'amore tu parli ancora di lui, e se ti chiedono di definirlo con una sola parola tu prendi un foglio e scrivi il suo nome...

Leggo gli altri messaggi:

Riccardo: "Tiè..." E sotto al "tiè" c'è una foto, è un selfie, di lui insieme a una ragazza con lo sguardo ammiccante e le labbra carnose. Che sagoma che è, non si smentisce mai!

Sally: "Sei tremendo! Prima o poi ti innamorerai perdutamente e tornerai a essere il romanticone che eri! E che sei...".

Paco: "Ohi, come stai? E niente, solo per un saluto, ti pensavo... ti voglio bene!".

Sally: "Sei sempre così dolce, amico... fortunata la donna che ti avrà al suo fianco! Comunque oggi molto meglio, grazie! ♥".

Poi salgo in macchina e parto. Accendo lo stereo, lascio la radio, passano *Una canzone per te* di Vasco e subito dopo *Una mano sugli occhi* di Niccolò Fabi, e mi pare un segno del destino, amo queste due canzoni, mi fanno piangere tutte le volte...

Verso le cinque e mezza sono a casa. Mamma è già qui, strano.

«Come mai già a casa?»

«Oggi c'è uno sciopero sindacale, e quindi eccomi...» Ha un'aria contenta.

«Claudia?»

«A casa di Ilaria, con altre della sua classe, le riaccompagna la mamma fra un po'...»

«Ok... Cos'hai mamma, sei felice?» le chiedo mentre mi tolgo il giubbotto.

«Be', sì, abbastanza, non senti che profumino?»

E in effetti mentre parliamo non posso fare a meno di notare il profumo inebriante del ciambellone di mamma appena sfornato.

«Hai fatto il ciambelloneee!» urlo felicissima e ho l'istinto di andare a darle un bacio. Appena mi avvicino lei mi abbraccia forte e mi stringe, e mi stringe...

Poi mi scosto un po' e vedo che sta piangendo...

«Ehi, mamma, cos'hai?»

«Niente, cucciola, volevo dirti che la mamma ti vuole tanto bene e che sarà sempre dalla tua parte...»

«Ok... ma perché piangi?»

«Perché ho impiegato troppo tempo a difendere mia figlia, a schierarmi con lei in modo netto, a essere quella che sono...»

«Cosa intendi, mamma, non capisco...»

«Ho detto a tuo padre che è uno stronzo, e che tu e Claudia siete una meraviglia, piene di amore, piene di vita, nonostante lui non vi abbia mai trasmesso affetto e calore. Purtroppo io sono complice di queste enormi mancanze, e del suo atteggiamento schifoso. Ma da oggi in poi non starò più zitta, non permetterò mai più che le mie figlie vengano dopo i soldi e il lavoro. Gli ho detto che se non gli sta bene...» esita un attimo, fissandomi seria con le lacrime che le bagnano il viso «...se non gli sta bene me ne vado da qui, e vi porto con me.» Altro attimo di esitazione: «...e che può andare a farsi fottere!».

Restiamo in silenzio a guardarci, come fossimo sospese, come se fossimo in un'altra dimensione. Poi mi esplode un sorriso che non riesco proprio a trattenere, e poi scoppiamo entrambe a piangere e ci abbracciamo forte. Tutto a un tratto mi sento un po' più leggera, e un po' più felice. E il mio cielo, per un attimo, sembra meno nero...

«Grazie, mamma...»

«Non dirlo nemmeno per scherzo, sono io che chiedo scusa a te per aver aspettato tutto questo tempo, ma tuo padre ha sempre avuto una grande influenza su di me... All'inizio non era così, ma poi è cambiato, e io con lui...»

«E come l'ha presa?»

«Non ha detto una parola. Eravamo a letto e lui si è girato dall'altra parte fingendo di dormire. Io invece mi sono addormentata subito, e non sai con quanta serenità, amore mio...»

Le prendo la mano, sono così fiera di lei, è così bello vedere quella luce che ha negli occhi. Eccola, la mia mamma, io lo sapevo che c'era e che non mi avrebbe abbandonata, ho aspettato e lei è tornata...

«Ti voglio bene, mamma...»

«Non immagini quanto te ne voglia io, piccolina...»

«Ma il ciambellone me lo fai assaggiare?» chiedo, saltellando piena di gioia.

Andiamo in cucina e prepariamo un tè. Mentre siamo insieme, parliamo un po' di tutto. Continuo a sentirmi confusa, quasi stravolta da questa novità, e penso che sarei felice di parlarne ad Andrea. Quando mi capita qualcosa di brutto o di bello, la prima persona che continua a venirmi in mente è lui, nonostante abbia sempre avuto la sensazione che non mi ascoltasse mai davvero, mentre gli parlavo delle mie cose. Quanto siamo stupidi, quando siamo innamorati…

A cena papà è serissimo, non dice una parola, ma percepisco che ha accusato il colpo, perché si rivolge alla mamma con un tono più rispettoso del solito, e io dentro me la godo, perché penso che sia questo il giusto modo di trattarla. Anche con Claudia è molto meno duro. A me non guarda negli occhi, come se avesse percepito che so tutto, e che adesso io e la mamma siamo una squadra…

Come quasi sempre negli ultimi due mesi, dopo cena esco per fare un giro da sola. Non prendo la macchina, però. Resto in zona e cammino per il mio quartiere, che adoro. Ha ragione Paco, non devo mai scordare quanto sono fortunata ad abitare qui: se non ci vivessi ci verrei lo stesso a camminare, tanto mi piace. La notte sembra di essere in un posto da fiaba, le luci, la piazza con la fontana al centro, i vialetti illuminati dai lampioni, i villini intorno con le siepi perfette e le pareti affrescate, uno dei quali è quello dove ho l'enorme privilegio di vivere. Poi l'arco con il lampadario poco più giù, varcato il quale pare di ritrovarsi in un altro, spettacolare mondo.

Piazza Mincio è un posto da sogno, un'oasi di bellezza, un miracolo, un piccolo immenso regalo della vita, per il quale sono e devo essere profondamente grata. La sera è piena di turisti, di curiosi o di coppiette che vengono a fare foto, o magari solo un giro mano nella mano. E sono troppo felice quando posso condividere questi luoghi del cuore con i miei amici. In genere ci ritroviamo proprio su questi scalini dove sono seduta ora.

Mi accendo una sigaretta, sento voci in lontananza, ragazzi che urlano e ridono. L'acqua della fontana mi rilassa e quasi mi ipnotizza, mi culla mentre fumo e penso.

Penso a lui. Penso a te, Andrea…

Mi chiedo spesso come sarebbe stato se avessimo avuto la

stessa voglia, lo stesso coraggio. Come sarebbe stato senza quel tuo sguardo glaciale sul mondo e sulla vita che ti fa vincere sempre, che ti fa vincere tutto, senza rischiare mai, e ti ripara da ogni cosa, persino dalla tua felicità. Soprattutto da quella…

A casa vedo papà che legge un libro in salotto, una roba di economia, mi saluta senza alzare lo sguardo, rispondo in modo altrettanto freddo e salgo in camera, ma prima passo a salutare la piccoletta, che non dorme mai prima delle undici. Esco dalla sua stanza e incrocio mamma diretta in bagno, la saluto con un sorriso e lei ricambia. Sono così felice di questo nostro nuovo rapporto… Poi, finalmente, mi chiudo nel mio regno. Qui ho la musica, i libri, i ricordi, la nostalgia. E i miei sogni.

Prima di dormire posto una foto su Instagram. Ci siamo tutte noi: io, Marzia, Benedetta e Geggy…

Sei un'amica leale, non perfetta per tutti, ma perfetta per me.
Sei un'amica sincera, mi parli col cuore, guardandomi negli occhi.
Sei un'amica presente, e non è solo una questione fisica, tu ci sei sempre, anche quando non ci sei.
Sei un'amica vera, se devi dirmi qualcosa lo fai, anche quando non mi piace, ma quello che conta è che poi sei sempre dalla mia parte, anche quando sbaglio e sono in torto col mondo intero. Anche quando do di matto. Anche quando perdo l'equilibrio e vado a terra.
Sei un'amica speciale, ecco perché insieme siamo invincibili, ecco perché il nostro legame non si spezza, e il nostro amore non si batte, ecco perché il futuro mette meno paura quando ti guardo e so che sei con me.
Sei l'amica che ho sempre voluto, quella che non cambierei con nessun'altra, quella che quando ci penso mi viene da piangere per la gioia di saperti nella mia vita.
E io sarò al tuo fianco, amica, qualunque cosa succeda, contro

chiunque ti ferisca. Tu sei preziosa. E rara. Come l'amore che provo per te.

Taggo tutte come al solito, questa volta aggiungo anche Riccardo e Paco. La mia famiglia, la mia casa, l'amore che mi salva sempre…

Vado sul Tumblr di Laura e trovo la mia buonanotte…

Buonanotte a te che volevi un amore all'altezza dei tuoi sogni: pulito, vero, autentico. Hai messo il tuo cuore nelle mani di chi non ha saputo proteggerlo, di chi, invece che custodirlo, lo ha svelato senza attenzione, come si mostra ciò a cui non si tiene. Lo accarezzo io, il tuo cuore. E buonanotte a te...

Il post rimanda a uno sempre suo di un anno fa, un'altra buonanotte…

Buonanotte a te che hai nel cuore un pensiero che non cessa di insistere. Un amore che non ti fa dormire. Buonanotte a te che aspetti un messaggio che non arriverà. Ti mando questa mia piccola carezza virtuale. Chi non ti trova forse sta cercando nel posto sbagliato...
Buonanotte.

Vorrei che un giorno, di notte, ti svegliassi di soprassalto cercando la mia mano, cercandomi col pensiero, senza riuscire a trovarmi.

Vorrei che quel giorno ti mancassi, che ti rendessi conto di quello che hai perso, che non era solo sesso, che non ero solo sesso, ma era fare l'amore, perché io ero lì ad amarti, che non era solo parlare, ma era soprattutto sentirsi. Che non eri solo tu, ma ero anche io. E non era solo la tua vita, c'era anche la mia. Che non ero lì in silenzio, nei tuoi occhi, solo ad ascoltarti. Io ti capivo…

Vorrei che ripensassi a me come a qualcosa di speciale che ti sei lasciato sfuggire, che hai perso come si perdono certe cose importanti che non sappiamo riconoscere, come chi perde un diamante pensando fosse vetro…

Vorrei che ti rendessi conto di quanto amore ti ho dato, vorrei che capissi che avrei rinunciato a tutto per te, anche a me stessa, che sarei partita a qualunque ora se mi avessi chiamata, anche solo, non so, perché avevi avuto un incubo, per un abbraccio, per la mia mano nella tua, per il profumo del mare, per guardare le stelle, per sentirti dire "andrà tutto bene". Io sarei partita a qualunque ora, per qualunque luogo, senza esitare un attimo, perché non c'era distanza che il mio cuore non avrebbe annullato, e non c'erano ostacoli che non avrei affrontato, e non c'erano soli o stelle che non ci avrebbero illuminato, e non c'era un solo tramonto che non ti avrei dedicato, e tu non avevi un solo motivo per non amarmi…

20
E dicevi no, con le parole, ma non c'era niente nel tuo sguardo che non parlasse di noi…

La storia di Simone…

Mercoledì 6 marzo

Non sono stato sempre "carino" o "figo" nella mia vita. In realtà non mi ci sono mai sentito. Ma c'è stato un momento, in seconda elementare, per me davvero duro. Per un errore di un medico, che anni prima non mi aveva diagnosticato un'ambliopia pesantissima, stavo per perdere un occhio, mi era rimasta una sola diottria. Per cercare di recuperare la vista, fui costretto a indossare un'odiosa benda permanente e occhiali molto spessi. Sprofondai nella disperazione di un bambino che si vede da un momento all'altro diventare un "quattrocchi" con la benda da pirata e che deve subire le risatine degli amichetti e delle amichette. Mi misero al primo banco. Mi sentivo fallato, diverso, oltre che uno sgorbietto.

Un giorno, però, lì al mio banco, accanto a me, si sedette un piccolo angelo. Io non riuscivo a vedere le scritte della maestra sulla lavagna, perché l'occhio bendato era quello buono: dovevo assolutamente cercare di sforzare quello che si stava fottendo. Ecco, la bambina che aveva lasciato il suo posto per sedermisi accanto mi leggeva riga per riga il contenuto della lavagna, a bassa voce, sorridendo. Proprio come un angelo. È stato così fino a quando non ho tolto la benda… anni dopo.

Questi sono quelli che io chiamo piccoli immensi gesti d'amore. Li abbiamo davanti agli occhi, allo stesso banco, accanto a noi, ma non li notiamo, immersi nel vortice di una corsa senza senso verso obiettivi lontani e sbagliati. Li dimentichiamo. Li umiliamo. Come ho fatto io.

Recuperai la vista solo parzialmente, mi mancano ancora alcuni decimi e l'occhio sinistro è leggermente più chiuso. Ma negli anni ho imparato a trasformare questo mio piccolo difetto in un vantaggio, ho imparato a essere "grande" anche quando sono "più piccolo". Forse è per questo che, alla fine, sono scivolato su un terreno di superbia e arroganza, ho finito per sentirmi sempre troppo grande rispetto a chiunque... Eppure non ho mai scordato quella bambina, quell'angelo.

Due giorni fa mi è apparso un commento su un mio vecchio profilo social, sotto un post con una mia foto in primo piano. Non potevo crederci, per un attimo ho pensato fosse la mia immaginazione...

Invece no. Era lei. Dopo tutti questi anni... Era lì, col suo cuoricino e il suo: "Ti ricordi di me?". Era lì. Davanti agli occhi...

Un brivido. Un sorriso. Non posso scordarmi di te, Micaela. Non mi scorderò mai di te... Non voglio più dimenticare i piccoli immensi gesti d'amore.

Mi disinteresso sistematicamente del mio lavoro, ormai. Ho letteralmente abbandonato pratiche aperte e delicate, questioni importanti, contratti per clienti che avevo seguito sempre io. E ieri, come immaginavo, è arrivata una lettera formale dallo studio: un ultimatum, rischio il licenziamento.

Non mi ha fatto né caldo né freddo.

In questi giorni ho continuato a studiare la malattia di Nicole, cercando informazioni ovunque. Ho chiamato tutti i medici che conoscevo, che a loro volta mi hanno indirizzato ad amici e colleghi che si occupano anche marginalmente della questione. Non ne è emerso nulla di nuovo. Nulla di buono. È un brutto male. La partita è dura.

Come sempre, ogni mattina chiamo Anna per sapere come vanno le cose.

A Nicole scrivo tutti i giorni, e lei ora mi risponde quasi sempre dopo pochi minuti. I nostri scambi sono un po' meno freddi, ma tutte le volte che le chiedo se posso andarla a trovare interrompe la comunicazione.

Io però non smetto di tentare. E ogni sera, come sempre da quando è iniziato tutto questo, le scrivo una lettera, a volte solo poche righe...

Sono andato a trovare mamma quasi tutti i giorni, e quasi tutti i giorni ho chiamato Chico per salutarlo e aggiornarlo. La sente spesso anche lui, e sono sicuro che devo proprio a Chico la leggera ma importantissima apertura di Nicole nei miei confronti.

Nel frattempo, ho ricominciato a occuparmi un po' del mio corpo. Ho fatto delle corsette al parco sotto casa e un po' di flessioni. Ne avevo bisogno.

Mi metto a cercare alcuni documenti relativi al mio contratto di lavoro con lo studio, i termini dell'accordo, le penali, la risoluzione e tutto il resto, giusto per farmi trovare preparato... Mentre apro alcune vecchie cartelline impolverate, quelle di plastica di quando ancora si usava la carta per archiviare i documenti, noto una ventiquattrore in pelle, morbida e consumata, bellissima! È la prima che ho usato, aveva delle tasche davanti che si chiudevano con delle asole e la rendevano più simile a una vecchia valigetta da artista del primi del Novecento che a una ventiquattrore da rampante avvocato d'affari. Me l'aveva regalata Nic...

«Amore, così sembrerai meno serioso! Le valigette che usano i tuoi colleghi praticanti sono tutte così tristi... che brutte!» e dopo averlo detto mi aveva abbracciato e baciato. Eravamo in un locale kosher del ghetto di Roma, all'ora dell'aperitivo...

«Oddio, che bella, amore! È meravigliosa!» avevo risposto, per poi chiedere: «Ma perché, ti sembro triste, io?».

«No, amore! Per ora no...» aveva riso forte per poi baciarmi di nuovo.

Mentre eravamo lì a parlare del nostro futuro, del nostro sogno di avere presto una famiglia, dei figli, una casa solo nostra, fra una polpettina di sedano e un po' di alcol, nemmeno a farlo apposta ci aveva urtato un uomo vestito di tutto punto, in giacca e cravatta, con scarpe tirate a lucido e il fazzoletto nel taschino, e una ventiquattrore di quelle serie, tristi, e bruttissime... Dopo avermi colpito in pieno proprio con la valigetta si era girato e ci aveva guardato. Nicole era seduta sulle mie gambe e mi abbracciava, io tenevo con una mano lo spritz, che le avevo versato un po' sulla maglia per via dell'urto, e con l'altra le accarezzavo i capelli. Ci eravamo appena baciati, eravamo l'immagine della beatitudine, della felicità, dell'amore, ma il tipo ci ha aveva fissato per qualche secondo con disprezzo, girando la testa mentre continuava a camminare come se non ci fosse modo di bloccare le gambe e fermarsi anche solo per un attimo, avevaquell'espressione grigia e arrogante allo stesso tempo, cupa e fanatica, come se fossimo noi quelli in difetto, elementi di disturbo per la sua folle rincorsa verso chissà quale cazzo di obiettivo, senza chiedere scusa, senza provare a farlo nemmeno con gli occhi. Poi si è girato di nuovo ed è sparito, dentro chissà quale nube tossica...

«Amore, se divento come quello stronzo, ti prego, uccidimi!»

«Promesso!» aveva risposto mettendosi una mano sul petto e alzando l'altra in segno di giuramento.

Poi eravamo scoppiati a ridere.

«Quanto ti amo...»

«Quanto?»

«Da impazzire!»

«Davvero?»

«Certo amore... Sei la mia vita!»

«Non dobbiamo scordarci mai di quello che siamo adesso,

di quanto ci amiamo… anche quando il nostro tempo sarà assorbito da altro! Il lavoro, gli impegni e tutto il resto…»

«Amore, io non ho dubbi… Tutto il tempo del mondo non vale quell'attimo in cui le nostre labbra si sfiorano…»

«Oddio, amore… Amo tutto di te, la tua testa, la tua anima, la tua voce, le tue parole! Però, ti prego, promettimi una cosa…»

«Certo… Cosa amore?»

«Che non diventerai mai come quello di prima…» e aveva riso ancora. E io pure, dopo averla rassicurata…

E invece, incredibile… Stavo diventando quello che avevo sempre detestato, avevo odiato così tanto una parte di mondo che alla fine c'ero cascato dentro. Ed ero diventato l'odio stesso. Il veleno dentro un dosatore d'oro bello solo fuori. E poi succede così, dopo che ci sei finito dentro, come con le sabbie mobili, difficile uscirne, rischi di annegare senza nemmeno accorgertene. Rischi di essere uno di quelli che tenta di farcela ma non ce la fa mai. Uno di quelli che per vincere tutto perde ogni cosa. Quelli che fanno tanti soldi ma restano poveri tutta la vita. Quelli che fanno di tutto per essere magri ma quando si specchiano si vedono sempre grassi. E più si vedono grassi più odiano il mondo. Ecco, quelli che non ce la faranno mai li riconosci dall'odio che mettono nel toccare e giudicare la vita degli altri senza conoscerla. Senza sapere. Quando non sai sognare, desideri ardentemente che non lo faccia nessuno, chi non ha amore dentro di sé cerca odio fuori, in ogni cosa. Vuole sporcare il mondo degli altri. Era il bambino che da piccolo non riusciva a costruire il suo castello di sabbia e buttava giù quello degli altri bambini per rabbia e invidia. Quelli che non ce la faranno mai vogliono distruggere le vite altrui perché non sanno costruire nulla di buono nella propria. Quelli che non ce la faranno mai non ce la faranno mai per questo, e per tantissime altre misere ragioni di cui loro non sapranno mai nulla. E non ne sapranno mai nulla perché non ce la faranno mai, non per altro…

Io non sono mai stato quel bambino, io avevo la benda e gli occhiali spessi, io avevo un angelo seduto al mio banco e una famiglia che mi insegnava il senso della dignità e del rispetto, eppure la rabbia, la voglia di riscatto, di farcela, di essere qualcuno… mi avevano trasformato, avevano cambiato tutto dentro di me, distrutto tutto.

Il marcio si mangia qualunque cosa, se non stai attento. Ricordo quella volta che, subito dopo il suo esame orale di maturità, avevamo preso un ostello a Ponza a buon mercato, una sola notte. Eravamo andati lì con l'obiettivo di affittare un piccolo gommone e vedere i delfini sulla tratta per Ventotene. Ce ne avevano parlato. Non era scontato che riuscissimo a vederli, ma ci credevamo entrambi tantissimo, e quando credi in qualcosa con tutto il tuo cuore, e la desideri tanto, qualche volta succede che quella cosa si avveri…

Lo ricordo come se fosse oggi, il momento esatto in cui dall'acqua era spuntata la prima pinna, lei aveva iniziato a urlare di gioia. Erano cinque o sei delfini, e ci avevano scortato per almeno cinque miglia, entravano e uscivano dall'acqua, saltavano girandosi volando, per poi sparire di nuovo, e poi riapparire, come in una magia senza fine. Come il miracolo più incredibile della storia dei miracoli. Era stato uno spettacolo fantastico, e a noi sembrava di vivere un sogno che si stava realizzando.

«Amoreee, guardaaaa! Guarda che meravigliaaa!» esclamava Nicole agitando le braccia in aria e abbracciandomi di continuo. «Dio, mi pare di sognare…»

«È stupendo!» le avevo risposto anch'io in estasi, restituendole millemila abbracci.

«Sono troppo emozionata, Simo!»

«Pure io, Nic! E comunque quando sei emozionata sei ancora più bella, lo sai?»

«E perché?»
«Perché sei felice!»
«Sì?» aveva chiesto sorridendo.
«Sì, dolce amore mio… tu non sai quanto bella sei quando sorridi! Ma io te lo devo per forza far capire!»
«Quanto sei dolce…» mi aveva detto prima di baciarmi, e baciarla, tutte le volte, era un regalo grande della vita…
«Cosa ti piace di me?» mi aveva chiesto divenendo per un attimo seria.
«I dettagli…»
«I dettagli?»
«Di te amo i dettagli. Quel piccolo segno sotto l'occhio, il neo dietro l'orecchio, quel tuo modo di morderti le labbra quando sei imbarazzata, quando dici "perché?" solo perché sei emozionata e non perché ci sia davvero qualcosa che non capisci. Quel tuo buffo modo di reagire quando sbagli. La tua voce che trema quando parla il tuo cuore. Quando indossi la mia felpa bianca col cappuccio e ti stringi alle ginocchia mentre mi guardi. Quando cerchi la mia mano timidamente con un dito per capire se ho voglia di prendere la tua. Quando inventi scuse e storie e pretesti solo perché vuoi perderti in un abbraccio. Quando mi dici che non vuoi più vedermi perché ti sei ingelosita di un messaggio. Le parole che non pronunci, ma che dici con gli occhi. Il sorriso interrotto dal terrore che tutto questo finisca. Il tono con cui mi dici "Ti amo". Lo sguardo di quando lo ripeti in silenzio. Quando tremi mentre lo facciamo. Quando chiudi gli occhi prima di baciarmi. Quando fingi che ti piaccia il mio jeans fuori moda. Quel tuo stupido e meraviglioso modo di dire "no" quando ti sorprendo soprappensiero con lo sguardo perso nel vuoto e ti chiedo se pensi a noi…. Ecco, ecco cosa amo di te, forse ti sembrerà assurdo, o stupido, ma è tutto questo che mi fa impazzire, che mi fa volare. E tu, tu mi fai volare! Ti amo come non ho mai amato nessuno, e non finirà mai…»

L'acqua era blu, di un blu che doveva esserci per forza il tocco di un dio. All'orizzonte il cielo si perdeva nel mare, o ci si ritrovava, in una fusione di bellezza che ti lascia sospeso, perso, felice. C'erano i delfini, c'erano il mare e il cielo. C'era Ponza e Ventotene. C'erano i nostri sogni e il silenzio. C'erano le stelle nel cuore e il rumore dell'acqua.

«Ecco, lo sapevo che non dovevo chiedertelo...» lo aveva detto con un filo di voce, piangendo.

«Amore, non piangere!»

«No!»

«Cosa?» le avevo chiesto sorridendo.

«No! Non pensavo a noi! E al nostro futuro. E al fatto che ti amo da impazzire...»

E dicevi no, con le parole, ma non c'era niente nel tuo sguardo che non parlasse di noi...

21
E non la smetto di pensarci, di pensarci insieme…

La storia di Sally…

Domenica 3 marzo

Questa sera esco con Jacopo, il ragazzo carino che fa Lettere…

Nelle ultime due settimane ci siamo sentiti spesso, almeno un messaggino quasi tutti i giorni, abbiamo scritto tanto su WhatsApp e qualche volta ci siamo anche parlati al telefono.

Anche lui esce da una storia d'amore importante ma, a differenza mia, nel suo caso la decisione l'ha presa lui, perché non era più innamorato. E per questo non so se invidiarlo o meno, perché l'amore è bello anche quando soffri, e forse preferisco soffrire che smettere di provarlo…

Alle otto passa a prendermi, mi porta a mangiare il sushi. Io amo il sushi!

«Ciao!» dico sorridendo mentre entro nella sua macchina.

«Ciao!» risponde lui, restituendo il sorriso, un sorriso bellissimo…

Jacopo è moro, con i capelli ricci neri, un po' lunghi e scompigliati, e gli occhi dal taglio orientale. Nerissimi. Sotto un paio di occhiali grandi dalla montatura spessa. E nerissima.

Non mi stupisce sia siciliano, la sua è una bellezza tutta mediterranea. È davvero sexy. Non bello, non oggettivamente credo, ma tanto sexy. Ha un fisico asciutto, è magro, alto, e ha un look molto bohémien. Giacchetta vintage beige, sciarpa verde, camicia bianca un pochino stropicciata. Ha l'aria maledettamente affascinante, sembra un poeta parigino del XIX secolo…

«Ma sai che io amo la 500! Poi nera! Bellissima!»

«Grazie! C'è chi dice sia più da donna, ma a me fa impazzire, è stato il regalo dei miei per il diploma!»

«Bel regalo!» dico.

«Allora, andiamo?» incalza lui. «C'è un all you can eat buonissimo in zona Ghetto, ho prenotato!»

«Grande!»

In sottofondo c'è della musica, arriva dal suo telefono in bluetooth sullo stereo…

«Che ascolti?»

«Un gruppo olandese, fanno rock indipendente, si chiamano The Brahms, questo pezzo si intitola *Sleep*… ma da quello che ho capito tu sei più per un altro genere, giusto?»

«Ma no, guarda, come ti ho detto io amo tutta la musica, figurati! E sono sempre felice di ascoltare cose che non conosco!»

Trascorriamo una bellissima serata, fra sushi, sashimi, hosomaki e parole che scorrono fluide…

«Quindi ora non ci pensi più alla tua ex?» gli chiedo.

«Be', no, mi capita di pensarci, è stata una persona molto importante per me, ma non ci penso più in quel modo, con quei sentimenti, capito?»

«Capito» dico buttando giù un sorso di bianco.

«E tu? Tu ci pensi tanto, vero?»

«Be'… Sì, te l'ho detto… ma sempre meno, ora sto molto meglio…» Mi sforzo di essere credibile, e lui pare sforzarsi di credermi…

«Ok…» risponde, e poi propone un brindisi: «*Chi vuol esser lieto sia, di doman non c'è certezza*, dice Lorenzo de' Medici! Quindi brindiamo al *qui e ora*, alla vita! All'amore… E a tutto il resto».

«Wow... *Cheers!*» esclamo.

«*Cheers!*» Appena abbassa il bicchiere mi sorride, guardandomi negli occhi, e mi chiede: «E dimmi, cos'è per te l'amore?».

«Ehi, Jacopo, ma che domanda... mica è facile rispondere...»

«Dài, la prima cosa che ti viene in mente...»

Mi fermo un attimo, poi dico: «Quella leggerezza con cui disegna il profilo delle cose ogni mattina la prima luce dell'alba... È come una magia, quella che serve per amare qualcuno avvolgendolo completamente ma lasciandolo libero di essere quello che è...». Non so come mi sia uscita, ma è stato di getto, non ci ho nemmeno pensato davvero...

«Cavolo...» Jacopo sembra rimanere davvero spiazzato. «Mi lasci senza parole, non credo sia mai stato definito in un modo più sublime, l'amore, giuro!»

«Ma dài, mi prendi in giro!» gli dico sorridendogli.

«Non ti prendo in giro, no, non lo sto affatto facendo...» Sembra convinto.

«Allora grazie!» esclamo, e subito dopo chiedo: «E la tua definizione d'amore?».

«Sally, ora che hai dato la tua, meravigliosa, toccante, leggera, sublime... qualunque altra parola sull'amore sarebbe stupida, e inutile. Grazie, però, davvero. Ne farò tesoro!»

«Tu mi lusinghi, sei troppo gentile! Ma farò finta di crederti...»

Quando ci alziamo, lui insiste per pagare il conto. Appena fuori lo ringrazio per la cena.

«Ci parlo un sacco bene con te!» gli dico.

«Grazie! Anche io, Sally, anche io...»

Tira fuori un pacchetto di Marlboro e me ne offre una, che accetto, insieme a un fiammifero. Usa i fiammiferi, che figata!

Dopo un attimo di silenzio, mi chiede: «Ti va se ti offro un amaro da me? Il mio coinquilino è dai suoi in Puglia...».

«Ok, perché no?» rispondo senza esitare.

Ma dentro di me, subito dopo averlo fatto, succede qualcosa…

Entriamo in casa, un appartamento in zona piazza Bologna, frequentatissima dagli universitari. È la tipica casa degli studenti fuori sede: sporca, poco curata, piena di libri.

«Va bene Amaro del Capo ghiacciato?»

«Benissimo!»

Buttiamo giù un paio di bicchieri. L'atmosfera è sempre più calda. Iniziamo a baciarci, ed è bello, mi piace come lo fa, come mi tocca, come mi guarda… Ma c'è qualcosa, quella cosa che è scattata prima…

Piano piano ci trasciniamo nella sua camera, camminando lentamente. Sento che la sua voglia è tanta, la sento addosso, mi bacia dappertutto, poi, arrivati al letto, mi fa sedere sul bordo, con delicatezza e sensualità.

Si abbassa e inizia a spogliarmi, via le scarpe, poi i jeans, si inginocchia a terra e si insinua fra le mie gambe con la testa, sfiorandomi appena sopra gli slip e baciandomi, sempre lì, nel frattempo mi stringe le mani, intreccia le sue dita con le mie in una presa che sa di forza e passione, e per un attimo mi manca il fiato dall'emozione…

Si sposta un po' e fa per sfilarmi gli slip, ma sento di nuovo quella sensazione di prima spingermi forte nello stomaco e nella testa, e in una frazione di secondo capisco che non ce la faccio.

Mi irrigidisco, allontano le sue mani e mi tiro indietro, chiudendo le gambe.

«Mi dispiace, non me la sento…»

Jacopo alza gli occhi al cielo e ride. Non è una risata sarcastica, sembra quasi che se lo aspettasse da un momento all'altro.

«Mi dispiace davvero tanto, sei così speciale, e bello, e sexy…»

«E allora…?» chiede con dolcezza, rimanendo in ginocchio.

«Non riesco a farlo, non per lui, che tra l'altro ha scelto un'altra, ma per rispetto verso di me, del dolore che ancora provo, dell'amore che ancora sento dentro, nonostante tutto...»

Fa un lungo sospiro.

«Ok, lo capisco, lo capisco...»

«Davvero?»

«Sì. Mi dispiace, ma lo capisco. E no, non è solo per il sesso, anche se, ecco, non era niente male quello che stavo sentendo...» e accenna un piccolo, adorabile sorriso. «Ma c'era altro...»

Gli restituisco un sorriso che spero dica più delle parole che non so trovare.

«Me lo daresti un abbraccio?» chiedo.

«Certo...» Si siede accanto a me e mi prende fra le sue braccia, e io mi perdo per un attimo in quella sensazione di bellezza e serenità, chiudo gli occhi e chiedo ancora scusa sottovoce, quasi con vergogna.

«Smettila, per favore! Tutto questo ti rende ancora più bel la e speciale, ok?»

«Non lo so. Ma ok...» Alzo per un attimo la testa e lo guardo. «Grazie...» Poi mi rimetto dentro quell'abbraccio.

Dicono "meriti di meglio", dicono che da quando abbiamo rotto non sono più la stessa. Dicono "smettila di pensarci, guarda avanti". Solo che poi quando guardo avanti, come quando guardo indietro, io vedo solo te, sempre te. E non la smetto di pensarci, di pensarci insieme. E non la smetto di pensarti, di pensarti accanto a me. E non lo so cosa potrei meritarmi di più o meno bello, perché il "meglio" che merito, per me, sei tu. Con tutti i tuoi difetti. Con tutte le tue bugie. Con tutte quelle assenze. E non ti voglio più nella mia vita, ma ti amo ancora come il primo giorno. Ecco cosa succede, io non ti voglio ma voglio solo te. Ti fuggo mentre ti cerco. Ti odio mentre ti amo. Mentre ti amo da morire...

22
Vorrei vederti sorridere…

La storia di Simone…

Martedì 16 aprile

Appena sveglio mando un messaggio a Nicole.

Simone: "Ciao, come ti senti, oggi?".

Nicole: "Me la cavo, la chemio mi butta giù, ma ce la faccio!".

Simone: "Certo che ce la fai! Nessuno ce la fa più di te…".

Nicole: "Dici? ☺".

Simone: "Volevo chiederti se ti andava di vedermi, ma tanto so che non vuoi che venga, e allora non te lo chiedo…".

Nicole: "Il solito furbetto, questa è psicologia inversa…".

Simone: "Già… però ti amo, ti amo tantissimo…".

Nicole: "Ho letto le lettere. Belle…".

Simone: "È solo una parte di quello che penso e ho dentro per te…" scrivo. Poi, dopo un attimo di esitazione, aggiungo: "Mi permetti di venire?".

E come sempre la conversazione finisce qui.

Mi alzo e mi preparo velocemente qualcosa da mangiare, poi metto su un caffè.

Accendo il telefono aziendale, ma lo rispengo subito dopo aver visto la quantità di email e di messaggi in arrivo. Ormai lavoro poco e niente, ma non ne posso comunque più…

Mi colpisce un messaggio di un mio (ex) collega, anche lui,

come molte delle persone che un tempo incredibilmente stimavo e che ora schifo nel modo più assoluto, mi dà consigli stupidi su come reagire, su cosa fare, mi consiglia di tornare a usare la coca, di buttarmi sul lavoro in modo più ostinato e spregiudicato di prima, che questa cosa che io stia cambiando non lo convince affatto, che io sono quello di sempre, quello di prima, e che se lei sta male non è colpa mia e non devo farmene una malattia... Ma come cazzo si fa? Ma cosa cazzo credi di sapere di me, di chi sono davvero, di quello che ho dentro? Ma davvero io frequentavo questa gente?

Ma perché alcune persone non si limitano a fare semplicemente un lavoro su se stesse, visto che hanno tutto da ricostruire, macerie da rimuovere, fallimenti di cui prendere coscienza, invece di insinuarsi nella vita degli altri al solo scopo di intossicarla, disturbarla senza la minima empatia, pur fingendo di averne tantissima, con invadenza, con violenza, senza alcun rispetto...

Tutto questo non renderà meno nera la vostra anima. E meno impietoso il vostro bilancio...

È così che funziona con certa gente, quella che odia osservarti mentre cerchi di mettere un punto, mentre cerchi di farcela. Molti di loro non ti riconosceranno nulla, anzi, useranno i tuoi sforzi contro di te. Tu ce la metterai tutta per cambiare ed essere diverso, migliore, anche solo un po', e loro ti diranno che sei cambiato, sì, ma in peggio. Che sei cambiato per egoismo o per una tua debolezza o per un tuo vantaggio. Oppure cercheranno di sminuire i tuoi sforzi dicendo che il tuo è solo un piccolo cambiamento momentaneo, o che gli errori che critichi sei stato il primo a commetterli, e quindi per loro va bene continuare a sbagliare all'infinito creando cenere tossica di ogni cosa. Se non fossi cambiato ti avrebbero accusato di essere sempre lo stesso con i tuoi difetti, sei cambiato e ti accusano di essere cambiato per i tuoi vantaggi. La verità è che non sanno guardarsi dentro, li terrorizza, non sanno mettersi in discussione, non sanno che significa sacrificarsi, distruggono tutto quello che hanno intorno e ti vogliono laggiù, insieme a loro. Sarai tentato di sentirti in colpa, di smettere di provarci, di lasciarti andare di nuovo, è il loro obiettivo, la loro strategia, e questa strategia poi si rinnoverà e tu la applicherai ai tuoi cari, ai tuoi amici, ai tuoi figli, in una deriva perversa e senza fine. Tu, invece, di' loro che è finita. Tu cambia tutto!

Dopo la colazione, faccio un po' di flessioni e addominali, come quasi tutte le mattine. E poi esco per correre. Al parco ci sono delle sbarre, provo qualche trazione ma desisto quasi subito. Un tempo ci volavo, lassù...

Durante la corsa metto della musica in cuffia, come ai vecchi tempi, quando mi allenavo, qualcosa che ha a che fare con il mio cuore...

L'ultimo pezzo che suona, dopo *Sognami* di Biagio, è di Mina, *E penso a te...*

Quando rientro faccio una doccia veloce, poi esco e controllo il telefono. Immagino mi abbia scritto mamma, oppure Chico.

Invece c'è un messaggio di Nicole.

"Ho pensato che, se devi venire, meglio che lo fai presto. A breve perderò i capelli, e magari dopo non avrai più voglia di vedermi..."

Mi tremano le gambe, e le mani, comincio a sudare come se fossi alla vigilia del primo appuntamento, come se fossi alle elementari e avessi appena incassato un "sì" sul foglietto recapitato alla compagna di cui ero innamorato con scritto: "Ti vuoi mettere con me?".

"Senza capelli mi piacerai ancora di più. Ti amo. Ci vediamo fra poco! Grazie..."

Chiamo Chico per informarlo della cosa, e poi mia madre. Mi pare la notizia più bella del mondo e voglio condividerla!

Mi siedo alla scrivania e le scrivo le parole di oggi. Non esito mai nemmeno un attimo prima di farlo, mi vengono naturali come fosse un flusso d'amore inarrestabile che è rimasto chiuso per troppo tempo.

> Vorrei vederti sorridere, regalarti il mio, di sorriso, quando il tuo non sarà abbastanza forte da esplodere, quando arriverà la pioggia a bagnare i luoghi del tuo cuore, quando soffierà forte il vento sulla tua fragilità. E anche adesso, amore, che fa freddo, e tu sei in mezzo alla tempesta. Non sarai mai da sola, perché io non smetterò di proteggerti, non smetterò di esserci, di prenderti per mano, di dirti che ti amo, in un abbraccio che significa per sempre. Per sempre noi.

Sotto casa mia c'è un negozio di fiori, compro delle rose. E poi vado…

Ore 09:05:12.625

Il sole è sorto alle 7.18
Tramonterà alle 18.36

L'inclinazione della punta è quasi perpendicolare e manca davvero pochissimo, dopo però non potrai dire che non lo sapevi, non potrai dire "Non pensavo succedesse davvero", perché è la tua volontà che sta muovendo tutto, sei tu che ambisci a quel disegno. Loro sono scuri in volto, nonostante le risate gracchianti, ma solo perché abituati all'oscurità, alla freddezza, loro fanno così perché non vogliono perdere tempo, e detestano percepire la tua anima pulsare. Prendono tutto per via della potenza, e tu sei lì, a 74 millimetri dal suolo, lì a 74 millimetri dal fuoco. Ma non è solo una caduta, non è solo un impatto e un disegno, è la tua vita. E tu lo sai...

E pensi: "Non vorrei essere qui, vorrei abbracciarti, prenderti per mano, scappare via da questo volo, correre verso il mare e il tramonto, per sognare il futuro insieme a te, perché sei l'unica cosa che voglio, perché tu vali l'attesa...".

23
Fra le sue braccia

La storia di Sally...

Giovedì 18 aprile

Oggi entro alla seconda ora per via di un'assemblea di istituto alla quale non parteciperò.

Mi alzo con tutta calma e quando scendo trovo solo Alejandra.

«Ciao Sally, ben svegliata, come stai?» mi chiede.

«Dài, abbastanza bene, Alejandra... tu?»

«Io bene, ma il tuo "abbastanza" non mi piace... Ci pensi ancora tanto, vero?»

«Purtroppo sì...»

Si avvicina con un sorriso dolcissimo e mi abbraccia, ma più che un abbraccio mi pare un piccolo miracolo, un gesto d'amore che fa bene al cuore. In questi momenti capisci che nulla conta di più del calore umano. Nulla, nei momenti in cui sei triste e ti senti persa, ti alleggerisce il cuore più di un semplice, piccolo, sincero gesto di gentilezza e attenzione delle persone che ti vogliono davvero bene.

Essere costretta a incrociare Andrea quasi tutti i giorni a scuola non è affatto facile. È come se ogni volta si riaprisse una ferita mai rimarginata. Tutte le volte, anche se non lo dici nemmeno a te stessa, una piccola speranza si fa largo dentro di te... Poi, quando lo vedi voltarsi e sparire alla fine di un corridoio sempre troppo lungo, in te si rinnova quel senso di abbandono che ti spezza il cuore in pezzi sempre più piccoli e irrecuperabili.

E poi, oh, inutile sforzarmi di essere diversa da come sono. Io non dimentico tanto facilmente certe sensazioni, non mi scordo dell'amore in modo tanto veloce, non mi scrollo di dosso come nulla fosse le cose che mi hanno fatto stare bene. Quelle che ho vissuto, sentito, provato con tutta me stessa. So che attraversare il dolore senza cercare scorciatoie fa parte della mia storia. Lo attraverserò senza sottrarmi, e ne uscirò più forte di prima.

Mentre mi stringe forte a sé, Alejandra mi sussurra: «Evviva te, piccola Sally, che hai ancora il coraggio di sognare, di credere nell'amore. Evviva te che sei gentile. Sono quelli come te che cambieranno il mondo rendendolo un posto più bello, siete voi i veri rivoluzionari...».

E mentre lo dice, le lacrime che iniziavano a bagnare i miei occhi lasciano il posto a un po' di luce. E mi ritrovo a sorridere.

«Sei un angelo, Alejandra!»

«Tu lo sei, Sally!» dice, poi chiede: «Pane tostato, burro e marmellata?».

«Mmh! Che buono! Sììì!»

Quando arrivo a scuola, nel cortile vedo una scena che non vorrei vedere: Giorgio, quel ragazzo che mi aveva rivolto un sorriso in un momento di sconforto, umiliato da uno molto più grosso di lui, spalleggiato da altri coetanei.

Sono tutti in cerchio, qualcuno guarda, qualcuno ride, altri fanno un video col cellulare. Lo spingono e lo chiamano «checca», «frocetto», ridono forte. Uno di loro alza il braccio mostrando una foto sul telefono, presa immagino da qualche social, in cui Giorgio, con uno sguardo tenero e inequivocabile, è in posa accanto a un altro ragazzo. Sono abbracciati, le loro teste si toccano e le mani si intrecciano, lui indossa una camicia a pois e ha una margherita infilata dietro l'orecchio. Lo stronzo urla: «Guardate che carina Giorgia, mano nella mano con il suo ragazzo!», e ancora: «Mi fai schifo, sei un essere schifoso e repellente! Sei un pervertito malato!».

Gli tira i capelli e lo strattona forte, urlandogli in faccia. Giorgio non riesce a reagire, non può difendersi, nessuno lo aiuta.

Sento l'acido salirmi dallo stomaco fino alla gola, la prima cosa che mi viene in mente è mettermi in mezzo per fermare questo strazio, e così faccio.

«Ma la vuoi piantare? Gli fai male!»

«E tu cosa cazzo vuoi? Perché ti metti in mezzo?»

«Devi smetterla, che ti ha fatto? E voi… voi! Ma come fate a stare lì così, senza dire una parola, senza intervenire? Ma non vi fate schifo?»

Restano tutti in silenzio, nessuno parla, nessuno dice "hai ragione", nessuno chiede scusa. Immobili, fermi, passivi davanti alla sopraffazione. Vedo qualcuno che continua a filmare col telefono, "Che generazione di merda siamo" penso mentre li guardo negli occhi.

«Fidati, meglio che ti fai i cazzi tuoi… Il frocetto deve capire che merda è, e quanto è malato, e me la prendo pure con te se non ti togli dalle palle…»

Il capobranco mi dà una spinta fortissima e mi fa cadere.

«Amoreee! Oddiooo!»

Marzia mi aiuta ad alzarmi, deve aver visto il movimento ed è corsa subito verso di me. «Ti sei fatta male?» mi chiede preoccupatissima.

«No, no… sto bene!»

Il prepotente mi guarda e ride, mentre riprende a insultare e umiliare Giorgio, con tutto il branco che lo spalleggia.

Ma, da un momento all'altro, tutti iniziano a dileguarsi perché viene verso di noi la Minerti, la vicepreside, che deve essersi resa conto del trambusto.

Quando arriva chiede spiegazioni a me e a Marzia, le uniche che non sono scappate: «Cosa succede qui? Cos'hai, ti sei fatta male?» mi chiede vedendo una piccola escoriazione sul gomito.

«No, professoressa, sono solo scivolata!»

«Ma cosa è successo? Cos'era tutto quel baccano?»

Giorgio è a pochi metri da me, è rimasto fermo accanto al muretto. Mi fissa, preoccupato e impaurito. Ma non si avvicina. Con gli occhi e la testa mi chiede di non dire nulla.

Lo guardo un attimo e poi rispondo alla Minerti: «Nulla, stavamo scherzando tutti insieme e sono caduta!».

Cerco di essere credibile, sorrido ostentando tranquillità.

La prof sembra scettica, e prima di andare dice: «Se ci fossero problemi, se qualcuno ti desse fastidio o se ti sentissi in pericolo, me lo diresti, vero?».

«Certo, professoressa!» sorrido ancora.

A quel punto lei, dopo aver fatto una smorfia di disappunto, si gira guardandosi intorno e se ne va.

«Amore, come stai?» mi chiede Marzia.

«Bene!» rispondo io.

«Che stronzo!» commenta lei, arrabbiata.

«Che stronzi, vorrai dire! Bastardi! Tutti, non solo lui...»

«Grazie...» È Giorgio a dirlo, nel frattempo si è avvicinato e quasi balbetta: «Davvero, grazie! Non so cos'altro dire!».

«Non devi dire né grazie né altro, sono loro i bastardi! E non devi nemmeno avere paura, dobbiamo informare la scuola, i tuoi e la polizia! Va denunciato, quel vigliacco violento!»

«Lo so, ma non me la sento! Mi fanno paura...»

«Ehi, Giorgio, io non ti conosco bene, ma non esiste proprio che si permettano di farti questo. Non esiste che tu abbia paura di quelle merde vigliacche, forti solo in gruppo! Devi reagire, appena tutto sarà pubblico saranno loro ad avere paura! È questo il bullismo di cui si parla sempre in tele e sui giornali, e noi ora abbiamo l'opportunità di ribellarci, di fare qualcosa... Non dobbiamo scappare!»

Ci scambiamo il numero e mi faccio promettere che ci penserà su.

Quindi ci dividiamo, ognuno diretto alla propria classe. Non prima di avere abbracciato forte Marzia.

Dopo nemmeno mezz'ora che sono a lezione sento una serie di vibrazioni nella tasca dei jeans. È una notifica di qualcuno del gruppo, lo so perché quando sono in classe mantengo la vibrazione solo per i loro messaggi.

Appena possibile, di nascosto, controllo. È Paco.

Paco: "Dimmi come si chiama".

Sally: "Chi?".

Paco: "Quel pezzo di merda che ti ha messo le mani addosso".

Sally: "Già ti ha detto Marzia…? Comunque lascia perdere, non ne vale la pena, mi dispiace solo per quel ragazzo".

Paco: "Dimmi come si chiama".

Sally: "Nemmeno me lo ricordo ora, ma davvero, sto bene!".

Visualizza e non risponde. E ho un brutto presentimento…

Il presentimento era corretto. Durante la ricreazione, vedo Paco nel corridoio. Non so come abbia fatto a entrare, ma ha il volto scuro.

«Ohi!» Gli vado incontro e lo abbraccio, e qualcosa mi scatta dentro, perché mi butto fra le sue braccia e inizio a piangere, per rabbia, per frustrazione e per chissà cos'altro.

«Indicamelo!» dice Paco mentre mi stringe a sé e mi accarezza i capelli.

«Paco, ma vale la pena? Rischiamo che poi finisci nei casini tu! Sarebbe meglio che lui denunciasse!»

«Ma Marzia mi ha detto che lui non vuole farlo. E comunque tranquilla, so come muovermi, non finirò nei casini… me li risolvo da sempre da solo certi problemi, dalle mie parti funziona così…»

È la verità: nel quartiere di Paco nessuno chiamerebbe la polizia per farsi difendere, per loro è normale risolvere da soli queste faccende. Non trovo affatto giusto farsi giustizia per conto proprio, ma capisco come gira il mondo, e a volte gira davvero in un modo del cazzo...

Faccio un sospiro profondo e comincio e guardarmi intorno. Non lo vedo, mi affaccio alla finestra per cercarlo in cortile, ma niente. Poi, mentre mi volto verso Paco, lo vedo in fondo al corridoio.

«Quello lì, con la maglietta nera e le scarpe blu, è lui!» dico, e subito dopo, in un certo senso, mi pento di averlo fatto.

Paco non dice una parola, si gira verso di lui e gli va incontro. Con le braccia tese lungo i fianchi e la testa alta. Lentamente. Io lo seguo da dietro.

«Ehi, merda! Coglione! Te la sai prendere solo con i più deboli, vero?»

Il tipo, che mi pare chiamarsi Danilo, si volta. È tanto grosso, ma Paco non è da meno...

«Tu cosa cazzo vuoi?»

Nel frattempo vedo Giorgio che guarda la scena da lontano, è letteralmente terrorizzato.

«Niente, volevo solo dirti che sei una merda, uno schifo di persona, un escremento umano!»

Lo stronzo guarda Paco inizialmente spiazzato, poi ritrova una certa arroganza e risponde: «Non sarai mica amico del frocetto?». Poi mi nota e aggiunge, con occhi pieni di veleno: «Ah, no! Tu sei amico della troietta!».

Paco gli ride in faccia e risponde: «Non la conosco tua madre, ma se me la vuoi presentare...».

A quel punto gli occhi di Danilo diventano sempre più aggressivi e pieni di odio, e da un momento all'altro, improvvisamente, si scaglia contro Paco con un calcio. Non gli fa un graffio, però.

Paco lo guarda e ride ancora.

«Dài che puoi fare di meglio, piccolo! Su! Fai vedere a tutti quanto sei forte anche adesso! Come hai fatto prima, giù in cortile...»

Il vigliacco comincia a essere meno sicuro di sé, intorno ai due si riforma il capannello di prima, la stessa gente che poco fa rideva e faceva il tifo per il bullo. Adesso lo stronzo si sente sotto pressione, prova a sferrare un pugno con tutta la forza che ha, ma Paco flette le gambe e con una torsione del busto schiva facilmente il colpo. Gli gira intorno e gli assesta uno scappellotto sulla nuca a mano aperta, più dimostrativo che violento, controllando di proposito la forza per non fare male, poi gli ride ancora in faccia.

Il tipo, sempre più in difficoltà e disorientato, prova con un altro colpo che va ancora a vuoto, e poi con un altro ancora. Quest'ultimo Paco lo para, poi gli afferra il braccio e glielo torce dietro la schiena... Adesso lo domina totalmente.

«Sai che se volessi potrei farti tanto male? Potrei spezzartelo, il braccio, merda!» gli dice mentre lo tiene immobilizzato. Nel frattempo lui, Danilo, fa delle piccole smorfie di dolore. «Ascoltami bene» gli intima Paco. «Se ti azzardi non a sfiorare... ma anche solo a guardare un'altra volta la mia amica e il mio amico, quelli con cui prima hai fatto lo stronzo vigliacco, davanti a tutti questi "eroi" che non hanno avuto neppure il coraggio di intervenire, ecco, in quel caso io non torno qui, vengo sotto casa tua, ti prendo per strada, in un momento di calma, quando nessuno può sentirti urlare, e ti faccio male, tanto male, così tanto male che ora tu proprio non lo puoi capire...» Mentre lo dice tira un po' il braccio dello stronzo, facendogli sentire un po' di dolore ma senza esagerare, solo per fargli capire chi comanda. «Mi sono spiegato?»

«Sì...» risponde a mezza bocca l'altro, con una smorfia.

«Me lo auguro per te...»

A quel punto Paco lo lascia, e quello si gira di scatto, molto provato e impaurito.

Paco continua a fissarlo, e il suo sguardo mette paura…

Poi Danilo se ne va. Quasi correndo. Da solo, senza il branco, senza le risate e gli spalleggiamenti. Da solo, insieme alla sua vigliaccheria. Insieme alla sua piccolezza. Intorno tutti zitti, come prima.

Io godo in silenzio, anche se sono terribilmente preoccupata che possa intervenire qualche professoressa o dirigente scolastico.

A quel punto si avvicina Giorgio, che sembra davvero più rilassato. Lo presento a Paco che se ne sta lì, zitto, serio, ma con un'aria compiaciuta.

«Grazie, ragazzi!» Giorgio abbraccia prima me e poi Paco, che ricambia con cortesia e una punta di imbarazzo.

«Andiamo nei bagni» dico io, sempre preoccupata, «così non c'è il rischio che qualcuno ci becchi.»

«Ragazzi, non sapete che peso mi avete levato» ci dice Giorgio, visibilmente commosso, una volta lontano da sguardi indiscreti. «Mi stava rendendo la vita impossibile…»

«Se si azzarda a riavvicinarsi lo dici a me» lo rassicura Paco.

«Sei un tesoro…» dice Giorgio, aggiungendo poi, con una punta di malizia: «Oltre che un grandissimo gnocco!». Si mette una mano davanti alla bocca, ridendo. Ridiamo tutti.

«Però, Giorgio, la cosa corretta sarebbe denunciare! Ora è andata così, e credo che il problema sia comunque risolto, ma non va bene la giustizia fai da te. Paco ha saputo gestire la cosa senza fargli male, ma non sempre vanno così queste cazzate! Bisogna chiedere aiuto e denunciare!» dico io, tornado per un attimo seria.

Paco annuisce.

«Hai ragione!» risponde Giorgio che poi aggiunge: «Ho avuto paura, ma se dovesse ricapitarmi lo denuncerò, prometto!».

«Comunque con lui non ti capiterà, fidati…» dice Paco, sicuro. Io lo guardo e un sorriso mi tradisce.

Abbraccio ancora Giorgio, ci ripromettiamo di vederci e sentirci. Voglio troppo presentargli il resto del gruppo e lui vuole presentarmi il suo ragazzo, Christian.

Quando ci salutiamo, rimango per un attimo da sola con Paco…

«Non so come ringraziarti, Paco! Sei un tesoro… davvero, sei un angelo! Per un attimo ho avuto paura, ma tu hai saputo gestire la situazione senza rispondere alla violenza con altra violenza, come solo un grande uomo avrebbe saputo fare. Sei venuto a fare questa cosa per me, senza paura, rischiando di finire in qualche casino… Ti stimo tantissimo. E ti voglio un bene immenso… e ti sono grata, tanto grata. Grazie ancora!»

Lo abbraccio fortissimo.

«Sally…»

«Sì…?»

«Me lo fai solo un favore?»

«Qualunque cosa!»

«La smetti di dire grazie? Io lo faccio con il cuore, perché ti sento dentro, come qualcosa di prezioso, e non permetterei a nessuno di farti del male, di torcerti un solo capello…»

Lo guardo e non dico nulla, resto in silenzio, felice, protetta. Fra le sue braccia.

24
Freddo nel cuore

La storia di Simone…

Martedì 16 aprile

È ricoverata in un ospedale pubblico in zona Regina Margherita, un'eccellenza mondiale per la cura di questo genere di tumore. Il reparto ematologia è al piano terra.

Quando entro, vedo Anna venirmi incontro.

«Ciao, Simone!»

«Ciao, Anna, come stai?» Abbozzo un piccolo abbraccio.

«Bene, grazie!» Ricambia l'abbraccio e mi sorride.

«Dov'è?» chiedo.

Indica una porta.

«Ok, vado…»

Mi avvicino lentamente, varco la soglia e lei è lì, sul letto, con due flebo attaccate. Vederla così mi massacra dentro. Ha le occhiaie ed è pallida. Ha lo sguardo sofferente, ma pieno di luce. E poi è bella, come sempre, è bellissima…

«Ciao…»

«Ciao…» mi risponde sorridendomi.

Mi avvicino piano.

«Ehi…»

«Sono ancora viva!» sorride ancora alzando il braccio.

«Lo vedo… sei più che viva…» sorrido anche io.

«Sei dimagrito! Stai bene!»

«Grazie…»

«Lo so, lo so… non puoi dire lo stesso di me…»
«Tu sei sempre una meraviglia, Nicole!»
«Smettila…»
«Lo sai che non scherzo!» Poi, indicando le flebo, chiedo: «Immagino che una sia una sacca di sangue…».
«Già… e l'altra è la chemio…»
«Ok…»
«Vedi?» Mostra l'attaccatura dei capelli. «Stanno già cadendo…»
«Tanto ricresceranno, e comunque hai un viso così incredibilmente bello che starai benissimo… forse anche meglio…»
Balbetto leggermente, mentre lo dico. Lei se ne accorge e sorride.
Quindi mi siedo sulla sedia di fianco al letto.
«Come ti senti?»
«Oggi un po' debole, ma è normale…»
«Ti trattano bene?»
«Sì… sono angeli…»
Mi viene da piangere ma mi trattengo.
«Ehi, Nicole, senti…»
«Sì…»
«Perdonami.»
Lei mi guarda seria e non parla. E io continuo: «Perdonami… mi ero perso».
«E dov'eri andato?»
«Non lo so nemmeno io… ma adesso sono tornato. Adesso ho capito. E tu, tu sei la cosa più importante…»
Ha gli occhi lucidi e non risponde. Quindi, con molta delicatezza, avvicino la mia mano alla sua, che resta immobile, e la sfioro. Lei non la toglie e continua a fissarmi, con quei suoi grandi occhi meravigliosi e verdi, pieni di lacrime.
«Ti amo da morire…»
«Anche io…» risponde con un filo di voce.
Scoppio a piangere. E a ridere. E lei lo stesso.

«Ricordo la prima volta che ti ho vista...» le dico sorridendo, ma ancora commosso.

«Sì?»

«Ricordo di aver sentito subito un piccolo dolore, una fitta, in un punto indefinito fra il cuore e lo stomaco.»

«Ma che dici...» risponde, fingendo di non crederci, ma in realtà è evidente che adora sentirmi pronunciare quelle parole.

«Dico la verità.» Mentre parlo le accarezzo la mano, il braccio e salgo fino al viso... «Ricordo di aver pensato subito che eri troppo per me. Troppo bella, troppo elegante, troppo...»

«Che scemo...»

«Comunque, mi sono innamorato subito di te.»

«Sì?»

«Lo sai...»

«No, adesso non lo so più. Devi dirmi tutto, non so più niente...»

«E allora ogni mattina ricomincerò da zero, e ti racconterò di nuovo tutto, e mi innamorerò ogni volta, e sarà sempre la prima volta...»

«Ti innamoreresti di nuovo di me?»

«Se ti rincontrassi per sbaglio, in un bar, o al ristorante, o in un angolo dimenticato di questa città, io mi innamorerei di nuovo, come se innamorarmi di te fosse la cosa più naturale del mondo, e stare senza di te la più assurda, come se cercarti negli occhi del resto del mondo fosse l'unica alternativa possibile.»

«Dici davvero?» chiede guardandomi seria. Sembra terrorizzata...

«Non ho mai detto nulla di più vero...»

«Amore...» Le scendono ancora lacrime sul viso, ha gli occhi quasi chiusi, ed è ancora più pallida. «Adesso rivedo il mio Simone...»

La vedo stringere i denti con una smorfia di dolore, suda forte, sento la presa cedere, poi chiude gli occhi quasi perdendo i sensi e con un filo di voce sussurra: «Ti amo da morire, grazie...».

«Ehi, amore, anche io ti amo da morire, ma grazie di cosa...»

Mentre lo dico, sento la sua mano mancare sotto la mia.

«Ehi, Nicole, Nicole! Anna!»

Anna si precipita in camera urlando, io esco e chiamo un'infermiera che corre dentro e poi riesce veloce per cercare un medico.

Arrivano con una barella e i fili e altre flebo. Le fanno una puntura di non so cosa e la portano via di corsa. E io sento che potrei morire da un momento all'altro. E poi niente...

Ho pregato che tu tornassi, perché tutte le volte che avevo bisogno di aiuto il mondo non era mai abbastanza, non come un tuo abbraccio, non come il tuo odore, non come le parole bellissime che non dicevi più, ma che leggevo nei tuoi occhi.

Ho pregato che tu mi chiamassi, per raccontarti di quanto mi ha annoiato quel film, che mi aspettavo un finale diverso, e sicuramente pure tu. Per farti sentire una canzone nuova che ho scoperto per caso e mi piace un casino. Per raccontarti di quel sogno in cui non riuscivo a muovermi e mi mancava l'aria.

Ho pregato che tu mi aspettassi, perché volevo dirti che nessuno mi rende felice come fai tu, nulla mi avvicina all'amore con un solo sguardo, niente sa farmi sentire al sicuro come quando mi prendi la mano.

Ho pregato che non fosse finita, fra me e te, perché ho ancora troppe cose da dirti, troppi casini da sistemare per dimostrarti che ti amo, troppo tempo da recuperare per poi regalartelo, troppo amore inesploso. Troppo freddo nel cuore. Troppa voglia di partire, e di volare da te.

25
Succederà e sarà bellissimo

La storia di Sally…

Domenica 26 maggio

Quando entro in classe, ad attendermi trovo Giorgio, ormai siamo entrati in confidenza, nei giorni successivi all'aggressione abbiamo parlato spesso, ci siamo sentiti al telefono, scritti su WhatsApp, e poi ho conosciuto Christian, il suo ragazzo. Un giorno sono venuti a mangiare un gelato con me e tutto il resto del gruppo, sono molto carini anche come coppia, insieme sono dolcissimi e affiatati.

Danilo ha smesso di dargli fastidio, grazie al cielo è finito tutto bene senza ulteriori conseguenze. Ora, quando nei corridoi incrocia me o Giorgio, abbozza anche una specie di saluto poco convinto ma rassicurante.

«Ciao bellissima! Diooo ma come ti sta questa maglia?» dice con un'espressione quasi sconvolta. Senza darmi il tempo di rispondere, aggiunge: «Ma cos'è, seta? Bellissimaaa!».

«Ahahah! Che pazzo che sei! Comunque sì, è seta… e anche a te sta bene quella maglia, vanitoso!» Indico la sua T-shirt nera con dei piccolissimi elefanti rosa e gialli.

«Ma sai che l'ho presa da H&M?»

«Molto carina! E come va, Christian sta bene?»

«Sì, sempre stronzetto ma bene!» ridacchia

«Ma se è dolcissimo! Finiscila!»

«Eh, ma a volte ha un caratterino!»

«E chi non lo ha?»

«Comunque ero venuto a farti un saluto veloce. Come stai tu, tesoro? Hai smesso di pensare a quel pazzo che ti ha lasciata andare?»

«Eh... Dài, ci sto lavorando...»

«Secondo me l'estate ti aiuterà troppo! Dove te ne vai? Parti, vero?»

«Ci stiamo ragionando, con tutto il gruppo! Tu parti?»

«Sì, io e Chri andiamo in Spagna... Dio, non vedo l'oraaa! Sai quante porcate faremo lì io e lui? Ti rendi conto?»

E non posso non pensare al fatto che in Spagna ci saremmo dovuti andare anche io e Andrea, questa estate... Sento una fitta nello stomaco, per un attimo mi manca il fiato, il mio stato d'animo cambia in modo brusco e questo deve leggersi nei miei occhi, perché Giorgio mi chiede subito cosa sia successo. Gli spiego velocemente e lui si scusa per avermi ferito involontariamente.

«Ma scherzi, Giorgio? E cosa ne potevi sapere, tu? Comunque è già passato, ora è tutto ok!» gli sorrido.

«Oddio scusami, Dollinaaaa! Mi sento troppo in colpa!»

«Gio', per favore, smettila, ok?» dico, e lo abbraccio.

«Ok... ti voglio bene, ciccia! Che bello esserci trovati! Anche se in quella circostanza!»

«Bellissimo!» Mentre lo dico mi stacco un po', sorridendogli ancora.

Poi la campanella suona e ci salutiamo, mentre lui corre via verso la sua classe.

Ormai manca poco alla fine della scuola. Quest'anno è stata una tortura, non ce la faccio più... Ho bisogno di aria, ho voglia di trascorrere del tempo con le persone che mi amano e che vogliono il mio bene, fuori da questo terreno doloroso. Con i miei libri, con la mia musica, con i miei silenzi pieni di vita e malinconia...

Se fossi una canzone vorrei essere una di quelle con una voce sola, un solo strumento e un testo pieno di poesia. Quattro minuti sarebbero sufficienti. A quell'unico strumento concederei d'essere accompagnato, eccezionalmente, da un paio di violini. Leggeri, lontani, discreti come angeli.

Se fossi uno strumento vorrei essere un pianoforte. Mi farei toccare solo dalle poche persone che ho nel cuore, e suonerei solo per loro.

Ho sospeso per un po' le lezioni con Federica, non avevo più la testa e ho preferito concentrarmi sullo studio per riprendere poi a settembre. Però la sento spessissimo, mi ha trasmesso un calore pazzesco, in questi mesi.

La chiamo anche adesso, appena esco da scuola.

«Ehi, Fede! Come stai?»

«Dolcissima Sally… tutto bene, tu?»

«Dài, Fede, me la cavo… mi manchi troppo, dobbiamo vederci, questa volta per una birra, magari!»

«Una birra? Ma non si fa, eh…» ride forte. «Ok, quando?»

«Ahahah! Ti adoro! Ma col tipo come va?»

«Tipo? Quale tipo? In che senso?»

«Ahahah! Muoio! Questi uomini…»

«Dimmi la verità, Sally, dimmi la verità… Come ti senti, tu?»

«Sto meglio, sto capendo molte cose…» Poi aggiungo: «Fede, ti voglio davvero bene, perché sento che anche tu me ne vuoi, e in modo pulito e sincero, e per me questa cosa conta tanto, tantissimo!».

«Ricorda, Sally… tu sei molto di più di quanto vogliano farti credere, non permettere mai a nessuno di convincerti del contrario!»

«Non lo permetterò, Fede, non lo permetterò! E grazie…»

«Hai detto "grazie"?»

«Ehm… io? Nooo! Ho detto birra!»

«Ahahah! Ecco!» e ridiamo forte.

Appena attacco arriva un WhatsApp, è Paco: "Allora come rimaniamo? Facciamo alle otto agli scalini?".

Questa sera ci vediamo tutti sotto da me, ai soliti scalini, dobbiamo parlare della vacanza in campeggio. Paco e Riccardo avevano già pensato di andare in un posto bellissimo vicino a Gallipoli, e hanno esteso l'invito a tutte noi.

Da che sembrava uno scherzo, la cosa si sta facendo seria e concreta. Benny e Geggy hanno aderito praticamente subito, devono solo parlarne bene con i familiari, Marzia aveva un mezzo impegno con un gruppo di amiche per andare in Sardegna, a casa di una di loro, a Porto Rotondo, ma ha detto che vorrebbe dare forfait per unirsi a noi.

Io sarei dovuta partire con Andrea, quest'anno... i viaggi erano il nostro argomento preferito, sognavamo prima o poi di farne uno mega in California, affittando una macchina per percorrere la One, lungo tutta la costa, ogni volta che ne parlavamo mi si illuminavano gli occhi... Comunque, anche se non sono proprio in vena di vacanze, partire con i miei amici sarebbe meraviglioso, significherebbe conquistare proprio quello spazio vitale di cui ho bisogno, e sono sicura che mi aiuterebbe, non dico a dimenticare, ma forse a mettere una pietra definitiva su questa storia che mi ha massacrata.

Rispondo a Paco: "Ohi... Sì, confermo!".

Paco: "Bene, ciao, amichetta del mio cuore! ♥".

Sally: "Ciao, amichetto del mio cuore...".

Alle otto siamo tutti lì.

«Io ho parlato con i miei, non credo ci saranno problemi, a breve vi do la conferma definitiva!» Benedetta già non sta nella pelle.

«Ma grande!» risponde Paco.

«Anche io ne ho parlato a mamma, ed è più sì che no!» si aggiunge Geggy, abbracciando Benny.

«Ottimo!» dice Riccardo, visibilmente felice, passandosi

una mano tra i capelli per sistemarli. Li ha lisci, gli cascano a destra, e li porta con una rasatura in basso, all'attaccatura del collo. Li cura molto, come cura la barba e il pizzetto.

«Io con mio padre nemmeno ci parlo. L'ho accennato a mamma, mi ha detto di non preoccuparmi, quindi sono ottimista...»

«Io ieri ho sondato il terreno con quelle amiche con cui sarei dovuta andare in Sardegna, poi ho accennato la cosa a papà, ma direi che non vedo grandi ostacoli...»

«Oh, ragazzi, se ci riusciamo è una figata davvero!» dice Paco. «La spesa è contenuta, quello che spendiamo per quindici giorni lì sarebbe bastato per quattro o cinque giorni in hotel, b&b o roba simile... Poi io ho quasi tutto quello che serve, dobbiamo prendere solo un'altra tenda e un paio di sacchi a pelo, più qualche stupidaggine, ma so dove comprare tutto a buon mercato! Il campeggio è bellissimo, la Puglia è bellissima, sarà meraviglioso, vedrete!»

«Ci sto facendo la bocca, speriamo bene...» dice Geggy.

«Incrociamo le dita!» risponde Benny.

«Ma voi due tornare single ed etero per l'estate? No, eh?!» È Riccardo a parlare, e come sempre ridiamo tutti.

«Eccolo! Ci mancava...» dice Paco indicandolo con la mano aperta.

«Ma senti chi parla... quello che scrive canzoni rap, trap... ma poi non ci fa sentire nulla!» risponde Riccardo, e questa volta è Paco a incassare.

«Bastardo, questo sì che è un colpo basso!» risponde Paco ridendo e rincorrendo Riccardo che scappa.

«Sì, Paco, però Riccardo ha ragione! Facci sentire qualcosa!» dice Marzia.

«Quando sarà il momento!» risponde Paco con un leggero imbarazzo...

«Dài, non rompete! Quando se la sentirà, ce le farà ascoltare... lo sa lui quando!» intervengo io.

«Ecco, lo sapevo, ti pare che non lo difendeva, lei...» commenta Marzia ridendo.

«No, va be', è scandalosa questa tua difesa a oltranza! A me non mi difendi mai così!» dice Riccardo scherzando, ma neanche troppo... che tenero!

«Povero! Ti difendo io a te!» dice Marzia abbracciandolo, e lui, zitto, se lo prende tutto l'abbraccio...

Benny e Geggy ridono. Cazzo, come stiamo bene tutti insieme!

«Ragazzi, vi adoro, vi voglio bene, mi avete presa per mano in questo periodo, non so come avrei fatto senza di voi! Siete speciali...» dico, seria. Ho sentito improvvisamente l'esigenza di dire questa cosa, quasi di vomitarla, e ora ho gli occhi lucidi e me ne sto lì, a guardarli tutti, e a quel punto anche le loro espressioni diventano serie, non sanno che dire, e per un attimo restiamo tutti in silenzio...

«Be', lo capisco, soprattutto io sono fantastico, è normale che non potresti vivere senza di me...»

Alla fine è sempre lui, Riccardo, che ci salva e ci permette di esplodere in una risata che più che una risata è una liberazione, è un grido di bellezza. È amore...

Ed è sempre lei ad accendermi una speranza nel cuore, lei, Laura...

Succederà, e sarà bellissimo. Arriveranno le parole che sogni da una vita, ti bagneranno le lacrime di amore e felicità di chi, sussurrandoti «Ti amo», non saprà frenare l'emozione.
Succederà, e staccherai i piedi da terra, ti sentirai compresa, ascoltata, capita. Sarà un momento tanto magico che ti sembrerà di volare, e sarà tanto forte quello che ti esploderà dentro che ti scoppierà il cuore.
Succederà, non sarà come ascoltare una canzone bellissima, perché sarà come essere dentro a una canzone bellissima, sarà essere la voce del ritornello, la profondità del basso, i colpi della

batteria, la dolcezza del pianoforte, e tu sarai il meraviglioso assolo finale di chitarra.
Succederà, e ti tremerà la voce nel rispondere «Anche io», e ti suderanno le mani nel prendere le sue, e ti mancherà il fiato per quel bacio lunghissimo con gli occhi chiusi e i pensieri sospesi.
E tu non avrai più paura perché succederà, e ci sarà il tramonto, e ci saranno i tuoi sogni, e ci saranno le sue mani sul tuo viso, e lui sarà quello che cercavi, solo per te, che sei solo per pochi, e adesso lo sai.

Sarà bellissimo… A casa cerco una foto di tutto il gruppo nella galleria del telefono, ne trovo una bellissima dove siamo tutti abbracciati che ridiamo proprio sugli scalini di piazza Mincio. Scrivo un post di getto su Instagram:

E tu dimmi come posso non amare una persona come te, che mi cerca e poi mi viene a prendere quando mi perdo, che è al mio fianco sempre, anche quando do di matto ed entro in guerra col mondo e con me stessa.
E dimmi se non è stupendo averti accanto, un'amica come te a cui inviare screenshot alle tre di notte, per analizzare ogni singola frase, ogni singola parola e ogni singolo spazio, punto o virgola di un amore che non ci capisce mai fino in fondo, e che non ci rende mai davvero felici.
E dimmelo, dimmelo come potrei non amarla, una persona come te, che mi protegge da tutto, un'amica con cui sbagliare, andare in ansia e in paranoia, e poi sciogliere ogni dolore in una risata improvvisa, contagiosa. Fantastica. Alcolica.
E dimmi, dimmi questa cosa, chi non vorrebbe un'amica come te nella propria vita? Una che ti porta la musica a casa quando non vuoi uscire perché ti sei chiusa, che ti fa ballare nuda sul letto e ti fa urlare che la paura non può vincere, perché quando hai una persona come te nella tua vita ti senti imbattibile, invincibile, puoi affrontare tutto, i mostri e le fragilità, i segni e i tuoi

che non ti capiscono, perché sai che non sarai mai sola, che non sarai mai dimenticata, e che quella persona che ti ama, lo senti dentro al cuore, ti amerà per sempre...

Pubblico e taggo tutti, loro che mi salvano sempre, che danno un senso alla mia vita. La mia famiglia, i miei amici…
E poi il mio regalo, la buonanotte di Laura…

Buonanotte a te che stringi i pugni rannicchiata in un angolo del letto, le promesse non mantenute sono ferite nel cuore, segni sul viso, dolore che ci penetra, ci attraversa, ci cambia, ci fa alzare muri. E qualche volta ci fa quasi smettere di credere nell'amore. Ma tu sei bella, e rara. Tu splendi! Tu no, non smettere!

26
Anche questa notte, lo so, dormirò poco, perché ti penserò

La storia di Simone...

Mercoledì 24 aprile

Nicole ha subito molte trasfusioni. Ha una polmonite che non riesce a guarire e un'infezione molto seria. È fortemente debilitata, e per di più i valori dei globuli bianchi non migliorano, e questo è il dato più allarmante. Dorme la maggior parte del tempo.

L'obiettivo resta il trapianto, l'unica via, ma non potrà affrontarlo se non si rimette prima in sesto. E la strada sembra molto in salita...

Al lavoro non vado praticamente mai, non mi occupo più di nulla. I miei capi mi hanno cercato spesso e alla fine hanno trovato il numero del mio telefono privato. Ho spiegato loro la situazione di Nicole, e mi hanno risposto che lo spessore di un uomo si vede in queste circostanze, da come reagisce, con quanta forza e caparbietà, e che vengono prima il lavoro, gli impegni e il dovere. Che con i soldi si risolve tutto.

Li ho mandati a fare in culo. Ovviamente. E ovviamente loro mi hanno promesso una lettera di licenziamento. La lettera è arrivata ieri, e oggi festeggio con Nicole.

«Ma che dici?» mi chiede debolmente.

«Sì!» rispondo felicissimo, con una mini bottiglia di champagne in mano e due bicchieri nell'altra.

«Che matto che sei...» accenna un sorriso. «Ci tenevi tanto...»

«Certo, quando ero scemo e pazzo…»

«Sei sempre stato scemo e pazzo…» risponde, sempre con un filo di voce, e poi aggiunge: «Quindi si festeggia?».

«Sì!»

«Dammi il bicchiere, pazzo…» Alza la mano per raggiungerlo, ma il braccio le ricade sul letto.

«Ehi… fai piano, amore bellissimo…»

Lei chiude gli occhi e poi, quando li riapre, vedo che sono lucidi.

«Amore, cos'hai? È tutto ok…»

«Non è tutto ok, Simo, non manca molto…»

«Cosa cavolo dici? Eh? Perché dici queste scemenze?»

«Non sono stupida, lo vedo come sto. Sto peggiorando, le cure non fanno effetto…»

«Nicole, ascolta, tu devi avere fiducia in te stessa, tu ce la farai! Ok? Le cure funzioneranno! Andrà tutto bene! Te lo prometto…»

«Ti amo…»

«Ti amo anch'io, Nicole!»

Le accarezzo delicatamente il viso.

«Dài» dice con tanta fatica, «aprila e bagnami le labbra, dobbiamo festeggiare il tuo licenziamento…»

Apro la bottiglia e verso lo champagne nei due bicchieri, poi infilo il dito in uno dei due, lo bagno e lo passo prima sulle sue labbra, poi sulle mie.

«Buono…»

«Sì.»

«*Cheers!*»

«*Cheers!*»

Fra le parole che non ti ho mai detto, ce ne sono alcune che adesso vorrei dirti. Ci penso da giorni, amore, ti ho pensato spesso, non ho dormito un granché…

Ho passato la vita a specchiarmi, cercando un tratto di

bellezza che mi rendesse diverso, un segno che mi rendesse speciale. Volevo essere bello, ma non nel senso che intendono tutti, io volevo esserlo agli occhi del mondo, avevo il terrore dello sguardo distratto della vita che si posa sulla tua esistenza e poi ti perde in un angolo di malinconia, avevo il terrore di passare inosservato, di essere solo un'ombra in mezzo a tante luci, un po' di rumore in mezzo a tanta musica, un momento di tanti momenti, qualcosa di interrotto, di impreciso, di sporco, di sbagliato... E io volevo essere perfetto!

Ma ho capito solo adesso che posso essere bello solo quando tu sorridi, che posso essere luce solo se tu sei felice. Che non mi perderò mai solo se tu verrai ancora a trovarmi. Che non sarò mai triste se tu vorrai ascoltarmi. E che speciale posso esserlo solo quando mi guardi tu. Che perfetti non si può essere da soli, e che io, perfetto, mi ci sento solo insieme a te. Quando ci prendiamo per mano. Quando ci abbracciamo la notte. Quando guardiamo le stelle. Quando facciamo l'amore e mi sembra di volare.

E anche questa notte, lo so, dormirò poco, perché ti penserò.

Ore 09:05:18.043

Il sole è sorto alle 7.18
Tramonterà alle 18.36

Quando tutto sembrava implacabilmente definito, è arrivato il vento, ma è un vento caldo, ora dentro il contenitore l'aria è pesante, non solo condizionata, nei tuoi occhi una luce, un riflesso di bellezza che stona con il resto, nei loro occhi veleno e sangue. Alcuni serrano le mascelle, e stringono i pugni stizziti con gesti involontari. «Come ti permetti, insetto?» si chiedono. «Finisci quello che hai iniziato.» Ma poi, rivolgendosi a te: «Siamo felici di averla qui!».
Ma per te, ora, non è più la stessa cosa, ora sai che quello, forse, non è più il tuo volo.
A 32 millimetri sembrava tutto fatto. Ma adesso qualcuno alza il tono, l'odore si diffonde vaporizzato, al muschio bianco. Un boato sorprende tutti, è un tuono. Poi la pioggia fuori dalla vostra portata. È iniziato un processo inverso, è cominciato prima dentro di te, è lì che tu sai davvero se vale la pena bloccare quel meccanismo. È un'azione irreversibile, come ogni scelta, devi saperlo!

E pensi: "Non vorrei essere qui, mi vedono sorridere, ma non sanno niente di me, non sanno cosa ho dentro, non sanno niente di tutto il resto...".

27
Anche se non era quello che avevamo sognato

La storia di Sally...

Sabato 15 giugno

Sono le undici, fra poco io e Marzia andiamo al mare, a Fregene.

Paco, finita la scuola, ha già iniziato a lavorare con il padre. Non lavora tutti i giorni, ma oggi sì, quindi non può venire.

Benedetta e Geggy ci raggiungeranno dopo pranzo. Ric dorme.

Ho ancora poca voglia di muovermi, di uscire, di fare cose e vedere gente. Ma ho anche capito che rimanere in casa da sola è il modo migliore per darla vinta ad Andrea, per permettergli di peggiorare la mia vita e rendermi triste. La mia sofferenza ha un prezzo alto, non vale così poco. Chi ci tradisce non merita nemmeno un grammo del nostro amore, nemmeno una parte minuscola del nostro equilibrio. Man mano che passano i giorni acquisisco maggiore consapevolezza, e tutto questo rende meno pesante il dolore, mi fa stare meglio.

E poi, comunque, più ci penso e più capisco che certe sensazioni che provavo quando stavamo insieme erano vere: lui non mi ha mai convinto fino in fondo. Certe cose le senti, ed è meglio che finiscano il prima possibile, prima che sia troppo tardi per il tuo cuore. Non puoi chiedere a qualcuno di amarti. Non puoi dirgli: "Ehi, ma non mi vedi? Perché non mi ami?". No, non puoi farlo, funziona in un altro modo. Ne va della tua dignità.

Certe volte mi chiedo se la nostra storia è stata solo il frutto della mia fantasia, un po' come quei sogni che non sei sicura di aver fatto ma ti lasciano il sapore dentro per giorni, e vorresti riviverli. Nonostante il sapore sia amaro, e nel sogno il cielo sia grigio. Nonostante tu non sia felice.

Ecco, qualche volta temo di averti creato io, che tu non esista davvero. E ti ho fatto bello, dio se ti ho fatto bello! Bello come una tentazione. Bello come il peccato. Bello come chi è stato disegnato per essere bello da morire. Qualche volta ho il dubbio che certe parole tu non le abbia mai dette, perché se non esisti non puoi parlare, perché se non sei vero non puoi far male. Qualche volta sono quasi certa che una notte di agosto tu non mi abbia sussurrato nell'orecchio che mi amavi come non avevi mai amato nessun'altra. Quel giorno io di sicuro non ti ho risposto, un po' perché non sei mai esistito, e un po' perché mi mancava il fiato. Ché mi sentivo morire. Ché se ci penso, pure adesso che so che non esisti, nel mio cuore succede un casino. Ed è come sei tu: bello da morire.

Mentre aspetto che Marzia passi a prendermi sotto il portone e mi torturo con dialoghi immaginari con Andrea, mi arriva un messaggio di Paco.

Paco: "Ehi, amica, come va? Siete di mare, giusto?".

Sally: "Ohiii, che bello leggerti! Sì, sto aspettando Marzia sotto casa mia, tu al lavoro con tuo padre, vero?".

Paco: "Sì, oggi mazzetta e scalpello per rompere e fare le tracce su tutti i muri della casa di questo cliente che deve rinnovare l'impianto elettrico. Insomma, state meglio voi... :P".

Sally: "Eh, sì, amichetto, direi di sì! Mannaggia!".

Paco: "E tu... come ti va? Ti senti meglio?".

Sally: "Ma sì, direi di sì...".

Paco: "Non vale la pena stare male per uno così, fidati... Quello non si meritava nemmeno un secondo del tuo sorriso...".

E mentre leggo questa frase mi nasce, il sorriso…

Sally: "Ehi, mi hai fatto sorridere! Ecco, volevo dirlo… ♥".

Paco: "Bene ☺".

Paco: "Comunque domani non lavoro, che si fa? Ancora mare?".

Sally: "Perché no…".

Paco: "Alla grande, dài, ci sentiamo dopo! Torno da mio padre, sennò comincia a rompere…".

Sally: "Ok! A dopo! Buon lavoro!".

Sally: "Ti voglio bene…".

Paco: "A chi lo dici… ♥".

Guardo ancora un po' il telefono sorridendo, poi scorro la lista delle chat… e non resisto, controllo lo stato di Andrea. Ha cambiato foto, ne ha messa una dov'è in primo piano, in posa, simulando un'espressione profonda. La fisso. Nello stato c'è scritto *Memento audere semper*. Mi piaceva questa frase, ora mi sta sulle palle.

Apro Instagram, do un'occhiata alla mia home e sono ten tata di andare a guardare il suo profilo anche qui. I primi giorni lo facevo di continuo, da ieri mi sono imposta di smettere perché è una tortura, non devo controllarlo più, né il suo né quello di Giulia.

Nel frattempo arriva Marzia, e senza saperlo mi salva dall'autolesionismo. Chiudo Instagram e salgo in macchina.

In macchina leggo un post di Loy che mi cambia la giornata, e forse anche qualcosa di più…

> Fisso la targa davanti a me, mentre ascolto *In for the Kill*. È come se all'improvviso il campo visivo si fosse ristretto a una sola targa. A un solo assillante pensiero. È buio, e c'è questa targa illuminata. Sempre la stessa. La inseguo. È una corsa sfrenata, senza senso. Da pazzi. Non me l'ha chiesto nessuno. Non

so nemmeno cosa si nasconda dietro quella targa. Assurdo! La strada è sterrata. E poi odio guidare di notte. E poi odio inseguire. E poi *bum*. Un botto. Il buio. Senza più un rumore. E poi *click*, ho riacceso il mondo. Ecco. Ho riacceso il mondo. Davvero ho riacceso il mondo? Cazzo, bastava così poco? L'avevo spento per non pensare. Per non guardarci dentro. Forse era noia. Forse la deriva geniale, e un po' teatrale, di un pazzo masochista che cerca dosi di dolore. Inseguivo quella targa, mi pareva potesse essere una buona cosa. Forse pensavo fosse l'unica. Forse pensavo fosse facile. Forse pensavo fosse bello. Forse ero stanco. Forse ero triste. Forse adesso c'è qualcuno che sta odiando il fatto che io inizi sei frasi consecutive con la stessa parola. Forse, ma non me ne frega un cazzo. Io mi ripeto. Io mi ripeto.
Abbiamo smesso di fumare. L'abbiamo visto andare per sempre. Abbiamo resistito. Ci siamo stretti, con la mascella serrata e i pugni chiusi. Abbiamo avuto colpi e fratture. Ambulanze e pronto soccorso. Odio e amore. Lacrime e gioia. Chiasso e silenzio. E ora? Poteva bastare una sola targa a farmi perdere la strada del ritorno? Forse sì, ma non è successo. Col cazzo che è successo. Tutto quello che era mio, ancora è mio. Il sangue, il caldo, lo sguardo. L'intuito, la strada, lo sgamo. E la dolcezza, che va dosata. E la rabbia, che va dosata. E l'onestà, che va dosata. E l'intelligenza, che va dosata.
Negli ultimi tempi, scimmiottando il Jack Nicholson di *Qualcosa è cambiato*, ho saltellato, in punta di piedi, su mattonelle di qualità e colore diverso. In modo compulsivo, e un po' maniacale, e un po' ingenuo, e un po' assurdo. Poi le salite. Poi le discese. Ripidissime. Rapidissime. Pensavo che la giostra fosse gratis. Invece si pagava tutto insieme alla fine. Ho pagato senza battere ciglio, come sempre. Ho perso qualcosa per strada, un po' d'orgoglio, e un po' di dignità. Ma oggi ho allargato le braccia ed ero ancora lì, con i piedi a terra, col sorriso in faccia, con la voglia di urlare, con le mie mani che stringevano la mia cazzo di vita, pure se c'era vento forte, io ero lì, immobile. Ché le radici mica

le estirpi così, con uno strappo. Lo strappo devi darlo più forte se vuoi farmi davvero sobbalzare.
Inoltre, vorrei aggiungere, non è sufficiente - usando un gioco di specchi - riflettere la propria vigliaccheria negli altri per cancellare l'immagine che vediamo. È un'illusone. Come la storia del chiodo scaccia chiodo. L'immagine è sempre quella, sta sempre là. E la vigliaccheria pure. Le parole che diciamo hanno un peso, come le nostre esistenze. Come le anime. Come le poesie. Come lo zucchero. Come la merda. Cambiare le carte in tavola, o riposizionare alcuni elementi, o dire "no, non l'ho mai detto", ecco, non ci fa avere ragione, ci fa solo vincere. E "vincere" non ti fa essere felice, credo sia un po' come la storia dei soldi, ti aiuta a vivere meglio. Ma i soldi possono finire, io lo so... io che nella mia vita ho sia vinto sia finito i soldi.
Qualcuno, giorni fa, mi ha detto di non essere tanto interessato al cosa dica la gente, quanto al come lo dica. Illuminante. Da lasciarti senza fiato. Avrei voluto rispondere argomentando, poi non l'ho fatto, l'ho dimenticato. La noia è dimentica di se stessa. Come il vuoto. Come il nulla. E poi, mi chiedo, c'era un modo per rispondere senza essere banali? Certe cose sono dentro di noi, altre no. Certe risposte sono del tutto inutili, come certe domande. Come certe storie. Come certe notti. Tutto lì.
Il contenuto, la forma, l'essere sofisticati... Cristo che noia! Mi annoierei di meno a parlare di rivoluzione culturale, di informazione orizzontale, di ricerca spirituale del proprio io, e di tutte 'ste minchiate di cui parlano i radical chic del cazzo. Medioevo, ah sì, questo è medioevo. Io guardo al futuro... e loro mi prospettano il passato.
A volte mi capita di volere quello che non ho. Altre di non avere quello che voglio.
La differenza è pazzesca e il gioco è tutto là, come il bianco e il nero, come il nord e il sud, come l'alba e il tramonto. Qui non ci sono vie di mezzo, strati, gradi e sfumature. Solo che a volte confondo le due cose. O le due cose confondono me...

> Ché poi capita che un solo singolo, pirandelliano, dettaglio, fino a quel momento trascurato, ti appare per quel che è, e cambia tutto il resto. E vedi tutto in modo diverso. Ed ecco che, *click*, il mondo si riaccende. Questa pagina della mia vita la chiudo così, a modo mio: *click*.

Loy, io ti amo, ti adoro. Grazie…

Leggo anche Laura, che come sempre mi tocca il cuore con le parole:

> Eppure, vi sembrerà scemo e forse anche un po' comico, ma qualche volta quando amiamo una persona, soprattutto quando la amiamo, dobbiamo avere il coraggio di fare un passo indietro, per il suo bene, per permetterle di vivere come desidera, per permetterle di essere quello che è, anche quando questo ci fa male. Perché qualche volta, banalmente, va così, anche quando non era quello che volevamo. Anche quando non era quello che avevamo sognato.
> E niente...

Poi mi giro verso Marzia e le sorrido, alzo il pezzo che sta passando sullo stereo, *Senza pagare* di J-Ax e Fedez, e comincio a cantare a squarciagola. E lei fa lo stesso.

«Come il crimineeeee! Senza regoleeee! Come le ragazze con il grilletto facileeeeee!»

Poi mi fisso ancora col pensiero, solo per un attimo, e mi dico che comunque, dài, quando ami non tradisci, non giriamoci intorno, e non è che hai bisogno di metterti lì a farti il lavaggio del cervello per convincerti che non ti va, che non vuoi farlo, non è che guardi dall'altra parte per non trovarti in una situazione che poi non sai se resistere o cedere, non è che eviti "perché non si fa" o "perché sarebbe scorretto". Non funziona così, lo sappiamo bene. Quando ami davvero, ti manca il fiato al solo pensiero di sfiorare qualcun altro, perché è bellissimo rivolgere i pensieri, gli sguardi, le attenzioni, tutto quello che conta ed è davvero importante a una sola persona. Unica. Speciale. La nostra persona...

Io non ero la tua persona, e il mondo è bello anche senza di te, Andrea!

Anche se, ok, non era quello che avevo sognato...

28
E poi… poi sposala!

La storia di Simone…

Martedì 30 aprile

La situazione di Nicole peggiora di giorno in giorno, cerco disperatamente aiuto ovunque, chiunque abbia una notizia, una dritta, un amico che conosce un amico che conosce un medico che ne sa qualcosa. Ho pensato anche alla medicina alternativa, a quella olistica, mi hanno parlato di un guaritore indiano, di un santone africano, chi racconta miracoli, chi dice che la mente cura tutto, chi mi dice di pregare questa o quella religione, non so più a chi o a cosa credere, sarei disposto a tutto, a pregare chiunque, a pagare chiunque, a sacrificare qualunque cosa per lei. Ma in questi casi ti rendi conto che l'unica via è la speranza, oltre alla scienza che è già al servizio di tutti.

Mi maledico per essere stato tanto meschino, e patetico. Mi maledico per essermi allontanato così tanto dal mio cuore. Come si può essere tanto ciechi?

Devo trovare un modo per rimediare, per risolvere tutto. Per farla stare bene. Vorrei tanto poterla guarire, vorrei poter tornare indietro, fare scelte diverse, cambiare le cose.

Le regalerei la mia, di vita. Il mio sguardo, la forza e la salute. Sarei pronto a morire per lei. Ma non è possibile, non siamo noi a scegliere chi vive e chi muore. Noi possiamo solo scegliere di essere migliori.

Al parco, dopo la corsa, provo ancora a fare esercizi alla

sbarra, va un po' meglio… riesco a fare dieci trazioni, ora. Poi bevo a una fontanella all'ombra, e per terra, sotto un sasso, vedo un foglio, è una pagina di quaderno con delle parole scritte con un pennarello rosso:

Prendi la macchina e parti! Ora, subito! Guida verso quel posto a cui pensi sempre, quello in cui ti riprometti di tornare, lì dove hai lasciato un pezzo del tuo cuore.
Ricomincia a fare sport, anche se non ne hai voglia, è importante prendersi cura del proprio corpo, è importante muoversi, stancarsi, sudare. Sentirsi. Correre a perdifiato. Alla fine ti sentirai meglio. E potrai mangiare una pizza.
E diglielo, diglielo che lei è speciale per te!
Arriverà qualcuno a dirti che ascoltare le tue emozioni è sciocco, è da bambini, e che credere nei tuoi sogni non ne vale la pena, che contano gli aspetti pratici della vita, le cose che possiedi, i soldi… Ecco, no, non è così, ti giuro che non è così! Presto ti renderai conto che le uniche cose che davvero contano nella tua vita hanno a che fare con il tuo cuore, e che smettere di credere con tutte le forze nei tuoi sogni è il modo migliore per essere infelici.
Non chiedere alle persone a cui vuoi bene di essere diverse da quello che sono, molto probabilmente stanno solo cercando di fare del loro meglio per vivere bene, per essere felici, qualche volta sbagliamo, qualche volta sono gli altri a sbagliare con noi. Impara a perdonare, è importante, e ti farà sentire il cuore leggero e pronto ad accogliere il bello!
E poi chiamala! Chiamala e dille che sei sotto casa sua!
Le persone più belle che ho incontrato nella mia vita avevano difficoltà a esprimere i loro sentimenti. Ma se sarai attento e manterrai il cuore aperto, ti basterà uno sguardo per capire tutto, le parole più belle si dicono così, restando in silenzio, guardandosi negli occhi, è lì che troverai l'amore…
Ama con tutto te stesso, sii sincero, lascia perdere tattiche e

strategie, le persone intelligenti non hanno bisogno di questo, l'amore non ha bisogno di questo, non è un gioco, e nemmeno una gara, non vince chi arriva primo, ma chi arriva insieme!
Portala al mare a guardare le stelle!
Se credi in qualcosa prova a prendertela, alzati adesso e corri verso quella cosa! Le imprese più grandi sembravano impossibili fino a che qualcuno non ha dimostrato al mondo che non lo erano. Tu sei quello in cui credi. Qualche volta l'amore si nasconde nei silenzi di due persone unite da un filo magico, invisibile, che il destino ha voluto lontane, ma che niente e nessuno potrà mai dividere... Segui quel filo, seguilo col cuore!
Sii leggero!
Di fronte alla cattiveria, di fronte all'invidia, di fronte a chi tenta di intossicare la tua vita. Di fronte alla sfortuna, di fronte al dolore, di fronte alle sconfitte. Quando il mondo proverà a schiacciarti sotto il peso dell'offesa e della violenza, quando cercherà di sottometterti alla noia e alla tristezza, alla perdita e alla bruttura, tu rispondi con un sorriso, fa' un passo indietro, smorza i toni, allarga le braccia, stacca i piedi da terra, guarda il mondo da un punto di vista diverso, lontano, superiore.
Prendi il volo!
E poi... poi sposala!

Resto folgorato. Ho i brividi.

Voglio sposarla! Devo sposarla!

Corro a casa a fare la doccia con questo pensiero che non mi lascia e si fa largo dentro di me.

Non lo abbiamo mai fatto, ovviamente, per colpa mia. «Non è il momento di sposarci, Nicole! Ho molte cose grosse in ballo, ora...»

C'era sempre qualcosa di più importante, il lavoro, il business, i soldi, la mia sete di successo e potere. Le mie smanie megalomani che sporcavano tutto.

Lei invece avrebbe voluto, lo ha sempre desiderato tantissimo, e avrebbe voluto anche fare un figlio. Era convinta sarebbe stata una femmina.

Per lei, per Nicole, venivamo prima noi di tutto il resto. Noi e le nostre vite. I nostri sentimenti. Noi e il nostro amore. Noi e i nostri sogni…

Quando esco dalla doccia vado in camera e apro il cassetto del comodino, prendo la pietra blu, quella a cui non avevo attribuito il minimo valore, quella a cui lei teneva tanto, e corro da un orefice che conosco da molto tempo, ha il negozio sotto casa nostra ed è bravissimo… Negli anni, lì da lui, ho comprato diversi gioielli per Nicole, collane, bracciali, anelli… quindi conosce la misura esatta del suo dito. Gli chiedo un favore, di fare un miracolo e montarmela al volo, tanto quello che conta è che quella piccola e importante pietra sia fissata su un anello, va bene anche che sia semplice, umile, non so, anche di poco valore. Il valore è altrove. È simbolico. È dentro al nostro cuore. È nei brividi che ci lasciamo addosso. Adesso l'ho capito. Ora lo ricordo…

29
Siate tutto questo, ma siatelo adesso!

La storia di Sally…

Mercoledì 3 luglio

«Ohi, allora alle cinque tutti sotto da te?» chiede Paco al telefono.

Sono le dieci, e questa mattina sono abbastanza eccitata. Dopo qualche difficoltà a trovare una sera che andasse bene per tutti, siamo riusciti a organizzarci per oggi, si va a ballare!

Dicono che mi farà bene, e non ho dubbi, ma per fortuna ci sono loro a prendermi per mano, a trascinarmi, perché comunque non avrei preso io l'iniziativa. È come se fossi in un limbo, penso tante cose, progetto, mi dico che devo darmi una scossa, ma poi resto ferma, immobile. E questo mi fa rabbia e paura allo stesso tempo. Ma poi ci sono loro ad alleggerire il peso di questo mio stato d'animo, a rendere ogni singolo istante meno complicato.

«Sì, sì» rispondo. «Ho sentito anche gli altri!»

«Bene, a dopo! Torno a dare una mano a papà con la tinteggiatura di un appartamento!»

Oddio, che dolce che è! Che uomo che diventerà, il mio amichetto!

«Ok…» dico, e poi aggiungo: «Non sai quanto sono fiera di esserti amica!».

«Ma che dici?»

«Quello che ho appena detto, che sono fiera di esserti amica.»

«Mi hai appena regalato un pezzetto di felicità con le tue parole, Sally. Grazie…»

Prima di salutarlo, gli mando un bacio che schiocca. E lui ricambia.

Abbiamo deciso di andare al Mulenar, una discoteca-stabilimento sul mare, vicino a Maccarese. È un posto troppo bello: aperitivo, tramonto e poi si balla tutta la notte al ritmo di reggaeton e musica latina. Ma mettono anche un po' di hip hop e qualche ballata di quelle imperdibili…

Io amo follemente il reggaeton, quando lo ascolto non riesco a smettere di ballare. Prima del corpo balla ogni cellula, ogni centimetro della mia pelle, della mia testa e del mio cuore. Mi scalda, mi seduce, mi fa sentire viva. Qualche volta a casa mi capita di ballarlo da sola sul letto, e non c'è niente che mi renda più vicina al cielo. La musica fa questo, ci stravolge, ci recupera quando ci perdiamo, ci fa sentire sempre nel posto giusto anche quando intorno sembra tutto sbagliato. La musica ci salva.

Arriviamo con due macchine, guidano Paco e Riccardo. Appena entrati già si respira un'atmosfera elettrizzante, suona Baby K con *Voglio ballare con te*. Io e le ragazze cominciamo a muoverci, lentamente, strusciandoci fra di noi. Paco e Riccardo se ne stanno lì, un po' impalati ma sorridenti. Abbozzando qualche timido movimento.

Noi femminucce facciamo un giro velocissimo approfittando del fatto che io e Geggy dobbiamo andare in bagno, c'è un sacco di gente e la serata è perfetta, il clima è perfetto, sul bancone al centro della spiaggia, dove servono da bere, ci sono ballerini e ballerine, alcuni sono appesi a delle corde e sono tutti terribilmente sensuali.

Quando torniamo dal bagno ci avviciniamo a Paco e Ric, che nel frattempo hanno aperto le danze con i cocktail in mano.

«Ma non ballate?» chiede Marzia, avvicinandosi a Riccardo e sculettandogli a pochi centimetri…

«Suuu!» incalzo io, prendendo Paco per mano e tirandolo leggermente verso me.

Benedetta e Geggy ci fanno eco.

Li prendiamo di forza, e loro iniziano a muoversi. Fatte cadere le prime, deboli resistenze, la serata parte ufficialmente. Beviamo mojito e cantiamo storpiando tutte le canzoni che passano, ora è il turno di Maluma con *Delincuente*…

Ho messo un vestitino corto e leggerissimo, è bianco, quindi l'abbronzatura risalta, indosso sandali aperti col tacco alto e mi sento discretamente attraente…

Le altre non sono da meno, quella biondina di Marzia infatti ha tutti gli occhi addosso.

Paco è il solito figo pazzesco, T-shirt nera aderente al punto giusto e jeans di un blu scurissimo, stretti, tanto stretti… Lo guardo e mi chiedo come possa essere tanto bello, dolce e generoso nello stesso tempo. Devo ammettere che anche Riccardo sta davvero bene, capello e pizzetto come sempre impeccabili, ha una camicia di lino grigio chiaro col collo alla coreana che gli dona, è un bel ragazzo, ha un fisico asciutto ma atletico, e un bel viso. E ogni tanto, nel suo sguardo, si intravede il vero Riccardo, quello che lui vuole tanto nascondere con il suo atteggiamento sopra le righe. Ho l'impressione che Marzia abbia avuto il mio stesso pensiero, questa sera, perché non lo molla un attimo.

Nemmeno ce ne accorgiamo che si fanno le undici. Benny e Geggy non si sono staccate per un solo secondo, ballano avvinghiate, si strusciano, si guardano, si accarezzano i capelli e si baciano, con foga e passione. Senza tregua. Ogni tanto scatta un brindisi collettivo. Ecco, questa serata, questo momento… è uno di quelli in cui tutto sembra possibile. Non sento più il dolore, come se non fosse mai esistito, come se il male non potesse più toccarmi, e lo so, lo so che non durerà, questa sensazione di invincibilità, ma ora sto bene, e la assaporo, e me la godo! C'è la musica, il mojito, e ci sono loro, i miei amici, la mia famiglia: non potrei davvero chiedere di più!

«*Cheeers!*» urla Marzia mentre alza il cocktail al cielo, suona Luis Fonsi con *Despacito*...

Alzo anche io il bicchiere e abbozzo un ballo con lei, poi passo a Riccardo, che mi asseconda con un incrocio di gambe e abbassandosi con una certa disinvoltura. «Ma wooow!» urla Marzia vedendoci.

Geggy e Benny sono con noi ma anche, nello stesso tempo, su un altro pianeta, sempre più avvinghiate.

Con la coda dell'occhio vedo Paco che si avvicina a Marzia e le prende le mani facendola ruotare su se stessa a ritmo di musica e tirandola un po' verso di sé. Provo un microscopico ma pungente brivido di gelosia che non so spiegarmi, è una cosa inconscia, involontaria e soprattutto senza senso, non ho il diritto di esserne gelosa, ma la sensazione resta, non se ne va... Continuo a muovermi attaccata a Riccardo, ma appena posso mi stacco e mi avvicino a Paco. Mi getto fra le sue braccia con la scusa dell'ennesimo brindisi, mentre suonano J. Balvin e Nicky Jam con *X* gli metto una mano sul fianco e inizio a ballargli addosso, stringendogli con l'altra mano il collo, la spalla, e ogni tanto alzando gli occhi per guardarlo. Sfodero un sorrisetto da stronza, non voglio arrivare da nessuna parte, ma ho voglia di fare quello che sto facendo, di sedurlo senza andare oltre, e a lui non pare dispiacere la cosa, capisce il gioco e lo asseconda, si muove poco ma in modo dannatamente sexy, io ogni tanto col piede imito il passo che fanno nel video del pezzo e tutte le volte che posso lo sfioro, lo tocco, e sì, continuo a fare la smorfiosa, e sì, lui continua a starci, perché sento la sua mano sulla schiena con una presa ferma, non mi lascia, anzi, mi attira a sé e mi guarda negli occhi, restituendomi uno sguardo da stronzetto che sa il fatto suo. È un gioco bello, e forse un po' pericoloso. Mi giro un attimo e vedo

Marzia e Riccardo che ballano, parlano e ridono, c'è un mood divinamente bello nell'aria…

Quando il terreno si fa minato, per fortuna arriva Geggy a interrompere qualcosa a cui non so più dare un nome né una definizione.

«Ragazzi!» urla la rossa più bella del mondo.

«Amoreee!» rispondo io.

«Vi amo!»

«A chi lo dici!» urlo, e Paco conferma abbracciandoci e sorridendo.

Quindi si avvicinano anche gli altri, e l'abbraccio diventa collettivo, sembriamo un gruppo di figli dei fiori degli anni Settanta, ed è fantastico!

«Ma allora questo campeggio? Noi poi le abbiamo fermate le due piazzole, eh! La confermiamo questa partenza il 23 luglio?» chiede Riccardo.

«Per me è ok! Confermo!» esclama Marzia.

«Anche per noi!» dice Benny parlando per sé e per Geggy.

«E tu?» chiede Paco rivolgendosi a me.

«Anche io ci sto!» rispondo con il cuore a mille.

«E daiii! Vamooos!» urla Marzia.

E la seguiamo tutti a ruota, mentre suona *Perfect* di Ed Sheeran. Il nostro è un coro unico, cantiamo e urliamo abbracciati, in cerchio. Il mondo è più bello quando hai il coraggio di sognare, di credere nelle stelle e nel futuro!

«Baby, I'm dancing in the dark with you between my arms / Barefoot on the grass, listening to our favorite song…»

Mi viene in mente una frase che ho letto ieri su un muro:

Siate quello che sentite nel cuore. L'amore che provate. La voglia di volare. Il brivido sulla schiena. Il cuore in gola. Siate tutto questo, ma siatelo adesso!

E per un attimo mi assento con la mente… Quanto è vero! Dobbiamo essere quello che sentiamo nel cuore, dobbiamo esserlo adesso, dobbiamo volerci bene…

Non lo so se un giorno ti renderai davvero conto di quello che hai perso. Forse questo non succederà mai, forse la tua mano, di notte, non cercherà mai la mia, sotto le coperte, in quelle notti fredde in cui ci salva solo un po' d'amore. Forse non ti scoppierà mai il cuore per quello che poteva essere. Forse per te non poteva essere niente di più di quello che è stato. Forse non dirai mai: "Lei era lì, era mia, mi amava, e me la sono fatta scappare".

Forse non succederà, e questo è un po' l'emblema della nostra storia: tu sei uno che non ha capito. Che non mi ha capito. Che non mi sentiva. Tu non mi amavi. E forse nemmeno io, nemmeno io mi amavo…

Prima di tornare a casa, Marzia propone di andare sul bagnasciuga a sentire la sabbia con i piedi.

L'aria ora è fresca, le onde vanno e vengono ma con dolcezza, passano *Thinking Out Loud* sempre di Ed Sheeran. Restiamo tutti in silenzio, a goderci questo spaccato di vita che non può e non deve essere sporcato o interrotto da nulla. Non riesco a non cercare il loro sguardo, per vedere se stanno sentendo quello che sto sentendo io, e quando lo faccio mi rendo conto che è proprio così, e questo mi rende ancora più felice.

Quando cerco gli occhi di Paco, mi accorgo che lui era già sui miei, e sento un altro piccolo brivido lungo la schiena. Ma questa volta non è gelosia…

30
Ho bisogno di guardarti…

La storia di Simone…

Martedì 30 aprile

Quando entro nella sua camera mi manca il fiato. È sempre più magra, dimagrisce a vista d'occhio. Ha gli occhi chiusi, è debolissima, e tutte quelle flebo che le spaccano le vene…

«Ehi, amore bellissimo, come ti senti?»

Non risponde, non so se mi ha sentito.

Poi, dopo qualche secondo che le accarezzo il braccio, apre debolmente gli occhi.

«Ciao…» Muove quasi solo le labbra, il suono della voce è praticamente inesistente.

«Ciao…» le dico, accarezzandole i capelli. «Sei bellissima, amore mio, ti amo da morire!»

Mi guarda e sorride, scuotendo leggermente la testa alla parola "bellissima".

Poi, con enorme fatica, risponde: «Ti amo anch'io, scemo…».

Le sorrido continuando ad accarezzarla.

«Amore, volevo dirti una cosa…»

Lei muove leggermente la testa, inclinandola in modo quasi impercettibile verso di me e cercando di rimanere con gli occhi aperti.

Io la fisso serio, prendendole la mano, mi faccio coraggio e lo dico.

«Mi vuoi sposare?»

Nicole apre gli occhi, quasi li spalanca. Mi fissa in modo serio, poi sento la sua mano stringere la mia come non succedeva non so da quanti giorni.

«Amore, tutto bene?»

Scoppia a piangere, fissandomi con quel suo sguardo serio e profondo e bellissimo e disarmante, e la sua mano continua a stringere la mia con una forza pazzesca.

«Sì...» dice, ferma ma con la consueta debolezza, i suoi occhi nei miei. «Ti voglio sposare...» aggiunge e sorride.

Prendo la scatolina con l'anello che ho fatto realizzare in fretta e furia da Maurizio, l'orefice, e glielo mostro. È d'oro, piccolo e semplice, con la *nostra* pietra blu incastonata sopra.

«La riconosci, amore della mia vita?» le chiedo sorridendole. Lei la riconosce subito, lo capisco dall'espressione del suo viso, mi porge l'anulare e se lo lascia infilare, piangendo di gioia.

«Oddio, amore, ti amo da morire, sono l'uomo più fortunato del mondo ad averti nella mia vita...» le dico, abbracciandola.

Mentre la stringo, sento il rombo dell'aereo. Lo aspettavo.

La guardo sorridendole, mi alzo, sposto le tende e le chiedo di guardare fuori dalla finestra.

«Perché?» chiede sorridendo.

«Guarda...»

Lei con uno sforzo cerca di alzarsi leggermente, per guardare meglio.

Dopo pochi secondi passa un aereo con una scritta enorme: "Nicole, ti amo da impazzire...".

«Oh mio dio! Amore, non ho parole...»

I suoi occhi sono di nuovo umidi. Le donne che hanno sofferto parlano d'amore con lo sguardo.

Poi, improvvisamente, fa un respiro profondo, come per riprendere fiato, e si accascia su un fianco.

«Ehi, Nicole, cos'hai?» le chiedo avvicinandomi.

«Sono stanca, amore mio, sono tanto stanca...» dice, accarezzandomi flebilmente la mano.

«Amore, stanca come?» chiedo preoccupato. Non mi risponde, ma continua a tenermi la mano.

«Ehi, piccola...»

Mi abbasso su di lei, inchinandomi, avvicinando il mio viso al suo. Resto un attimo in silenzio, poi le sussurro alcune parole: «Amore, ti sposerò, saremo felici, amore mio, devi stare tranquilla, ti porterò via di qui, piccolina mia... ehi... ti sembrerà un po' folle, ma è la cosa che volevo regalarti, ha a che fare con la tua felicità, e un po' anche con la mia. Si tratta di quel modo che hai di sorridere, quella magia che fa girare l'universo e rende tutto un po' più bello, ecco, amore, volevo regalarti i miei occhi su di te, il mio sguardo nel tuo, volevo regalarti la sensazione di meraviglia che provo quando ti osservo ridisegnare l'alba e il tramonto, la notte e le stelle, posando semplicemente i tuoi occhi sul mondo...»

Resta con gli occhi chiusi, ma so che mi ha sentito, e la sua felicità la esprime stringendomi un po' la mano.

Restiamo così, vicini, innamorati, ritrovati ma persi, felici ma impauriti. Sospesi. Appesi a un filo.

Ho bisogno di guardarti, per sentire meglio, per sentirmi meglio, perché quando ti guardo il mondo fa meno paura, perché quando ti guardo la mia vita sembra meno incasinata.

Ho bisogno di guardarti, perché mentre lo faccio ho la sensazione di respirare meglio, perché quando non lo faccio il resto ha meno senso.

Ho bisogno di guardarti per perdonare, per perdonarmi, perché tu mi hai insegnato che essere umani significa un po' anche essere imperfetti, e io, amore, mi sento perfetto solo quando sono imperfetto insieme a te...

Ho bisogno di guardarti, per ricordarmi che sapore ha la vita, quanto brucia quando è amore, come si vola senza ali, quanto costa rinunciare ai propri sogni.

Ho bisogno di guardarti per tornare indietro. Per provare ancora. Per provare ancora…

Ore 09:05:24.016

Il sole è sorto alle 7.18
Tramonterà alle 18.36

Il tuo cuore è ormai fuori dal petto, il che potrebbe sembrare una cosa brutta, ma non lo è, perché significa che ancora lo hai, un cuore. Il brusio è ormai generale, non sono solo quelli che ti guardano azionare la sfera e il puntamento, la preoccupazione si è estesa a tutto il perimetro, lungo ogni livello, non era mai accaduta una cosa del genere. Chi ti aveva offerto un appoggio per l'impatto è arrabbiato ma finge pacatezza, batte i pugni sul tavolo mentre continua a sorridere fissandoti, fingendo ancora disinvoltura, aplomb. L'inerzia ha portato lo strumento per operare la scelta di sistema a 18 millimetri dal piano, mancherebbero solo pochi millesimi di secondo, ma tu sai che l'impatto sarà violento, devastante, e sai che non lascerà solo un piccolo segno, ma cambierà tutto. E sai che, dopo, non basterà tornare indietro…

E pensi: "Non vorrei essere qui, vorrei stringerti forte, e abbracciarti tutte le volte che arriveranno il freddo e la paura…".

31
A te che aspettavi un messaggio, una telefonata, un segno, una parola, un bacio…

La storia di Sally…

Sabato 13 luglio

Mi sveglio con lo squillo del telefono, è Benny.

«Pronto?»

«Buongiornooo, dormiglionaaa!» urla fortissimo.

Ok, è impazzita…

«Buongiorno, matta!»

«Senti, ma quanto dobbiamo mettere per le cose che ha preso Paco per il campeggio? Le tende e tutto il resto…» mi chiede.

In realtà non sono ancora molto sveglia e ci metto un po' a capire di cosa stia parlando.

«Guarda, non lo so, Benny, ha detto che poi ce lo faceva sapere…»

«Oh, ma sai che sono elettrica e non vedo l'ora? Mancano solo dieci giorniii!»

«Sì, anche io sono felice! Ma, Benny… hai visto che ore sono? Le sette e mezza, ma che cavolo!»

«Dài, Sally, la vita è una! Andiamo a fare colazione tutte insieme da Lillo! Che poi è bello fare un giro a quest'ora in via dei Giubbonari e in tutte quelle stradine meravigliose!»

Lillo è un bar dietro Campo de' Fiori dove fanno i maritozzi con la panna buonissimi, che noi tutte ovviamente adoriamo.

Benny non sembra voler mollare la presa, per cui mi arrendo, ma non credo riuscirà a convincere anche Marzia, conoscendola.

«Oook, come rimaniamo?» chiedo sbadigliando le parole, con la voce ancora impastata dal sonno.

«Io con il motorino e passo a prendere Geggy, tu passa a prendere Marzia, la chiamo io... Viene anche Paco, Ric lavora. Ci vediamo lì fra mezz'ora!»

«Mezz'ora? Mio dio... Comunque ok, anche se la vedo dura con Marzia... A fra poco, pazza!»

Dopo qualche minuto mi arriva un messaggio di Marzia: "Chiedo solo una cosa, ho un solo desiderio: non avere più a che fare con una precisa categoria di persone. Quelli che a un tuo messaggio chilometrico, strutturato, scritto col cuore aperto, dove magari ti apri a confidenze fino a quel momento per te impensabili, frutto del lavoro di anni di analisi, ti rispondono: 👍".

E io muoio. Quanto mi fa ridere.

Sally: "Ahahah! Amo, con chi ce l'hai?".

Marzia: "Niente, con uno, mi sembrava un tipo intelligente e profondo con cui poter parlare... Invece è il solito maschio cretino con un solo neurone nel cervello che impegna per la solita cosa... Che poi, lo sai che non disdegno quella cosa, ma serve anche altro, a volte, no?".

Sally: "Eh, direi di sì... Ahahah! Mi fai morire! Ti voglio davvero troppo bene!".

Marzia: "A chi lo dici, amore! Comunque, cambiando discorso. Benedetta è impazzita!" conferma, ma scrive anche che mi aspetta fra venti minuti sotto casa sua. Quanto le amo...

Alle otto e dieci siamo davanti a Lillo. Quasi contemporaneamente arriva anche Paco, e anche Ric che si è preso due ore al lavoro apposta... e dopo poco vediamo spuntare Benedetta e Geggy che saltano di gioia...

«Oh, ragazzi, ma che succede?» chiedo, poi rivolgendomi a Benny e Geggy: «E voi due, che cavolo avete?» insisto divertita.

«Oggi facciamo un annooo!» urla Geggy.

«Daiii! Ora capisco» dico con entusiasmo.

«Che bello, auguri, tesorine!» dice Marzia mentre le abbraccia.

«Sono troppo felice per voi, auguri!» si unisce Paco.

«Figooo!» urla Ric.

«Per festeggiare vi offriamo i maritozzi!» esclama Geggy con quel suo dolcissimo sorriso.

«Il miglior anniversario della storia!» sentenzio io.

Quindi ci avviamo verso il bar e ci sediamo. Ordiniamo un maritozzo per uno e il cappuccino. E poi brindiamo con le tazze alla loro felicità.

Dopo un po' che siamo seduti a dire cavolate, a ridere e scherzare, il mio umore diventa nero all'improvviso: noto che un contatto che ho in comune con una mia amica posta una foto di gruppo dove ci sono anche Andre e Giulia. Lui la abbraccia da dietro. Sento una fitta allo stomaco, mi si contorce proprio, tutte le volte che vedo una loro foto è come se fosse la prima volta.

A quanto pare se ne accorgono anche gli altri, perché mi chiedono cosa mi succeda.

«Che palle! Ma non puoi bloccarli?» chiede Benny quando rivelo il motivo della mia tristezza improvvisa.

«A parte che è una foto comparsa sul diario pubblico di uno che nemmeno conosco... e poi no, sarebbe ancora peggio, mi sentirei sconfitta più di quanto già non mi senta! Il fatto è che tutte le volte mi fa questo effetto, è come se mi crollasse il mondo addosso!»

«Però secondo me dovresti smetterla di dar loro tutta questa soddisfazione, non se la meritano. E tu, tu meriti molto di più, tu puoi avere tutto...» dice Paco, spingendosi più in là del suo solito.

Non nascondo di apprezzare. Mi scappa un sorriso e rispondo: «Grazie, Paco, mi fai sorridere...». A quel punto lui diventa rosso e abbassa lo sguardo.

«Ecco, ci voleva Paco! Ma quando lo capirai che sei speciale, tu? E che ha perso davvero solo lui! Di lei nemmeno ne parlo, abbiamo già detto tutto...» Marzia lo dice con una certa veemenza.

«Comunque capisco la sensazione, farebbe impazzire anche me, forse perché ci illudiamo davvero di essere unici per le persone che amiamo, mentre alcuni non danno peso alle parole che dicono, alle promesse che fanno... Alla fine però sono loro a perdere, perdono tutto, perdono sempre, senza nemmeno rendersene conto...» È ancora Paco a parlare, e quello che dice è di una bellezza pazzesca.

«Quanto è vero, Paco!» dice Benny.

«Infatti è troppo vero, fanculo!» confermo io.

«Fanculo a chi perde tutto, l'amore, le parole, e noi! Fanculo a chi ci perde!» urla Benny.

«Fanculo a chi ci perde!» urliamo tutti in coro.

«Ho una cosa, ecco, ho una cosa da dire...» dice Benny alzandosi improvvisamente in piedi.

«Ok...» dico io sorridendo, mi fanno eco tutti mentre cala il silenzio.

Benny, completamente rossa in viso, tira fuori un foglio dalla tasca dei jeans, poi alza la testa e guarda Geggy dritta negli occhi, in modo profondo, facendo un lungo respiro.

«È una cosa per te, sono parole per te...» le dice parlando lentamente. «Forse sono stupide, ma le ho scritte col cuore...»

«Oddio, amore...» risponde Geggy coprendosi il viso con le mani, emozionatissima.

Benny apre il foglio, poi inizia a leggere: «Hanno provato a convincerci che siamo sbagliate, che il nostro amore è un errore, che i miei occhi, quando si posano sul tuo corpo, commettono un peccato...

Volevano convincerci che siamo malate, che quando ci sfioriamo i nostri brividi ci ingannano, che l'emozione che ci fa scoppiare il cuore tutte le volte che ci baciamo è una stortura, e che da tutto questo, se cambiamo, se diventiamo come vogliono loro, possiamo guarire...

Ci hanno detto che l'amore quando è vero è solo fra un uomo e una donna, e che noi siamo uno spettacolo da nascondere, un vuoto del sistema, un calcolo che non torna, uno scherzo della natura...

Ma ecco, amore mio, tutto quello di cui volevano convincerci non ha impedito al mio cuore di battere per te, non mi ha impedito di occuparmi della tua felicità come se da quello dipendesse il mio respiro, non ha impedito a ogni singolo tramonto di essere il tramonto più bello del mondo solo perché lo guardavamo insieme, non mi ha impedito di sentirmi a casa solo quando sono fra le tue braccia, non ha impedito al cielo di cadere tutte le volte che mi dici "Ti amo", e tutto l'odio del mondo, tutta questa violenza con la quale toccano le nostre vite, con la quale umiliano i nostri sentimenti, tutta questa stupida superficialità con la quale giocano con quello che abbiamo di più caro non potrà impedire alle stelle di illuminarci tutte le volte che ci guardiamo, perché il giudizio del mondo non vale un singolo momento passato con te, mano nella mano. E in tutto questo, amore mio, io lo so, di sbagliato, no, non c'è niente...».

Restiamo tutti pietrificati, commosse io e Marzia, commossi Paco e Riccardo, senza parole davanti a tanta bellezza, davanti a tanta meraviglia, mentre Geggy è in un bagno di lacrime e singhiozza. Poi si alza e corre ad abbracciare Benny fortissimo, e si baciano in un modo dolcissimo e romantico, più che un bacio sembra un miracolo, una magia, un colpo di grazia della vita che ci sorprende sempre con una bellezza assoluta, e io penso che questo è l'unico modo in cui valga la pena vivere e che questi sono gli amici e le amiche che risceglierei millemila volte, noi siamo la prova che l'amore, alla fine, nonostante tutto, anche quando ti sembra impossibile, anche quando ti manda al tappeto, poi ti salva sempre...

Dopo un po' Geggy e Benny ci dicono che loro vanno via per stare un po' da sole...

«Romantiche sì, ma anche sporcaccione, eh... Brave! Siete il mio orgoglio! Posso venire con voi?» Il solito Ric, sempre lì a nascondere la sua emozione...

«Ric, tanto non ti crede più nessuno, smettila...» dice Marzia facendogli l'occhiolino e sorridendogli. Lui ride e non risponde, e ridiamo tutti salutando la coppietta che se ne va. Subito dopo vanno anche Paco e Ric, che torna in officina.

Quando passo le giornate con loro, è come se il tempo volasse. Oggi, poi, è stato tutto così intenso: dopo i festeggiamenti, io e Marzia siamo andate al mare e poi sulla via del ritorno, dopo mille selfie e video e dirette su Insta, ci siamo prese un gelato, che è diventato un panino, che è diventato una birra, che è diventata una cannetta della buonanotte...

Adesso sono in camera, stanca ma felice. Prima di dormire, leggo le bellissime parole di Loy...

Io è da quando sono nato che faccio quello che dice la mia testa, e il mio cuore. Chi mi conosce lo sa. Io anche quando era difficile ho fatto da solo, anche quando il rischio di non farcela era altissimo ho fatto da solo. Anche quando il muro era a un passo, e la velocità troppo elevata, anche quando era chiaro che non ne valeva la pena, ché non c'era margine, ché non c'era amore, ché non c'era un cazzo. Le idee, anche le più stupide, le più assurde, son sempre state le mie, solo mie. Le colpe pure. Le partenze, gli addii, i ritorni, e le scuse, e il sudore, e il freddo, i brividi, gli errori, la fragilità, la corsa, gli sguardi, l'affanno, la verità, la verità, la verità. Cristo, quanta verità! Tutta questa roba è stata mia, solo mia. Sono stato io, solo io. E non mi sono mai nascosto, e non ho mai dissimulato, e non ho mai detto l'ho fatto perché me lo hai chiesto tu. E non ho mai detto l'ho fatto perché l'hai fatto tu. Mai detto, io non sono mai scappato. Chi mi conosce lo sa. Ho fatto un sacco di stronzate, ma a testa alta. Ho pagato col mio stomaco, col mio sudore. C'ho messo il mio, di culo. Il mio, di cuore. La mia, di faccia, solo la mia. Ho urlato troppo, ma con sincerità. Ho reagito impulsivamente, ma con sincerità. Io faccio sempre rumore, troppo rumore, ma con sincerità. Ché non ho mai strisciato, silenziosamente, come un serpente. Le strategie, nei sentimenti, le ho abbandonate quando ho capito che mi facevano arrivare primo. E i primi, stanno sempre da soli, su quel cazzo di podio. Io la mia vita, solo perché amo il silenzio, non me la immagino in solitaria. Io li ho sempre voluti condividere con qualcuno i miei momenti. Quei pochi, significativi, momenti. Quegli attimi di follia, quegli attimi di gioia. Cazzo te ne fai di un trofeo, se poi ti ritrovi a bere champagne da solo? Cazzo te ne fai di una vittoria, se poi ti resta l'amaro in bocca? Cazzo te ne fai di un premio, se tutti odiano il fatto che l'hai vinto tu? Io sono uno stronzo, un insicuro, un debole, uno che cade, uno che prova, uno che sbaglia... ma sono quello che vedi. Sono quello che sono. Chi mi conosce lo sa.

E poi quelle di Laura che mi lasciano puntualmente a bocca aperta, mi tolgono il fiato...

Non ti chiamo perché ho perso il tuo numero, l'ho cancellato e ora non lo trovo più. Ok, no, non è vero. È che mi farebbe troppo male. So che la tua reazione mi ferirebbe, mi farebbe sentire stupida e illusa, ancora una volta.
Non ti chiamo per non metterti nella condizione di dirmi l'ennesima bugia, per non doverti ascoltare mentre inventi storie ridicole o trovi scuse.
Non ti chiamo perché fingeresti interesse ma io capirei che non è vero, che in realtà sei indifferente, e la tua indifferenza mi spezzerebbe il cuore.
Non ti chiamo, ma vorrei, cazzo se vorrei, non c'è nulla al mondo, in questa vita, che vorrei di più.
Non ti chiamo per non sentire la tua voce, perché sentirla mi fa mancare il fiato, perché la tua voce mi ricorda il tuo profumo, e

il tuo profumo mi fa innamorare tutte le volte come se fosse la prima. E innamorarmi di te, in fondo, è la cosa più bella del mondo, quella più dolorosa e, forse, quella che mi riesce meglio...

Dal dolore usciamo sempre con qualche ferita in più. Ma ogni volta mettiamo nello zainetto anche qualcosa di prezioso che prima o poi nella vita ci tornerà utile.

E dal dolore non esce mai chi non lo affronta.

E ognuno lo affronta a modo suo, chi col sorriso, chi chiuso in un angolo. Qualcuno si mette una maschera e un'armatura, qualcun altro si butta nel fuoco completamente nudo.

E nessuno può giudicare il modo che hanno le persone per viverlo e liberarsene. Per sentirlo bruciare e capire che effetto fa.

Io non sono scappata mai. Ho saputo fare i conti con lo stare sola, perché ho sempre preferito scegliere, e ho sempre voluto sognare il futuro, quello delle meraviglie, non uno a caso…

E saprò affrontare anche l'amore, quando arriverà di nuovo, quando sarà il momento di raccogliere i frutti. Io sarò lì, pronta, senza mai tirarmi indietro.

Da piccoli, quando scoprivamo di essere stati ingannati, ci sentivamo persi, disperati. Da grandi no, non fa piacere, ovvio, ma in qualche modo ci rendiamo conto di quanto ingannare qualcuno sia svilente soprattutto per chi lo fa, e che in fondo è bellissimo continuare a fidarci senza riserve, come se nessuno ci avesse mai tradito. Perché la vita di chi guarda al mondo con fiducia sarà sempre più bella di quella di chi gioca sporco con i sentimenti. E il vero inganno sarebbe permetter loro di renderci aridi…

E poi ecco, finalmente, la mia buonanotte…

Buonanotte a te che aspettavi un messaggio, una telefonata, un segno, una parola, un bacio. Un po' d'amore. Lui non sa cosa si perde. E quello che sogni, te lo prometto, arriverà...

32
Vieni qui, amore, dammi la mano…

La storia di Simone…

Giovedì 9 maggio

Vieni qui, amore, dammi la mano. Sai che quando sto male, qualche volta, ho bisogno di guardare il cielo, in silenzio, di guardare le stelle. Ti va di guardarle con me?

Vieni, amore, senti questa cosa: è tutta la vita che cerco di essere uno che ce l'ha fatta, e sai cosa ho scoperto? Che nessuno ce la fa senza qualcun altro che gli prenda la mano…

Vieni, siediti qui, accanto a me, amore, su questi scalini, c'è spazio per due, che nella mia vita, senza di te, c'è un vuoto, un posto libero, un buco. Un senso di solitudine che mi spacca il cuore.

Vieni qui tra le mie braccia, amore mio, che in due il dolore fa meno male, che insieme possiamo affrontare tutto, che il mondo, quando sei fra le mie braccia, pesa meno, e il futuro è più sicuro. E la luna, amore, la luna, quando siamo insieme, illumina tutto in modo più bello. E fa sembrare tutto un po' più magico…

Mi sveglio di soprassalto e controllo l'ora: sono le cinque. Sono tutto sudato, ho fatto un sogno, bello ma anche un po' amaro. Era notte e mi trovavo in un luogo che non conosco, c'erano dei palazzi eleganti, ma era desolato, non c'era nessuno, c'ero solo io, seduto su degli scalini. A un certo punto in mezzo alla strada è comparsa Nicole, stava bene ma era triste.

Forse impaurita. Anche io ero triste. Io le parlavo e lei mi guardava senza rispondere. E quando le ho chiesto di avvicinarsi lei l'ha fatto.

Sembrava una bambina smarrita, sconvolta e in cerca di rassicurazioni. Rassicurazioni che io cercavo di darle, e di dare a me stesso.

Poi ci siamo baciati, e ci siamo abbracciati. E siamo rimasti così, in silenzio a guardare il cielo…

Negli ultimi giorni Nicole non è stata quasi mai vigile. A tenerle compagnia ci diamo il cambio, io, Anna e a volte mia madre. Le condizioni sono stabili, ma sempre gravi. Ha preso un'infezione che non si riesce a curare, e che sta risucchiando tutte le sue energie.

Sto portando avanti i preparativi per il matrimonio. Per farlo in ospedale ci sono molte formalità burocratiche da sbrigare, è meno facile di quello che pensassi. Vorrei farlo il prima possibile…

Le sto tutto il giorno accanto, dorme ininterrottamente.

Non posso più guardarla così. È pelle e ossa. Il dottor Masi, il medico che la segue, dice che è forte ma anche tanto debilitata, dobbiamo sperare che il suo fisico riesca a reagire e che le cure la aiutino.

«Amore, ricordi l'osteria in vicolo del Vecchio? Quella che ci piaceva tanto?»

Fa sì con la testa e accenna anche un dolcissimo sorriso. Le accarezzo appena il viso col palmo della mano, le inumidisco un po' le tempie e le labbra. «Tu prendevi sempre la cacio e pepe, dicevi che la facevano da dio, ricordi? Brutta cicciona!» Lo dico e la mia voce è rotta. «Ricordi, amore? Quanto sei cicciona, amore mio?»

Mi sento debole, ho il cuore squarciato. Ancora un'impercettibile movimento del viso mi fa capire che è presente.

«Amore, ti amo tantissimo…» dico, mentre una lacrima mi

corre lungo la guancia. «Oggi ripensavo anche al nostro posto, ricordi? Era un piccolo bar sfigato dietro piazza del Fico, ci vedevamo sempre lì dopo l'università. Era il nostro modo di evadere dalla quotidianità, di prenderci la vita e un po' d'amore... Tu arrivavi sempre prima di me, ti trovavo già seduta al tavolino di legno sgangherato ad aspettarmi con quel sorriso che più che un sorriso era un miracolo, e io tutte le volte sentivo una fitta, il cuore mi accelerava, le mani mi sudavano, come adesso, amore, proprio come adesso... Il mondo tremava, cominciavo a guardarmi intorno perché ero terrorizzato che potesse esserci qualcuno che tu trovavi più figo di me, e che i tuoi occhi potessero posarsi sui suoi, e il solo pensiero mi rendeva pazzo, insicuro, e buffo. Perché forse avevo solo paura che potesse finire, che io non fossi abbastanza. Che tu, alla fine, avresti scelto qualcun altro. Forse ero solo tanto innamorato, ché l'amore fa così, ci rende insicuri, paranoici... Forse era solo il fatto che, senza di te, tutto il resto era meno bello, e anche adesso, amore mio, adesso che ti vedo soffrire, tutto il resto non ha più senso...»

È praticamente un monologo, il mio. E le lacrime mi si mangiano.

Prendo il telefono e metto a volume basso una canzone, una di quelle che amavamo ascoltare, *E...* di Vasco.

E... / se hai bisogno / e non mi trovi / cercami in un sogno, / amo te...

Mentre Vasco va, metto la mia mano sulla sua, la accarezzo, e canto, e piango, e prego di risvegliarmi da questo incubo orrendo...

Se ci ripenso... Io mi sono innamorato prima dei tuoi sbagli, e poi di tutto il resto, sai? Lo so, ti sembrerà assurdo, ma io amo chi sbaglia, chi si mette in gioco. I nostri errori raccontano tanto di noi, del temperamento, della passione, dell'intelligenza emotiva... per dire, di te mi è arrivato subito, come un treno, come un colpo che ti stende, quel senso di vuoto che ti porti dentro nonostante la grazia e i modi gentili. Quello sguardo bello e malinconico di chi si vive ogni cosa fino in fondo rischiando il retrogusto amaro della vita, nello stomaco e nel cuore. Tutta quella rabbia, tutto quell'amore, tutta quella meravigliosa voglia di vivere che ti scorre nelle vene e ti fa sbagliare di continuo, ti porta a credere negli altri, ti permette di innamorarti senza alzare muri, ti spinge ad affidare il tuo equilibrio a uno come me, che si gioca opportunità come niente fosse, che perde occasioni di felicità e lascia andare la bellezza perché spesso non sa riconoscerla. Che si lascia sfuggire dalle mani le cose che contano perché, qualche volta, quelle futili hanno un aspetto più invitante agli occhi di chi non sa guardare col cuore. Io mi sono innamorato di questa tua follia di amarmi senza riserve, senza paura, inseguendo un sogno, credendo in un progetto d'amore, insegnandomi tanto, mettendo in gioco tutto, senza aspettarti niente...«Nicole, piccola mia, amore di mamma...» Anna è entrata nella stanza facendomi una carezza sulla schiena, piena di affetto e tenerezza. Si mette in fondo al letto e inizia a massaggiare i piedi di Nicole. «Devi rimetterti in sesto, dovete sposarvi» dice, con un sorriso triste. «Simone sta preparando tutto, e tu dovrai essere bellissima...»

Tu sei dentro di me, come quando cammino per Roma di notte e ti penso, quando guardo l'osteria che ci piaceva, quella in vicolo del Vecchio, e penso che senza di te sarebbe solo un'osteria, come quando guardo il cielo pieno di stelle e penso che senza di te sarebbe solo un cielo pieno di stelle.
Tu sei dentro di me, che cammino per via dei Coronari e quando arrivo in piazza Lauro mi rendo conto che guardo la chiesa e mi manca il respiro, perché guardandola mi ricordo di quella volta che ci siamo entrati insieme e siamo rimasti seduti in silenzio, ed è stato il silenzio più bello della mia vita.
Tu sei dentro di me, come quando sono in macchina e sento

Pesto di Calcutta e faccio finta di averla scritta io, e te la dedico mentre la canto a squarciagola al semaforo.
Ecco, tu sei dentro di me, come adesso, che me ne sto su questi scalini, in via dell'Anima, con una birra e la pioggia che cade, con le ferite e il vuoto dentro, con la mia mano che cerca la tua, con la mia testa fra le nuvole, con il mio cuore in mille pezzi, mentre ti cerco fra le stelle, dentro le finestre illuminate dei palazzi del centro, nelle vite degli altri, negli occhi di chi passa e incrocia il mio sguardo, in tutti gli sbagli che ho fatto, dentro tutto l'amore che sento per te...

Tuo,
Simone

33
Tu sei bella anche quando nessuno te lo dice

La storia di Sally...

Lunedì 15 luglio

Anche oggi ho passato tutto il giorno al mare, con Marzia, Benedetta e Geggy. A pranzo ci ha raggiunti Riccardo che faceva mezza giornata in officina. Paco lavorava, ma ci ha scritto spesso, in particolare a me...

Ci mandava i selfie di lui a torso nudo, con in mano gli attrezzi, e le foto, lo ammetto, non erano niente male, facevano un certo effetto...

Lo stabilimento dove andiamo sempre si chiama Caramell, ed è un compromesso tra fighetteria e approccio easy, ci sono gli ombrelloni con la paglia, i lettini e i cuscinoni per terra, che si usano soprattutto all'ora dell'aperitivo. Per mangiare trovi panini di tutti i tipi e piadine, i prezzi sono moderatamente contenuti, per essere Fregene. E infatti è sempre pieno...

«Oh, ma sai che non vedo l'ora? Mancano solo otto giorniii!» dice Benny.

«A chi lo dici!» rispondo io.

«Spero solo che quest'anno ci sia movimento di donzelle...» dice Ric.

«Dài, Ric, finiscila! Stai mettendo le mani avanti? Chi rimorchia, rimorchia sempre e ovunque!» Geggy affonda il colpo e ci fa l'occhiolino ridendo.

«No, no, non credere, eh! Non farla così facile!» Mentre lo dice, Ric scuote l'indice in modo quasi isterico.

«Buuu! Ric, smettila di recitare questa parte, tanto lo sappiamo che sei un tenerone!» rincara la dose Marzia.

«Quanto non mi conosci!» risponde lui, con la solita espressione fra il serio e il divertito.

Poi si alza per prendere la crema dallo zainetto e Marzia, rivolgendosi a noi, esclama: «Comunque Riccardo ha un fisichino niente male, eh, ragazze!».

Approviamo in coro, mentre continuiamo a ridere. Lui diventa tutto rosso, visibilmente imbarazzato, e abbassa per un attimo lo sguardo cercando gli occhiali da sole.

Poi si mette velocemente le infradito e dice: «Va be', va', mi avete rotto! Vado a prendere un caffè al bar...» e se ne va con la coda fra le gambe. Eccolo là, dolcissimo e imbarazzato, il nostro amico orsacchiotto che si atteggia a spietato latin lover, ma che di spietato non ha davvero nulla...

«Comunque io conosco la storia di Riccardo» dice Benny.

«E cioè?» chiedo io.

«Una volta sono andata a trovarlo in officina, perché avevo bisogno di un pezzo per il motorino... e quando sono arrivata lui era lì che parlava con il suo capo, questo Leo che lui venera, un pezzo di figo, fra parentesi, che se non sei abbastanza convinta ti fa tornare etero!»

E ridiamo tutte!

«Oh, vaffanculo!» dice Geggy, dandole una spinta.

«Dài che scherzo, amore!» ribatte Benny, e le dà un bacio.

«Ok, devo andare a trovare Riccardo al lavoro...» interviene Marzia mordendosi il labbro, non si smentisce mai.

«Marzia, hai deciso di farteli tutti?» chiedo provocandola.

«No, solo quelli boni!» risponde lei candidamente.

Ridiamo ancora, poi Benny riprende: «Comunque, dicevo... erano lì dietro la porta che parlavano, e quel Leo lo confortava, gli diceva che non c'era nulla di male a pensare a una ragazza dopo tanto tempo, purché la sofferenza che aveva nel cuore non lo spingesse lontano dalla sua natura, e che credere nell'amore è davvero una cosa che può salvarci la vita! E lui era lì con la testa bassa, come un bambino ferito... Mi ha fatto tanta tenerezza! Non ve l'ho mai detto per rispetto a lui, ma poi ho pensato che è giusto che sappiate che sta soffrendo...».

Rimaniamo tutte a bocca aperta, in religioso silenzio. Era evidente che dietro a quei comportamenti ci fosse un motivo, ma adesso che ne siamo certe, ne siamo anche dispiaciute. «Grazie per avercelo detto, Benny! Hai fatto bene! Troveremo un modo per aiutarlo...» affermo.

«Ok, ma dobbiamo farlo con molto tatto, senza farci scoprire, potrebbe esserne ancora più ferito, altrimenti...» sottolinea, giustamente, Geggy.

«Hai ragione!» rispondo.

«Assolutamente, sì!» si unisce Marzia. Quando Riccardo torna fa una delle sue solite battute, e noi ridiamo tutte prendendolo un po' in giro, come sempre, come fosse niente... Poi ci prepariamo per andare, perché siamo tutte cotte dal sole.

Riccardo torna da solo, perché prima di andare a casa deve passare dal suo capo a prendere le chiavi dell'officina.

In macchina, parlo con Marzia e le altre, mi chiedono come mi sento.

«Molto meglio, ragazze. Ok, sì, mi capita di pensarci, ma ora è davvero diverso. Poi non vedo l'ora di partire tutti insieme, sarà meraviglioso! Comunque Andrea, vuoi o non vuoi, erano più le volte che mi rendeva triste di quelle che mi faceva sorridere... E sì, lo amavo tanto e forse è ancora così, ma di soffrire ne ho le tasche piene. Quindi dài, voglio pensare che sia stato anche un bene quello che è successo...»

«Sono d'accordo, amorina! Ti aveva spento il sorriso, invece se è amore, lo sappiamo, lo scrive sempre Laura nei suoi post, il sorriso deve accendertelo!» dice Marzia.

«Verissimo, verissimo!» è un coro unico.

«Ma poi, vi rendete conto?» continua Marzia con entusiasmo. «Fra qualche giorno saremo tutte insieme in campeggio! Sarà bellissimo!»

Intanto sotto va *Cupido* di Sfera Ebbasta, metto il volume a manetta e iniziamo tutte a cantarla, facendo le stupide, le smorfie, e mimando un balletto improvvisato. Marzia fa un video che, lo so, lo sappiamo, finirà ovunque sul web…

«Con le altre faccio lo stuuuu-pi-doooo… ti ho colpita sono cu-pi-do… nananananà…»

Alle sette torno a casa e trovo mamma, anche oggi in netto anticipo.

«Mami! Ci stai prendendo gusto, eh!» le sorrido.

Lei restituisce il sorriso e dice: «È così bello questo periodo, non vale proprio la pena di starsene rinchiuse in un museo! Vado a fare un giro in centro con Antonella».

«Chi, la tua amica avvocato? Brava! E dove andate?»

«A fare un aperitivo su una terrazza bellissima che hanno inaugurato qualche giorno fa! Porto Claudia con me. Tu come stai?»

«Io bene, mamma, dài, molto meglio! Sono felice di partire! Papà come l'ha presa, secondo te?»

Il permesso di andare in campeggio l'ho chiesto a mamma e lei mi ha tranquillizzata dicendomi che avrebbe parlato con papà e che non ci sarebbero stati problemi.

«Trova disgustoso che sua figlia vada in un campeggio… Ma a noi ce ne importa qualcosa di quello che pensa lui? Le mie vacanze più belle, da ragazzina, sono state proprio in campeggio. Vedrai, sarà meraviglioso, piccola, ti divertirai come non è mai successo!»

«Ti adoro, mamma!»

Ci abbracciamo e nel frattempo scende Claudia, che ci raggiunge per unirsi all'abbraccio.

Non ci pare vero che fra noi tre si respiri un clima così sereno e gioioso. Di papà, ormai, siamo tutte abituate a fare a meno.

Salgo in camera e volo a farmi la doccia, mentre lancio una playlist su Spotify:

Onde, Marco Mengoni, Sondr Remix
Aspettavo solo te, Baby K
Sere nere, Tiziano Ferro
E..., Vasco Rossi
Fotografia, Carl Brave, Francesca Michielin e Fabri Fibra
Ti scatterò una foto, Tiziano Ferro
Italiana, Baby K
Ti ho voluto bene veramente, Tiziano Ferro
Non mi avete fatto niente, Fabrizio Moro ed Ermal Meta
E yo mamma, Coez
Proemio, Dutch Nazari
Ti fa stare bene, Caparezza
Abbi cura di te, Levante
Fuori da qui, Jake la Furia e Luca Carboni
Portami via, Fabrizio Moro
Bandita, Jake la Furia
Cratere, Frah Quintale
Stupendo, Vasco Rossi
Faccio un casino, Coez
Racconterò di te, Ultimo
1984, Salmo
Una vita in vacanza, Lo stato sociale
Splendida ostinazione, Marco Carta

Appena esco dalla doccia sento il telefono che squilla ma non faccio in tempo a rispondere. Mi do un'asciugata veloce alle mani e controllo: sei chiamate perse, e chi è?

Quando leggo il nome mi tremano le mani. Andrea...

Mentre cerco di realizzare la cosa e metterla a fuoco, squilla di nuovo. È ancora lui.

Lascio passare diversi squilli, poi rispondo. «Sì...»
«Ciao, Sally...»
«Ciao...»
«Come stai?»
«Bene, grazie... tu?»
«Io insomma, un periodo così... Penso tanto...»
Non so cosa dire e non dico nulla, resto in silenzio.
«Comunque... Puoi scendere un attimo?»
Mi si gela il sangue. Ho pensato tanto a questo momento negli ultimi mesi, ma adesso è diverso, adesso è vero, e io all'improvviso mi sento bloccata.
«Per fare cosa?»
«Perché sono qui...»
«E... e posso sapere perché sei qui? E perché vuoi vedermi?»
«Dài, Sally, ti sto chiedendo di scendere per parlare un minuto, dopo più di due anni di storia non penso sia un dramma concedermi un minuto. Anche se mi odi e sono uno stronzo... puoi farlo?»
Vorrei dire di no. Vorrei rispondere: "No, stronzo, vaffanculo tu e il tuo minuto!". Ma non ci riesco, perché non è nella mia natura, e in fondo sono curiosa di sapere cosa ha da dirmi. E c'è qualcosa, dentro di me, che mi spinge a scendere.
«Ok...»
«Grazie, eh... grazie...»
Mi vesto velocemente, ma scegliendo con attenzione cosa indossare. Voglio essere bellissima ma non esagerata, non voglio che pensi che mi sono acchittata per lui. Alla fine opto per un vestitino in cotone leggero e molto fasciante, bianco con dei fiorellini rossi, che fa risaltare l'abbronzatura e le forme senza ostentare troppo. Mi trucco un pochino, giusto una punta di mascara e blush. Indosso un sandalo con un discreto tacco, i capelli li lascio leggermente bagnati...
Mentre scendo le scale ho il cuore che mi scoppia nel pet-

to, lo sento in gola, è un mix di eccitazione e paura, di gioia e rabbia.

Arrivata sotto, mi faccio coraggio ed esco. Lui è lì, fuori dal portoncino, con quella solita aria da stronzo che lo rende terribilmente affascinante, più di quanto già non sia. Esibisce un'espressione triste, ma nei suoi occhi vedo sempre la stessa luce, quella che me lo fa percepire più forte e potente di me.

«Ciao...»

«Ciao...» rispondo.

«Dio, quanto sei bella...»

«Grazie.» Cerco di rimanere fredda e distaccata

«Senti, lo so che ho fatto una cazzata enorme, gravissima, e che forse la cosa non si può davvero rimediare, e lo so, lo so che anche in passato non mi sono comportato sempre bene, però, ecco, quello che volevo dire, quello che vorrei dirti, è che mi sono reso conto di tutto questo, ho capito davvero fino in fondo i miei errori, e cosa voglio, ho capito cosa voglio... » Mentre parla piange, e questa, lo ammetto, se è una recita è una recita ben riuscita, perché non credo di averlo mai visto piangere in vita mia. Va avanti a parlare senza che io riesca a dire una parola. «...Io voglio solo te. Ti amo da impazzire. Ti amo da morire. E Giulia è stata la cazzata più grande che io abbia mai fatto. Ok, non l'unica, ti ho tradita anche con Alessia, e con un'altra che ho visto solo una sera... Perché ero un coglione, non sapevo chi ero, e soprattutto non sapevo nulla dell'amore e di quello che avevo nel cuore...»

Fa un attimo di pausa e respira in modo affannato, mentre continua a guardarmi piangendo.

«Mi hai fatto male, Andrea, troppo male...»

«Lo so...»

«Come potrei fidarmi ancora? Come? Non posso...»

«Dammi un'ultima possibilità, Sally, solo una. Ti amo, e voglio renderti felice...»

«Non posso, Andrea. Poi con Giulia...»

«Se potessi cancellerei tutto, tutto il passato, tutti gli errori, tutto! Ho sbagliato, tanto… Ma chi non sbaglia?»

Continuo a guardarlo seria, facendo lentamente no con la testa, ma anche i miei occhi cominciano a bagnarsi, e si forma una crepa, piccola ma profonda, nell'armatura che avevo eretto per difendermi da tutto questo.

Ho i brividi e tremo. Sono sopraffatta da emozioni diverse e contrapposte, sento che una parte del mio cuore mi spinge fra le sue braccia, ma l'altra sa bene a cosa andrei incontro. Le persone non cambiano, e Andrea non cambierà, lo so, lo sento. Ma questo non significa che sia facile respingerlo, questo non comporta che sia facile, adesso, voltarmi e andarmene dandogli le spalle.

«Non lo so, Andrea, è che non me la sento, non me la sento più…»

«Ascolta…» Mentre lo dice tira fuori una busta dalla tasca. «Prendila, è il nostro viaggio! La California! Ti ricordi che sognavamo di farlo insieme? È il nostro sogno, piccola! Ho prenotato tutto, il volo, la macchina da prendere a San Francisco e gli hotel fino a San Diego, tutto quello che abbiamo sempre sognato. Stiamo via un mese, partiamo fra sei giorni! Pensaci, amore, almeno pensaci…»

Sento la testa che mi gira e continuo a piangere, troppe emozioni tutte insieme, potrei crollare da un momento all'altro.

Ma che cazzo! Perché sei tornato?

«Andrea…»

«Sally, ti prego, ti prego, tu pensaci e basta…» Mi mette un dito sulla bocca, delicatamente, e ripete ancora: «Pensaci… prometti di farlo? Ti chiedo solo questo, di pensarci… non ti chiedo di più…».

Faccio un lungo sospiro e rispondo: «Ok…».

Lui abbassa un po' la testa, con gli occhi chiusi, muovendo tutto il busto verso di me, come a dirmi grazie, poi mi fissa per alcuni secondi con quei suoi occhi terribilmente belli, prima di girarsi e risalire in macchina velocemente, mi dice: «Sally, sei bella...».

Tempo fa, ero sotto un albero a Villa Pamphilj, un grande parco di Roma dove andavo spesso da sola a leggere prima delle lezioni con Fede. Ero un po' triste, quel giorno, perché avevo litigato con Andre (anche se in quel periodo le cose fra di noi andavano meglio). Forse in quell'occasione la cosa dipendeva da me. Il giorno prima avevo indossato un vestitino per lui, e lui non mi aveva degnata di uno sguardo... quando gli avevo chiesto come mi stesse, aveva risposto in modo freddo e io mi ero sentita inadeguata, non mi sentivo abbastanza bella, abbastanza attraente, abbastanza interessante, abbastanza forte, non mi sentivo abbastanza niente... come sempre del resto... Insomma, me ne stavo lì a leggere e a pensare, quando si avvicina una vecchietta dagli occhi incredibilmente belli, di un colore che io non avevo mai visto prima, infatti non era solo un colore, e non erano solo occhi, era molto di più... mi ha guardata senza dire una parola ma con una dolcezza disarmante, come se potesse sentire tutto quello che avevo dentro, tutto il mio dolore. Poi, prima di voltarsi e andare, mi ha detto: «Ricorda, tu sei bella anche quando nessuno te lo dice. Me lo ha detto tanti anni fa una persona speciale, quando io ero giovane e fragile come te, e bellissima, come te, e piena di amore e vita e speranza, come te... non cambiare mai! Tu sei il tuo cielo! Tu sei le tue stelle! Tu sei la tua più grande occasione!»

Ora so cosa voleva dire...

La verità è che il mio umore, il mio equilibrio e la mia felicità da troppo tempo dipendono dal giudizio degli altri, dalle parole di chi ha in mano la mia vita e ne dispone come vuole. Prima era mio padre, poi mia madre, e poi, tu, Andrea: se tu mi dici "sei bella" io sono felice, ma quando sono sola spesso mi specchio e non mi piaccio, perché non ci sei tu a dirmi che sono speciale. E invece io voglio essere bella sempre, anche quando tu non ci sei, Andrea, anche quando tu mi guardi e non mi dici niente. Anche quando tu mi lasci e ritorni e poi mi lasci ancora, te ne vai, uccidendomi tutte le volte, per poi tornare quando ti fa comodo, come se fosse un gioco, come se la mia vita fosse una porta girevole, come se il mio cuore e il mio dolore e la mia fragilità non fossero poi così importanti…

34
Non c'è un posto dove mi senta a casa senza di te

La storia di Simone...

Lunedì 13 maggio

«Non c'è un posto dove mi senta a casa senza di te.»

Le avevo appena rivolto queste parole, eravamo a Napoli, si camminava per via Toledo e lei era felicissima perché non ci era mai stata.

Era stupefatta da tutta quella gente, tutti quei colori. E i chioschi, i fiori, la piazza, i ragazzini che giocavano a pallone per strada. E il profumo di vita...

«Amoreee! Ti amooo!»

«Io, io ti amo! Non sai quanto...»

«Io quanto l'universo, tu quanto?»

«Come tutto l'universo più il pianeta Cleopatra.»

Lei aveva sorriso e poi aveva chiesto, con la voce di una bambina: «Il pianeta Cleopatra?».

«Sì!»

«E dov'è?»

«Subito dopo l'universo.»

«Quindi dopo l'universo c'è altro? E tu che ne sai?»

«Ci sono stato.»

«E lì ci sono i tramonti?»

«Sì, lì ci sono tre soli...»

«Quindi tre tramonti?»

«Sì, amore, ma il tramonto più bello l'ho visto nei tuoi occhi.»

«Mi fai sorridere e arrossire...»

«Quanto sei bella quando sorridi e arrossisci!»

«Amore, non mi baci da tantissimo... almeno dieci minuti...» mi aveva detto saltandomi al collo.

«Io e te ci baciamo tutte le volte che ci guardiamo» le avevo risposto guardandola negli occhi, e poi baciandola.

Poco dopo, camminando verso Mergellina, le avevo messo un foglietto nel palmo della mano: "Tu, io, un abbraccio, il mare al tramonto. Baciarci. Il silenzio. Ti va?".

E lei era impazzita.

«Oddio sì, amore, sì! Sai che ti penso sempre. Anche quando siamo attaccati!»

«Sei così bella quando mi pensi!»

«E allora sono sempre bella!»

«E allora sì...» Avevo iniziato a farle il solletico. Poi avevo aggiunto: «La vita è breve. E io ti amo. Volevo dirtelo!».

«Mi fai morire, sono la ragazza più fortuna del mondo!»

Ecco, la vita è breve. E io la amo...

Da ieri, Nicole sta leggermente meglio, il dottor Masi ci ha detto che l'infezione rimane, ma è in via di guarigione. I globuli sono un po' aumentati, con i valori delle piastrine ancora non ci siamo, ma lui è ottimista perché «Nicole è forte come una roccia» dice, nonostante l'aspetto delicato.

Poco fa le ho detto che una data buona per sposarci potrebbe essere il 26 maggio, e lei era al settimo cielo.

«Ma quindi viene qui il prete? In questa stanza?» dice, mettendosi la mano davanti alla bocca.

«Sì, amore, io entro da lì, da quella porta...»

«Dal bagno? Ma che dici, amore! Non ci pensare proprio!»

«Eh, ma lì sulla porta principale facciamo entrare mia mamma e tua mamma, no?»

«Va bene, dài, poi vediamo... non mi piace questa storia che tu entri dal bagno...»

«Ok, piccola, decidi tu!»
«No, decidiamo insieme, amore…» dice accarezzandomi la mano.
«Grazie per avermi salvato, Nicole!»
«Salvato da cosa?»
«Da me stesso, dalla mia follia, da tutto quello che stavo perdendo! Grazie…»
«Simo…»
«Sì?»
«Basta dire "grazie" e "scusa", basta!»
«Ok…»
«Ascoltami…»
«Certo.»
«Di tutto questo rumore, poi, alla fine, resterà solo un po' d'amore…»
La guardo serio e non aggiungo nulla, resto lì, in silenzio, con il mio viso accanto al suo, perché non sono certo di quello che intenda, ma ho una paura fottuta di chiederglielo.

35
Perché per me contava…

La storia di Sally…

Lunedì 15 luglio

Non ho mangiato niente a cena, mi sono chiusa in camera con la musica alta. Ora suona Marco Mengoni con *L'essenziale…*

La cosa di Andrea mi ha scossa tanto. Ho passato sette mesi a costruire la mia resistenza, a gettare le basi per una reazione, mi sono sentita umiliata, tradita, ferita nel profondo, ingannata, e non è stato solo per il tradimento con Giulia, ma per molte altre cose… Ma poi, in un minuto, lui riesce a scavare dentro di me, come sempre, facendosi spazio negli angoli più profondi del mio cuore, e mi destabilizza, mi rapisce, mi fa dubitare di tutte le decisioni, delle convinzioni, dei punti fermi, e cazzo, ora sono qui con questi biglietti in mano a odiarlo e nello stesso tempo a fantasticare su quel viaggio che abbiamo sognato dal primo giorno.

Andrea seduce, seduce tutti, i professori, gli amici, i miei genitori, lui sa come sedurre, e io ho sempre amato lasciarglielo fare. Ma poi c'è l'altro lato della medaglia, quello delle bugie, del non sentirsi mai una prima scelta, mai davvero speciale. Lui ti fa salire sulle stelle e poi, quando si annoia, ti lascia cadere nel vuoto, al buio, come se nulla fosse, come se tu e il tuo mondo non contaste niente. Resta il fatto che mi sento indecisa, so che qualcosa in me è cambiato, ma c'è ancora una speranza, una piccola ma significativa speranza che mi spinge a credere che questa volta sia davvero cambiato e che non sia l'ennesimo tranello...

«Che cosa???» Marzia reagisce così, dopo che le racconto tutto.

«Eh...»

«E tu?»

«E io gli ho detto che mi fatto troppo male, e che è tardi ormai...»

«Ma? Perché c'è un ma, vero?»

«Eh, che ti devo dire? Se ti dicessi che non ci sto pensando per niente sarei falsa! Ma lui ha questo potere su di me, è una condanna...»

«Sally, questa volta te lo dico, non credo sia una buona idea tornare da lui... Non è una buona idea per te!»

«Amore, lo so, e non sai quanto io sia stravolta dentro... Non ho detto che voglio farlo, che voglio tornare con lui, ma solo che la cosa mi ha scossa, e che non sono indifferente a tutto questo, perché, lo sai, io sono tutto meno che infrangibile...»

«Non voglio dirti cosa fare, voglio solo che tu ci rifletta bene... Ok?»

«Ok.»

«Promesso?»

«Promesso.»

«Ti voglio bene, tesorina.»

«Anche io, Marzia. Tanto...»

Attacco con lei e chiamo le altre, poi chiamo Federica. E infine chiamo Paco.

«Ma scusa, Sally, ma che senso ha?» chiede, con un tono insolitamente aggressivo.

«Cosa non ha senso, Pa'?»

«Il solo fatto che ne stiamo parlando! Fra pochi giorni partiamo tutti insieme, lui è uno stronzo egoista, ecco, l'ho detto, e tu ci stai pensando?» Adesso sembra davvero arrabbiato, mai sentito Paco così...

«Ehm... ecco, Paco... qualche volta i sentimenti... ci portano dove non vorremmo, in un posto che magari razionalmente sappiamo essere sbagliato, ma...»

«Ma cosa? Ma cosa, Sally? Se sai che è sbagliato, il posto, che bisogno hai di andarci? Per farti male ancora? Per provare altro dolore? Più di quanto tu ne abbia già provato?»

«Hai ragione, Paco, hai ragione, sono solo tanto confusa... e stanca...»

Lo sento sospirare, poi ritrova la calma e conclude: «Lo capisco, e mi dispiace. Scusa se sono stato duro, è che non vorrei vederti soffrire ancora come hai sofferto in questi ultimi mesi...».

«Ma scusa di che? Oh! Lo so che lo fai per me, per proteggermi...»

«Esatto! Vorrei proteggerti...» Lo dice con un filo di voce, poi aggiunge: «Comunque, sai che puoi contare su di me... Ora cerca di riposarti un po'!».

Riccardo mi ha scritto un messaggio che mi ha stupito, sono letteralmente rimasta a bocca aperta, non è da lui. O forse sì, forse è proprio da lui...:

Ric: "Col tempo capisci che, quando è amore, ti fa sorridere di continuo. Che, quando è amore, lui è sempre al tuo fianco. E lo capisci perché non ti costringe a elemosinare un po' di affetto, un po' di attenzione. Lo capisci perché si occupa della tua felicità. E adesso sai che quando tutto questo non accade, allora non ne vale la pena. Allora non era amore...".

Anche Geggy e Benny sono rimaste senza parole, sono tutti preoccupati per me, incazzati con lui e dispiaciuti perché aleggia la possibilità che io non vada in campeggio. Ci tenevamo tutti così tanto a fare questa vacanza insieme... Io per prima. Non riesco a smettere di pensare, e più penso e più non capisco, più domande mi faccio e meno risposte mi do. Che casino!

Andrea mi ha scritto un messaggio poco fa: "Ti amo, spero

che tu possa perdonarmi, spero che tu abbia voglia di un'altra chance d'amore per noi…". Non ho risposto.

Esco e vado a casa di Federica, ho bisogno di parlarle e confrontarmi con lei. L'ho accennato anche a mamma, che mi ha solo detto di fare quello che sento, di seguire il cuore. Ma il problema è proprio questo, il mio cuore è affaticato, non è lucido, e io non riesco più a sentirlo…

Mio padre deve aver captato qualche parola mentre ne parlavo alla mamma in cucina, quando gli fa comodo è molto attento…

Mentre sto per uscire, passando, mi dice: «Sally, pensaci bene prima di farti scappare un ragazzo d'oro come Andrea, anche perché… chi non fa errori?».

Che viscido! Gli rispondo a mezza bocca qualcosa di poco chiaro persino per me, e poi esco.

Arrivo da Federica, in zona Monti, in venti minuti.

«Pazzesco… e ti ha portato i voucher del viaggio già tutto prenotato? Che paraculo! Il ragazzo sa il fatto suo, per non avere nemmeno vent'anni!»

«Eh…»

Federica ha preparato una tisana squisita al tè verde e zenzero che le hanno portato dal Giappone, e ha sistemato su un tavolino dei dolcetti buonissimi. Gustiamo tutto sul divano, un modello in velluto in stile anni Cinquanta. La sua mansarda è troppo figa, arredata meravigliosamente, con il tetto spiovente in legno in camera da letto e le polaroid attaccate a regola d'arte sulla parete bianca in salotto.

«E tu cosa senti?» mi chiede.

«Ho il cuore in subbuglio, mi sento confusa, e sconvolta…»

«Lo capisco, piccola… »

«Sai, negli ultimi giorni mi ero davvero convinta di aver messo un punto dentro di me. Ci sono voluti sette mesi, sette mesi in cui sotto sotto ho sempre pregato perché tornasse, eppure a un certo punto, di recente, mi è parso di sentire uno scatto, una chiusura…»

«E invece adesso questa cosa la metti in dubbio?»

«Vado a momenti… ma sono meno ferma di quello che credessi!»

«Sai, non è affatto semplice. Con lui hai trascorso dei passaggi fondamentali della tua vita, emozioni forti e speciali, anche momenti brutti e di sofferenza, ok, ma tutto questo ti ha resa quello che sei adesso…» Io la ascolto in silenzio, facendo solo sì con la testa. «È normale, ora, non riuscire a chiudere la porta in faccia a una persona che ha rappresentato tutto questo…»

«Infatti!»

«Ma, ecco… i suoi comportamenti restano. Quello che ti ha fatto resta. E non lo dico per insinuare in te il seme della vendetta, assolutamente, odio le persone vendicative! Te lo dico perché penso che ognuno di noi possa modificare un po' i propri atteggiamenti, ma non cambiarli del tutto. Penso che si possa dare una chance alle persone, magari anche due, tre… ma non duecento! Dobbiamo preservare la nostra dignità, per poterci guardare dentro e trovare ancora tempo, spazio e cuore per innamorarci di nuovo a testa alta…»

La guardo come se fosse un oracolo. Dice cose giuste, e le dice con pacatezza, senza l'arroganza e il paternalismo che avverto qualche volta in circostanze simili.

«Federica, tu hai ragione…» dico solo questo.

Lei prosegue: «No, Sally, ecco… la ragione non esiste in questo campo! Esiste analizzare le cose, farsi un'idea da dentro e da fuori, sentire cosa ne pensa chi ti ama, ma poi non c'è una sola verità, perché ogni singola vita è diversa dall'altra, e le cose false e quelle vere, in base a come le guardi, possono invertirsi, confondersi, mischiarsi… Ogni storia d'amore ha le sue sfumature di colore, che possono essere percepite e comprese solo da chi la vive. Quindi tu fai quello che senti! So che può suonare retorico ma, davvero, segui il tuo cuore! Fidati delle tue sensazioni e non sbaglierai mai!»

«Oddio, grazie… grazie Federica!» e la abbraccio forte.

Rientrando in macchina metto una playlist che ho chiamato "Notturno":

Ed io, Valerio Scanu
Tutto qui accade, Negramaro
Tra di noi, Tiromancino
Una lunga storia d'amore, Gino Paoli
Albachiara, Vasco Rossi
Iris (Tra le tue poesie), Biagio Antonacci
Il mio giorno più bello del mondo, Francesco Renga
Un cuore in due, Francesca Michielin
Parole in circolo, Marco Mengoni
Destinazione paradiso, Gianluca Grignani
Luce che entra, Lorenzo Fragola
Urlo e non mi senti… Alessandra Amoroso
Volevo te, Giusy Ferreri
Dentro ad ogni brivido, Marco Carta
Vivere, Vasco Rossi
Magnifico, Fedez e Francesca Michielin
Mentre piove neve, Modà
Non devi perdermi, Alessandra Amoroso
Non smettere mai di cercarmi, Noemi
Ora esisti solo tu, Bianca Atzei
Ad occhi chiusi, Marco Mengoni
Arrivi tu, Alessandra Amoroso
Ti sembra normale, Max Gazzé
Riccione, Thegiornalisti

Ora passa Francesca Michielin con *Un cuore in due*…

Appena sono in casa, verso le undici, salgo su e do un'occhiata alla stanza di Claudia, per vedere se dorme, e in effetti è così.

Entro in punta di piedi, come vorrei che chiunque in futuro entrasse nel suo dolcissimo cuore. Sembra un piccolo angelo biondo, ha la bocca leggermente aperta e con il braccio sinistro stringe Dodo, il suo peluche preferito. Mi fa commuovere, a volte, guardarla, perché spero che la vita le riservi il meglio, quello che merita. È una guerriera, ma ha un animo nobile e leale, ed è di una dolcezza infinita.

Questa sera in cui mi sento persa e non riconosco la strada, ecco, questa sera la mia bussola è lei, dolce piccolo amore mio!

Qualche volta abbiamo paura di guardarci dentro, magari perché non abbiamo voglia di guardare in faccia la realtà, ché il buio fa paura, ché senza respirare poi si muore…

Magari perché girare la testa dall'altra parte fa meno male, forse per non sentirci rifiutati o non scelti, forse perché se vai fino in fondo può darsi che scopri di essere tu la prima nemica di te stessa, tu con la tua ostinazione, tu con la tua fiducia, tu con la tua ingenuità, tu e il tuo amore incondizionato, tu e il tuo bisogno di essere amata, tu e l'ossessione per quello che avevi sognato, per quello che poteva essere, tu e la paura di essere abbandona. Guardarci dentro è doloroso, è un viaggio che sai che parti ma non sai mai se e come ritorni. Un buco nero. Un vuoto. Un burrone. Lo stomaco sottosopra. "Guardati dentro!" ti dici. "Urla, cazzo! Urla!" E adesso cosa senti? Adesso come ne esci? Dimmi se sei ancora intera? Dimmi se mancano pezzi? E adesso, adesso dimmi se ne è valsa la pena…

E se mi guardo dentro scopro che forse tu non mi hai mai amata. E che, forse, in fondo, potrà sembrarti comico… ma forse nemmeno io, nemmeno io mi sono mai amata…

Mi chiudo in camera e scrivo di getto una lettera per Claudia, con tutto il cuore, una lettera che forse, un giorno, le darò…

Quello che volevo dirti, piccolina, è che arriverà un momento, quando sarai grande, in cui ti ritroverai a un bivio, dovrai scegliere fra essere te stessa o essere quello che il mondo vorrebbe che tu fossi, e tu sii sempre te stessa! Non solo perché è il miglior modo di affrontare la vita, ma soprattutto perché tu sei bella, così tanto che, vedrai, prima o dopo sarà il mondo a cercare di assomigliarti...

Quello che volevo dirti è che alcune persone cercheranno di approfittarsi di te, del tuo animo buono e generoso, della tua ingenuità, lo faranno senza scrupoli, ti chiederanno tutto e in cambio non avrai niente, si prenderanno il meglio, e poi, quando sarà tutto finito, ti lasceranno a terra, e tu, anche da terra, soprattutto da lì, non smettere mai di guardare le stelle, perché solo in quel modo le stelle non smetteranno mai di guardare te.

Quello che volevo dirti è che avrai degli amici, delle amiche... alcune saranno sincere, altre ti tradiranno. Qualche volta sarà bellissimo, altre sarà come sprofondare. Ma tu non smettere mai di credere negli altri, non smettere mai di essere pulita, è troppo bella la vita di chi si fida ed è leale, e non vale la pena cambiare per quella piccola parte di mondo che ha bisogno di intossicare la tua, di vita, per rendere meno pesante il senso del proprio fallimento.

Quello che volevo dirti sull'amore, ecco... ecco, non lo so nemmeno io, perché è tutto un gran casino, perché è buio e luce, perché è gioia e dolore, perché è guerra e pace, perché è la cosa più complicata che possa accaderti, ma anche la più bella e la più sorprendente, perché chiunque pretenda di insegnartelo spiegandoti che è sempre e solo in un modo, l'amore, non sa di che parla, o non è sincero. Non sottrarti mai all'amore, non scappare dalla tua vita, è tutto quello che hai, è un cielo immenso in cui volare, è un nuovo pianeta in cui sentirti diversa, è un piccolo angolo di paradiso in cui sentirti serena, è un marciapiedi con due bicchieri e una bottiglia per un'occasione speciale,

è l'orlo di un precipizio in cui provare terrore, è un vuoto in cui perderti e ritrovarti e poi lasciarti andare, è un'altalena che ti spara in alto fra le stelle e poi ti porta giù all'inferno, è l'esitazione prima di un bacio, è un buco nello stomaco, è un messaggio che non arriva, è il terrore che scelga un'altra, è la paura di non essere abbastanza, è l'eccitazione della notte prima di vederlo, è l'unica cosa che sarà in grado di farti sentire giusta e sbagliata, bella e brutta, forte e fragile nello stesso momento, è quella cosa che ti farà sprofondare nel buio e nello sconforto quando ti spezzerà il cuore per un'altra, è quella cosa che ti porterà a credere che tu non lo meriti, che non sarai mai felice, che nessuno ti vorrà mai davvero, è il formicolio sulla punta delle mani e dei piedi che proverai quando te lo ritroverai davanti e capirai che è Lui, che è arrivato, e sentirai quel senso di vuoto sotto i piedi, col fiato corto, il cielo intorno e le stelle addosso, e sarà di martedì mattina, mentre sei a spasso col cane in tuta e senza trucco, ma lui ti guarderà lo stesso come se fossi la creatura più bella dell'universo, e tu sarai felice, piccola! Tu sarai felice!
E io sono qui, a dirti quello che una sorella maggiore vorrebbe dirti senza trovare le parole per farlo, senza riuscirci, ma sappi che tu sei tutte le parole del mio mondo, e io ti amo così tanto, che di più proprio non potrei...

Con amore,
Sally

Poi leggo un post di Laura e la sua buonanotte:

Ti racconto una cosa, qualche volta sono triste, sai quelle notti d'agosto con l'inverno nel cuore? Quelle in cui ti senti stanca. Quelle in cui ti senti sola. Tu e la tua rabbia. Tu e la tua delusione. Quelle notti che ti specchi e nel riflesso non ci vedi niente, non ti trovi, ti sei persa chissà quando, forse perché nessuno ti ha presa per mano, forse perché nessuno è venuto a cercarti,

forse è stato per via di quel brutto colpo, forse è stato solo un brutto sogno, forse perché quando metti tanto cuore poi ti ritrovi così, in mezzo alla polvere, a raccogliere i pezzi.
E poi succede questo, che non ti ritrovi...
E allora prima di dormire apro la finestra e guardo il cielo. Ecco, non lo so, non lo so perché lo faccio, non c'è un motivo preciso, però fantasticare immaginando di cercare la mia stella, in mezzo all'universo, mi fa stare bene. Mi ricorda che in fondo basta una sola fantastica stella a illuminare la mia vita, anche piccola e lontana, ma che sia solo mia. E io non ho più fretta. E non ho più nemmeno un minuto di tempo da sprecare nel cielo sbagliato. Questa cosa volevo raccontarti, la solitudine è il mio modo di dire al mondo che cerco qualcosa di diverso. Che non mi accontento... Quando le persone sono abituate ad avere tutto il tuo tempo a loro disposizione, non ne apprezzano più nemmeno un minuto, lo danno per scontato. Questa cosa la impariamo negli anni, prendendo botte che fanno male, e quindi dovrebbe esserci chiara. Ma noi no, noi che viviamo mettendo tanto cuore in tutto quello che facciamo ripetiamo gli stessi errori, come se non li avessimo mai commessi, come in un copione già scritto. Come se qualcosa prima o poi dovesse cambiare...
Buonanotte a te che ce l'hai messa tutta. Buonanotte a te che hai creduto in un amore vero e grande, e lo hai fatto per due. Perché per te contava. Perché per te era tutto. E allora buonanotte a te che forse un po' di cuore adesso non c'è più, perché è rimasto lì, da lui, lui che se sarà almeno un po' furbo lo proteggerà come si fa con i tesori e imparerà come si ama. Come si rischia tutto, come ci si mette in gioco. Buonanotte a te che, invece, tutto questo già lo sai...

E poi dormo. Poi, forse, dormo...
Perché per me contava...

Ore 09:05:38.064

Il sole è sorto alle 7.18
Tramonterà alle 18.36

Sudi tanto, sai cosa è giusto fare, ma adesso sottrarti non è facile, hai tutti gli occhi puntati, piove forte, e nuvole nere hanno portato il buio fuori e dentro di te. Fa freddo, tanto freddo. Batti i denti e sei terrorizzato. Si sentono dei passi, sono altri occhi, altre mani, vogliono tutti la stessa cosa, ti mostrano tutti le stesse possibilità. Ostentano tutti ancora quei dannati sorrisi. In fondo sarebbe facile, concludi ciò che hai iniziato e poi lasciati abbracciare. Metti un punto a questa storia! Ma non è solo una storia, tu lo sai, è la *tua* storia. Ora manca aria, il sudore bagna il piano di atterraggio, tremi e cedi terreno, ma non molli la presa, la sfera e la punta incredibilmente riescono a spostare l'obiettivo, ora sono sospese. Sembrava tutto compromesso. E loro urlano, nonostante i sorrisi sicuri, ma i tuoni e la pioggia li sovrastano, comprendi solo alcune parole: «Non… tiri indietro… Ci siamo!».
Sai cosa vuoi, è il tuo cuore che te lo suggerisce. Ascoltalo! Tu puoi farcela, loro non sono niente!

E pensi: "Non vorrei essere qui, vorrei essere lo sguardo che si perde nei tuoi occhi…".

36
Con la mia vita per aria

La storia di Simone…

Venerdì 17 maggio

Nicole ha avuto un peggioramento nelle ultime ore, un focolaio di polmonite ha attaccato il suo corpo stremato, procurandole febbre molto alta.

Sono arrivato prestissimo da lei, questa notte non ho praticamente chiuso occhio. Sono andato via solo per lasciare il posto a mia madre e ad Anna, in modo da prendermi un po' di tempo per sbrigare le ultime pratiche per il matrimonio. Non ho voluto chiedere la procedura d'urgenza, quella prevista in caso di imminente pericolo di vita: Nicole non è in pericolo di vita!

«Nicole non è in pericolo di vita! Nicole non è in pericolo di vita!»

Lo ripeto ad alta voce, quasi per convincere prima di tutto me stesso, mentre guido verso il Comune.

Fatto tutto, all'una sono di nuovo da lei.

«Amore, come stai?»

«Eh, dài, non mi lamento…» risponde, sforzandosi di regalarmi un sorriso.

«Amore, ho sistemato tutti i documenti necessari! Fra una settimana ci sposiamo! Sei pronta per avermi tra i piedi per il resto della vita?»

«Oddio, che noia...» dice sorridendo ancora, poi aggiunge: «Amore...».

«Sì...»

«Avvicinati un po'.»

«Ok, piccola, eccomi...» Mi chino su di lei, avvicinandomi più che posso.

Lei infila il braccio sotto le lenzuola e dopo poco lo tira fuori. Ha in mano qualcosa, un foglio...

«È per te» mi dice.

«Cos'è?»

«È una lettera...»

«Una lettera?»

«Sì, voglio che la leggi quando sei da solo, a casa. Ok?»

«O... ok, amore... ma...»

«E voglio un'altra cosa...»

«Cosa, amore?»

«Che del contenuto, poi, non ne parleremo mai. Resterà una cosa nostra, che non avrà bisogno di altre parole. Ok? Sarà un segreto che custodiremo nel cuore...»

«Amore...» Esito un attimo. «Ok...»

«Grazie» dice, lasciandosi andare sul cuscino, chiudendo gli occhi con un'espressione serena.

Poi, all'improvviso, quell'espressione cambia, diventa tesa, visibilmente provata.

«Grazie, amore, ora mi sento stanca...» dice, cercando di tenere gli occhi aperti per guardarmi, ma i suoi occhi sembrano quasi chiudersi contro la sua volontà. «Tanto stanca...»

«Ehi, Nicole, tutto bene, piccola?»

È bianca, suda tantissimo, ed è bollente.

«Amore, come ti senti?» chiedo.

Lei alza un pochino il braccio, facendo dondolare la mano come a dire "così e così", poi la fa ricadere sul materasso, quasi perdendo i sensi.

Corro fuori a chiamare qualcuno, con la lettera in mano, con il cuore in gola, con la mia vita per aria, con il mio cuore in mille pezzi.

Con un solo dolore: Nicole.

37
Le persone che ti amano non aspettano di perderti per dirtelo…

La storia di Sally…

Martedì 16 luglio

Mi sveglio con una sensazione strana, mi pare di non riuscire a respirare bene.

Poi mi rendo conto che in effetti è così: quel piccolo diavolo di mia sorella mi sta tappando il naso.

«Ora vedi che ti faccio!» Mi alzo di scatto e lei scappa ridendo come una matta. «Appena ti prendo vedi, mostriciattolo!»

Sono solo le otto e mezza, avrei dormito ancora un po', visto che sono riuscita a chiudere occhio alle sei. Ma va be', ormai sono in piedi… vado di là nella stanza di quella furbetta, è lì che salta e balla mentre ascolta un pezzo, la sorprendo da dietro e comincia a urlare, prima fingendo spavento, poi quando continuo a farle il solletico, ride con gli occhi pieni di gioia…

«Bella questa di Benji & Fede! Alza il volume!» urlo.

«Sììì!» grida felicissima, continuando a saltare sulle note di *Buona fortuna*.

«Ma quanto costa la felicitaaaaaà, non ci resta che essere felici senzaaaaa…»

Cantiamo forte il ritornello, eppure, mentre la guardo ridere con quella luce negli occhi, sento che questo mi basta per essere davvero felice…

Controllo il telefono, ho decine di notifiche, messaggi da

tutto il gruppo che mi chiede come va, come mi sento, se Andrea si è fatto vivo ancora, se ho preso qualche decisione.

In teoria fra cinque giorni dovremmo partire... Dio, che ansia!

E in effetti Andrea si è fatto vivo, c'è un suo messaggio: "Amore mio, sento che ci stiamo perdendo senza un motivo preciso. Lo so che ho sbagliato, non smetterò mai di ripeterlo e di pentirmene, ma so che ti amo, e se anche tu mi ami non sprechiamo l'amore così... Sei tutto per me, tutto! Spero che tu abbia pensato al nostro viaggio, al nostro sogno... Ripartiamo da lì?".

Non so quanti messaggi mi ha mandato in queste ultime ore, probabilmente molti più di quanti non me ne abbia mandati negli ultimi mesi della nostra storia. Questa notte, più per una mia curiosa morbosità che perché fosse davvero importante saperlo, gli ho chiesto di Giulia, di come stiano le cose ora, e mi ha risposto che con lei ha chiuso, le ha detto che ama me e che lei è stata l'errore più grosso della sua vita. A quanto pare lei si è messa a piangere, ma lui è stato impassibile. Mi sono ritrovata, anche se so che è assurdo, a provare pena per lei, nonostante tutto quello che mi ha fatto.

Comunque continuo a sentirmi terribilmente combattuta, e questo mi fa sentire sconfitta ancora una volta, perché c'è una parte di me che sa che è sbagliato il solo fatto di prendere anche lontanamente in considerazione l'idea di tornare con lui. Ma poi ce n'è un'altra, forse legata al passato, forse legata a un'idealizzazione che ancora non sono riuscita a infrangere, che mi spinge fra le sue braccia.

Faccio una doccia e ascolto musica con la mia cassa bluetooth resistente all'acqua, su Spotify ho creato una playlist di quelle che, anche se non hai mai pianto in vita tua, alla fine piangi! E io in vita mia ho pianto spesso, in questi giorni le difese sono basse e le lacrime cercano un canale, perciò è inevitabile mischiarle con l'acqua che scende, mentre suona Alessandra Amoroso, con *Comunque andare*...

Sento che la mia vita sta cambiando, che sto diventando una donna, e che certe ferite, pure quando si rimarginano, lasciano dei segni profondi che ti rendono diversa, che ti cambiano per sempre... Per sempre, sì, come l'amore, quello vero, quello che non smette mai, che non ti tradisce mai. Quello che non scivola via con una doccia, con uno sbaglio, con un po' di pioggia...

A pranzo Alejandra ha preparato il mio piatto preferito, pasta al pomodoro con tonno, la adoriamo sia io sia Claudia. Nonostante il mio stomaco sia chiuso, mi piace così tanto che ne mangio un po'.

«Deve mangiare, signorina!» dice Alejandra.

«Sennò me la mangio io!» interviene Claudia, con un sorrisetto furbastro.

Verso le tre passano Marzia, Benny e Geggy, e il pomeriggio passa tra chiacchiere e canzoni. Senza di loro, sarei davvero perduta...

Appena vanno mi butto sul letto, e ci rimango praticamente fino a sera. Cerco di distrarmi, ascolto un po' di musica, leggo, guardo una puntata di *13*, una serie che mi piace tanto.

Verso le nove squilla il telefono, è Paco.

«Ehi, come stai?»

«Ciao, Paco... dài, mi difendo, tu?»

«Io benone, ho lavorato fino alle cinque, oggi, ho attaccato alle sei, ti lascio immaginare... ma sono giovane e forte, quindi... » Fa una mezza risata.

«Oddio! Tutte quelle ore?»

«Sì, ma davvero, sono in forma!» Poi, senza farmi replicare, aggiunge: «Senti, ma se passo un attimo? Te la fai una sigaretta?».

«Ok...» rispondo leggermente perplessa, è raro che Paco mi chieda di vederci da soli, così all'improvviso poi... «Fra quanto?»

«Io posso esserci fra un quarto d'ora.»
«Ok! Sono felice di vederti, a fra poco!»
Alle nove e un quarto mi scrive di scendere, che è sotto.
Ha un paio di jeans strappati alle caviglie, le Nike rosse ai piedi e una T-shirt bianca con il collo ampio e un taschino nero, che ne esalta il fisico statuario. Mi sorride con quei suoi occhi verdi e grandi, ancora prima di farlo con il resto del viso.
«Ciao, amica bella!»
«Ma ciao!» Gli corro incontro e lo abbraccio.
«Allora, come ti senti?»
«Oddio, Paco, non puoi capire… Sono confusa da morire…»
«Ok… ti capisco…» dice, stringendomi. «Ci mettiamo là sugli scalini?» e indica gli scalini del palazzo accanto al mio dove andiamo spesso.
«Ne prendi una?»
«Grazie!»
Prendo una Marlboro dal suo pacchetto, poi accende la mia e la sua.
«Ti va se metto un po' di musica a basso volume col cel?» mi chiede con dolcezza.
«Certo…» rispondo sorridendo, e un piccolo brivido di felicità che non mi so spiegare mi percorre la schiena.
Paco digita qualcosa sul telefono, vedo che va su YouTube e parte *Nessuno vuole essere Robin…*
Quindi alza gli occhi al cielo e dice: «Visto quante stelle?».
Guardo anche io il cielo. «Cavolo! Meraviglia! Non l'avevo notato!»
«Sai, quando sono triste, o impaurito, o quando mi sento solo, perso… io guardo il cielo e mi mette serenità, non lo so, mi fa sentire protetto, parte di qualcosa di più grande, qualcosa di stupendo. Alzo gli occhi e mi sento più leggero… come se il cielo mi aiutasse a prendermi meno sul serio… Oddio, non so se riesco a spiegarmi…»

«Ci riesci benissimo!» Lo guardo seria e poi chiedo: «E questa sera ti senti così?».

«Così come?» mi chiede, abbassando leggermente gli occhi.

«Non so… così… perso. Solo. Impaurito…»

«Forse…» Lo dice con lo stesso sguardo di prima, per poi esplodere in un sorriso disarmante.

«Vedi, Sally, io non ho capito molte cose, ancora, della vita. Ma una l'ho capita…»

«Quale?»

«Ho capito che la solitudine è avere un miliardo di persone intorno ma non l'unica che vorresti avere…»

«Cavolo…» Non so aggiungere altro.

«Comunque sì, forse mi sento così, stasera…» e poi mi guarda e sorride.

«Io mi sento così da mesi, o forse da tutta la vita…»

«Non dovresti…» dice con un tono basso e profondo. Fa un tiro di sigaretta e guarda ancora il cielo… «Che poi è pazzesco che quella che vediamo, nel cielo, è solo una fotografia di non so quanti anni fa, perché in base a quanto è lontana una stella la luce ci impiega un certa misura di tempo ad arrivare a noi. Quindi magari la stella più bella del cielo, quella che stiamo ammirando adesso io e te, quella lì! La vedi?» e con il dito indica un punto indefinito del blu, ma ipotizzo che si riferisca alla stella più grande che splende fra le altre. «…Ecco, quella magari è esistita trecento anni fa, e adesso non c'è più, anche se noi possiamo ancora vederla. Quindi, sì, è uno scatto bellissimo, un fermo immagine romantico e pieno di poesia, ma è il passato…» Lo guardo senza dire una parola, non lo avevo mai sentito parlare così. «Invece noi no, noi non siamo il passato, noi siamo il presente, noi siamo qui, ora, adesso…»

Altro tiro, altro sorriso da brivido.

«Sì, siamo qui ora…» È l'unica cosa che riesco a dire, perché sono imbambolata da quello sguardo, incantata da quella voce calda e profonda, da quelle parole tanto semplici ma significative, e vorrei che andasse avanti all'infinito, che non smettesse mai di parlarmi. Di guardarmi. Di sorridermi.

Mentre penso questo, sento una macchina arrivare a una certa velocità e fermarsi davanti a noi.

È Andrea.

Paco cambia espressione, e io anche.

Andrea scende dall'auto e mentre si avvicina, con tono sostenuto, esclama: «Amore!».

Io resto ferma e in silenzio. Quando arriva saluta Paco: «Ciao, Paco, come stai?».

«Ciao, Andrea, bene, grazie…»

Mi alzo d'istinto, mentre Paco resta seduto.

Poi Andrea si rivolge subito a me, prendendomi le mani, e chiede con quello che sembra un leggero affanno: «Tesoro mio, piccola… hai pensato a noi, al nostro viaggio? Io non ce la faccio più a stare senza di te!».

Nel frattempo ho come l'impressione che Paco sia rimasto nello stesso mood di prima, quello in cui eravamo entrambi immersi, e io dentro al cuore sento che quello che vorrei è tornare a sedermi lì accanto a lui, con Cremonini che va, con le sue parole a cullarmi, con la sua presenza ad accarezzarmi l'anima.

«Ecco, Andrea… ecco, vedi…»

Andrea mi guarda fisso, forse cercando qualcosa nei miei occhi. Qualcosa che, credo, non troverà mai più…

«Ti amo, Sally…»

Per un attimo sento il cuore bloccarsi, o forse è tutto l'universo che si è bloccato. Un formicolio mi attraversa il corpo, poi diventano brividi, poi calore, poi aria e cielo sotto i piedi, e poi respiro corto, cavalli alati, musica e violini e poi un'altalena su cui salire per toccare le nuvole, e riscendere, e poi salire ancora…

La voce che ha parlato non è quella di Andrea… Mi giro verso Paco, staccando le mani da quelle del mio ex.

Lui è lì, sempre lì, su quegli scalini, che mi guarda con le ginocchia al petto, con gli occhi che sanno di buono, con quel sorriso che sfida il vento e la notte e le stelle. Mi avvicino a lui che intanto si alza, e mi abbandono fra le sue braccia. Lo stringo forte, poi ci guardiamo... e le labbra sono a pochi centimetri dalla nostra felicità, a un attimo da quella scintilla che può, da sola, dar vita all'esplosione più potente mai vista. Ed è proprio quello che succede quando le nostre labbra si toccano: tutto l'universo esplode, e intorno a noi il vuoto. Ci siamo io, lui e nient'altro in piazza Mincio, all'angolo con via Brenta, in questo 16 luglio che rappresenta l'inizio e la fine del mondo, l'inizio e la fine di tutto.

«Ma, amore...» È Andrea che balbetta queste parole, incredulo, forse come me, forse come Paco, forse come lo sarebbe chiunque al mondo.

«Mi dispiace, Andrea...» riesco a dire velocemente, girandomi per un attimo verso di lui per poi gettarmi ancora fra le braccia di Paco, in un bacio che sembra durare da tutta la vita.

Lui mi prende in braccio, e mi porta via, sotto la fontana, quella in mezzo alla piazza, e mi bacia ancora. E nulla, nulla sarà più come prima...

E poi ti rendi conto che le persone che ti amano non aspettano di perderti per dirtelo. Quella roba ha un altro nome, e forse, più che con l'amore, ha che fare con il narcisismo, con la mania del controllo. Perché quando arriva quel momento, è troppo tardi per ricevere un amore che nel frattempo è cambiato insieme a noi, che si è trasformato in qualcosa dal retrogusto amaro, in un ricordo senza più musica e poesia, qualcosa che poteva essere ma poi non è stato. Qualcosa che ha fatto i conti col nostro dolore e ci ha reso più forti. Più consapevoli di quello che possiamo dare e di chi merita di riceverlo.

Quelle parole, quando arrivano, suonano vuote, inutili. Dolorose.

Le persone che ti amano ti amano subito, ti amano sempre. Ti amano comunque vada. E non rischiano di perderti. Perché le cose che proteggi nel cuore non le perdi mai…

38
Tutto quell'amore…

La storia di Simone…

Venerdì 17 maggio

Verso le due del pomeriggio sono a casa. I medici ci hanno spiegato che Nicole è debole per via della febbre alta, il resto dei valori è stazionario, la situazione è critica, ma stabile.

L'ho lasciata che dormiva, ma poco prima si era svegliata e aveva preteso che andassi a casa a riposare un po'. Me lo ha fatto promettere, e così l'ho fatto. Mi ha dato il cambio Anna.

A casa mi preparo un piatto di pasta, una cosa veloce, con un po' di pomodoro. Mentre aspetto che l'acqua bolla, metto un po' di musica, un vecchissimo vinile, in salone ho un Philips del 1970.

Da un vecchio baule che ho recuperato a casa di mamma spunta uno zaino nero della Moleskine.

Dio, quanti ricordi. Lo amavo, quello zaino! Mi sembrava che dentro potessi metterci tutto quello che serviva per essere felice: le penne, i quaderni, i libri, la musica… e in effetti, per essere felice, non serve molto spazio, bastano pochissime cose. Il resto lo teniamo nel cuore, lì c'è posto per tutto.

Nel mio zainetto, insieme a tutto il resto, ci sono pure tanti silenzi mai ascoltati. E anche se faccio il duro, pure se ostento forza, sì, insomma, sarei felice se un giorno qualcuno, magari un po' svitato e un sacco curioso, si mettesse lì, di notte, col cuore e con la pelle, sul lettone, al buio, con le cuffiette e l'accendino, coi respiri e i sospiri, ad ascoltarli tutti, i miei silenzi. Una e più volte, una e più volte… a chiedermi quando e dove, a chiedermi come e perché.

Ma devi permetterlo, devi permettere a chi ti ama di avvicinarsi, di guardarti dentro, di chiederti come, di chiederti perché. E io no, ecco, io a un certo punto a Nicole non l'ho più permesso…

Mentre suona Lucio Dalla con *Anna e Marco*, mi siedo sul divano e apro la lettera di Nicole, mi tremano le mani e ho il fiato corto…

> Voglio che tu sappia una cosa: fra le cose che mi hanno resa felice, tu sei la più importante. L'unica in grado di portarmi il sole di notte. L'unica in grado di strapparmi un sorriso anche adesso che nella mia vita è arrivato questo dannato freddo. E non contano più il dolore o la tristezza, non contano più le parole che non siamo riusciti a dirci in un pezzo del nostro cammino, abbiamo superato tutto, amore mio, abbiamo superato tutto…
> Voglio che tu stia bene, e vorrei che tu, quando avrai qualche dubbio, in quelle notti nere e senza stelle che qualche volta verranno a trovarti, ecco, amore, anche se in quei momenti non troverai la mia mano, anche se io non potrò più abbracciarti come amo fare, tenendo la tua testa sul mio petto, vorrei che tu sapessi che io comunque sarò lì, in punta di piedi, a osservare la tua vita pregando che sia sempre bella, a proteggere il tuo cuore sperando che sia forte,
> Voglio che tu, quando sarà, trovi un'altra, qualcuno con cui condividere tutto il bello che hai dentro, qualcuno che non smetta di scoprire nuovi modi di farti sorridere. So che non mi dimenticherai, ma vorrei che tu custodisca il mio ricordo mentre vivi la tua vita sereno, costruendo un nuovo futuro. Questo davvero mi permetterebbe di essere tranquilla prima di andare…
> Voglio che tu sappia un'ultima cosa: non smetterò mai di pren-

derti in giro per quel tuo modo ridicolo di atteggiarti davanti allo specchio, per quella camicia a quadri terribile, per quel tuo tono isterico quando ti senti offeso, per quel tuo modo buffo di rispondere quando sei imbarazzato, per quel meraviglioso fatto di piangere quando ridi forte, per quel tuo sguardo dolcissimo della prima volta che mi hai detto «Ti amo», per quei tuoi occhi incredibilmente belli e puliti che mi hanno fatta innamorare follemente. E non smetterò di ringraziare il cielo per averti messo sulla mia strada tanti anni fa, e anche adesso che sento che i miei giorni sono pochi, contati e preziosissimi, amore mio, mi sento fortunata ad averti nella mia vita, a essere io nella tua, e non c'è nulla che potrà impedire al mio cuore di essere per sempre una sola cosa con il tuo...
Sei la cosa più bella che ho visto in ogni posto in cui siamo stati insieme.

Mentre la leggo, tremo. E piango. E ho freddo. Un dannato freddo dentro al cuore. Non so dove troverò la forza per non lasciarmi andare, per credere che ancora tutto sia possibile, per trasmetterle l'amore e l'energia di cui ha bisogno per farcela, per non mollare, per non lasciarsi sopraffare. Mi sento terribilmente impotente, con le mani legate. Come se nulla potesse sottrarci a questa lenta agonia. A questa deriva a cui non riesco a dare un nome, tantomeno un senso.

Sento di aver contribuito a questo dramma. È una cosa più spirituale che razionale, immagino. Ma sento di aver spento giorno dopo giorno il suo sorriso. Di averle succhiato linfa vitale, amore, bellezza. Darei la mia vita per la sua. Vorrei poter risolvere tutto. Vorrei tornare indietro e farla solo sorridere, renderla felice, in qualunque modo. Vorrei poterla guarire. La tristezza e la rabbia mi mangiano lentamente, come se di me, a breve, non dovesse restare più nulla, niente che abbia un'anima...

Suona *Ballando al buio* degli Stadio e non riesco a smettere di piangere, di tremare, di sentire freddo. Di sentirmi perso. Stringo le ginocchia al petto e chiudo gli occhi, seduto in terra, fra il divano e il camino, fra la luna e la pioggia, fra il cielo e la terra, come se da un momento all'altro tutto dovesse finire. Come se da un momento all'altro i mostri dovessero morire…

39
Stai bene?

La storia di Sally…

Martedì 23 luglio

Aspetti per una vita certe parole, le aspetti da una persona, quella persona… Le vorresti così tanto che ci stai male. Ci speri così tanto che ti brucia lo stomaco. Poi un giorno, dopo tanto tempo, dopo troppo tempo, arrivano, quelle parole, ma ormai è tardi. Tempo scaduto. E dentro senti un retrogusto amaro che sa di delusione. Una sensazione nuova… È una fitta. È ancora dolore. È soprattutto rabbia. Ma questa volta per quello che poteva essere e non è stato. Per l'amore che poteva essere e che non sarà. Un po' di silenzio. Lo sguardo basso. Il vuoto. Una smorfia. Un sorriso. E poi via. E poi via…

E comunque, anche quando le persone ci fanno male, quando hanno comportamenti che ci feriscono, che ci spezzano il cuore e i sogni e il fiato, anche quando ci deludono, anche quando ci sconvolgono, ecco, anche in quel caso, dopo, è importante comprendere e capire, e perdonare, profondamente, per mantenere il nostro cuore leggero e pronto al meglio, per non intossicare un pezzo della nostra vita, per non rinnegare un tratto del percorso, per poter dare, in futuro, un'altra possibilità al nostro istinto, per continuare a fidarci di noi stessi e delle nostre sensazioni, per non chiuderci, per restate pronti all'amore, ai sogni, a quello in cui crediamo, senza maschere, senza tirare su muri. Perché quando le cose finiscono c'è un senso e un motivo preciso, nell'universo, fuori e dentro di noi, e ognuno ha le sue buone ragioni, e sceglie in base alla propria vita, e alla propria coscienza.

È sempre Laura a tradurre alcune delle mie sensazioni in parole, a ballare al ritmo del mio cuore... e quanto è vero! Non dobbiamo mai precludere al nostro cuore la possibilità di amare!

«Sei bella come quel momento in cui fissi il telefono ma ormai non ci credi più. E mentre lo posi arriva un vocale. Breve. Cinque secondi. La sua voce. Solo due parole. Le uniche che davvero contano. Quelle che ti fanno volare. "Ti amo". I cinque secondi più belli della tua vita. Ecco, tu sei bella così...»

Mi ha risposto così, Paco, poco prima di salutarmi, sotto casa mia, quando gli ho chiesto cosa intendeva quando diceva che ero bella... mi ha fatto impazzire!

Poi, prima di dormire, mi ha mandato una buonanotte scritta da lui nello stile di quelle di Laura, perché ne avevamo parlato, e gli avevo detto quanto le amassi e quanto mi facessero sentire bene...

Buonanotte a te che per troppo tempo hai sentito il freddo nelle ossa e la paura sulla pelle. Adesso voglio spogliarti e rivestirti solo di brividi. Adesso voglio spogliarti e rivestirti solo di emozioni. E voglio abbracciarti tutte le volte che cerchi la tua casa, la tua isola e il tuo amore...
E voglio essere la tua casa,
la tua isola,
e il tuo amore!

La mattina dopo mi sentivo come se fossi stata rapita da un sogno.

Era esattamente da sette mesi che non mi svegliavo felice. Anche se quella notte ho dormito così poco che forse è pure sbagliato definirlo risveglio...

Era da sette mesi che ogni mattina mi alzavo e, appena realizzavo di essere viva, mi sentivo morire.

Ma poi, come per magia, da un momento all'altro, l'amore arriva. Torna. Ti colpisce con quel suo modo folle e imprevedibile. E dà un nome alle cose che prima non ne avevano uno, restituisce un senso a tutto quello che ti sembrava assurdo e incomprensibile. L'amore fa così, ti fa gioire, ti uccide, ti mette al tappeto, ti fa volare sulle stelle e poi ti perde in un buco nero apparentemente senza fine, e poi, quando pensi che è tutto finito, lui ti viene a salvare, ti chiude gli occhi delicatamente con le sue mani di magia e te li fa riaprire in un universo tutto nuovo. L'amore è questo, un scintilla nel vuoto, due mani che si sfiorano quando sembrava non esserci più nessuno, uno sguardo quando pensavi che non potessero esserci altri occhi in grado di vederti, un "Ti amo" che ti colpisce da dietro con tutta la potenza di un incantesimo che trasforma la notte e il giorno, il tramonto e l'alba. Il buio e la luce. E mentre cerchi di capire cosa vuoi, cosa aspettarti dalla vita, quale strada prendere, quell'incantesimo ti dà tutte le risposte e cancella tutte le domande, e incasina tutte le certezze, e ti rende di nuovo incredibilmente e meravigliosamente pronta per fare lo sbaglio più bello della tua vita, nel modo più giusto possibile...

Quella sera, dopo il bacio, dopo l'incantesimo, lì in piazza Mincio, fra la fontana e gli scalini, in quell'angolo di magia che sarà per sempre nostro, io e Paco siamo andati a fare un giro in Vespa, in centro. Abbiamo girato tanto, senza una meta, cantando come scemi a squarciagola, innamorati, cotti, sentivo l'aria fresca accarezzarmi il viso, era stupendo, era come se la vita venisse finalmente a risvegliarmi sorprendendomi con tutta quella bellezza.

È stato così emozionante! Abbiamo percorso il Lungotevere e siamo arrivati in piazza del Popolo, passando per via di Ripetta. Lo stringevo forte, tenendomi da dietro, col cuore in gola. Ero felice. Mi sentivo protetta, custodita, finalmente pronta a esplodere di gioia, e sentivo che per lui era lo stesso, ci sembrava di avere il mondo in mano, era come se la città fosse tutta nostra, eravamo io e il mio principe, che mi scorrazzava per una Roma divina e rarefatta. Solo che, al posto del cavallo, lui aveva una Vespa bianca…

Nei giorni successivi è stato tutto così naturale, come se non potesse essere in un altro modo. Come se fosse sempre stato così.

Gli altri, quando l'hanno saputo, sulle prime sono rimasti a bocca aperta, ma poi hanno detto tutti che in fondo potevano aspettarselo, e che un po', sotto sotto, ci speravano. Comunque sono felicissimi.

È tutto così strano e assurdo, non lo so, è come se in un istante il passato non esistesse più… Cioè, voglio mantenere un bel ricordo di Andrea, in particolare della prima parte del nostro rapporto, quella pulita e piena di romanticismo. Resterà per sempre il mio primo amore, ma le cose cambiano, e anche i nostri sentimenti cambiano, sono cambiati i suoi e poi sono cambiati i miei, mi ha persa, e quando è tornato io non ero più lì. Può succedere, quando ti lasci sfuggire le cose che dici di amare… rischi di non ritrovarle, e lui non mi ha ritrovata.

Adesso nel mio cuore sento che c'è spazio solo per Paco, ed è assurdo perché, come direbbe Luca, lo zio di Benny, lo avevo già lì, davanti agli occhi, ma non riuscivo a vederlo. Perché l'amore qualche volta ci passa davanti senza fare rumore, delicatamente, in punta di piedi, per non turbare la nostra vita, e noi dobbiamo essere capaci di vederlo, riconoscerlo… e non farlo scappare!

Paco e io non lo abbiamo ancora fatto, ci siamo andati vicini un paio di volte, ma lui voleva che fosse magico, mi ha detto: «Quando succederà, amore, sarà speciale. E lo so, non sarà la prima volta, ma non conta, perché sarà la più bella...». E quando me l'ha detto mi è scoppiato il cuore di gioia. Non sono legata a certi cliché, ma sentire un ragazzo parlare così mi ha fatto ricredere in un solo secondo su tutto il genere maschile. E adesso mi batte il cuore ogni volta che ci penso, che penso a quando lo faremo, a come sarà...

Oggi è il gran giorno, si parte per il campeggio. Sono le quattro e sono già in piedi, abbiamo deciso di partire prestissimo. Sono elettrizzata, per la vacanza e per il mio amore. Se ripenso a come stavo nemmeno un mese fa... Pazzesco!

Alle cinque, come da accordi, siamo tutti pronti sotto casa mia, andiamo con due macchine a noleggio, guidano Riccardo e Paco, gli unici patentati. Leonardo, il capo di Ric, ci ha aiutato a trovarle, ha un amico che gestisce una società di renting e ce le ha date a un prezzo stracciato senza chiederci nemmeno una carta di credito come garanzia. Sono due Cinquecento nere, cabrio. E sono perfette!

Siamo tutti davvero tanto emozionati. Prima di partire Riccardo ci ha chiesto se ci scocciava fare un salto da Leo, ci teneva a vedere le macchine e a farci un saluto prima del viaggio.

«Tanto è sveglio» ci ha rassicurati, «è il primo giorno di ferie anche per lui, parte per un viaggio romantico insieme alla compagna...»

Alle cinque e mezza siamo lì, davanti a casa sua, una villetta in zona Portuense molto graziosa, piena di verde. L'officina è al piano terra, proprio sotto la casa. Leonardo e quella che deve essere la sua compagna ci aspettano davanti a un'Alfa Romeo Spider rosso fuoco, è un modello vintage, con la capote semirigida originale, che figa!

Lui è un tipo belloccio, sui quaranta, moro, alto e sorridente. La compagna, Angela, è una donna di una bellezza mozzafiato. E anche lei sorride sempre, sembra serena, felice, sicura...

Ci chiedono dei nostri programmi, mentre ci parlano si tengono per mano e ci raccontano dei loro: arriveranno in Francia e faranno un giro per tutta la Costa Azzurra, con *quella* macchina... Dio, che spettacolo! Al ritorno faranno un altro piccolo viaggio, al quale si unirà anche la figlia, Laura, che ora è in vacanza con gli amici e il fidanzato.

Nei loro occhi c'è una luce pazzesca, siamo tutti silenziosamente estasiati da quella luce, come se ci fosse un fluido magico. Riccardo davanti a loro sembra un'altra persona, parla serio, composto, con il massimo rispetto. La sua è stima, è gratitudine, è affetto. È qualcosa che stiamo sperimentando anche noi. Per lui, Leo non è solo un capo, ma un modello da seguire, si capisce da come lo guarda. Mi è perfettamente chiaro, adesso, che Riccardo porta una maschera per proteggersi da altro dolore, e questa è solo una bellissima conferma di ciò che avevamo già capito tutti.

Quindi Leo viene a dare un'occhiata alle macchine, dice a Riccardo che sembrano in ottimo stato e gli dà una pacca sulla spalla.

«Riccardo, ragazzi... divertitevi! Sarà una vacanza bellissima per voi, me lo sento... Non sottraetevi mai alla bellezza della vita, mettete passione in tutto quello che fate. Possiamo urlare con tutto il nostro fiato, ma se non lo facciamo col cuore rimarremo sempre muti di fronte all'amore!» Il nostro silenzio nell'ascoltarlo è quasi religioso. Poi continua: «Voglio regalarvi le parole che mi ha regalato un giorno, non molto tempo fa, una persona speciale: "Un gesto d'amore è un seme che prima o poi, da qualche parte nell'universo, farà nascere un fiore". Quello sarà il vostro fiore. Dovete solo avere pazienza. Dovete solo saperlo vedere! Vi auguro questo, ragazzi, di avere la voglia e il coraggio di riconoscere il vostro fiore, e di saper regalare al mondo, in qualunque momento, gesti d'amore...».

Penso a Paco, il mio fiore, quel gesto d'amore lanciato chissà quando che ha portato tanta bellezza inaspettata nella mia vita, e in quello stesso istante lui pensa a me, lo so perché si gira e mi sorride, prendendomi per mano. E il mio cuore ricomincia a battere forte.

Quando salutiamo Leonardo e Angela siamo tutti stralunati, ma felici. È la nostra vacanza, è appena iniziata, ed è tutto fantastico!

Nel tardo pomeriggio siamo in campeggio. Il viaggio è stato bello e rilassante, ci siamo fermati un sacco di volte all'Autogrill per bere caffè e cappuccini, mangiare schifezze e andare in bagno. Io ero in macchina con Paco e Marzia, nell'altra Riccardo, Benny e Geggy.

Il campeggio è grandissimo, pieno di ragazzi, italiani, tedeschi, olandesi, americani, sono tutti allegri, si respira un'energia pazzesca.

Montiamo abbastanza velocemente le tre tende, una per me e Marzia, una per Paco e Riccardo, e un'altra per Benny e Geggy.

Paco e Riccardo si occupano dei collegamenti elettrici e di fissare bene i picchetti nel terreno, noi di gonfiare i materassi ad aria.

In un paio d'ore è tutto pronto. Abbiamo anche le amache legate agli alberi, il filo per stendere i panni, le sedie in tela, i tavolini di plastica e i fornelli collegati a una bombola del gas comprata nel market del campeggio.

Non stiamo nella pelle. È il nostro spazio, la nostra vacanza... Qui si respira un odore di terra, erba, notte, cielo, stelle e magia che ti fa volare... Saranno i quindici giorni più eccitanti della mia vita!

Sistemato tutto ci prepariamo per la doccia, vedo Riccardo e Marzia che fanno i cretini sull'amaca, e alla fine lui cade in terra, e lei comincia a ridere, ride anche lui, poi fa per aiutarlo, e lui la tira a sé, e lei ci sta. Iniziano a baciarsi, noi ce ne accorgiamo ma cerchiamo di non farci vedere, Benny e Geggy si guardano e ridono e poi guardano noi, io e Paco lo stesso.

Sentiamo lei che gli fa: «E adesso?».
«E adesso basta, io ho una reputazione da difendere...»
«Ah, ok... quindi basta! È sbagliato!»
«Ma dài, non siamo così precipitosi...» e ride, il paraculo.
«Ma non era una cosa sbagliata?»
«Forse...»
«E allora?»
«E allora sei la cosa sbagliata più giusta che ho fatto!»
Oddio, che teneri che sono. Che bello che è l'amore, quando sta nascendo...

Verso sera, dopo aver fatto una doccia veloce ai bagni pubblici, ci prepariamo, ci facciamo belli e andiamo a magiare in una pizzeria interna alla struttura, visto che ancora non abbiamo avuto tempo per fare la spesa.

Al ristorante facciamo amicizia con un sacco di altri ragazzi e veniamo a sapere di un falò sulla spiaggia, con i sacchi a pelo e le chitarre. Per accedere basta portare due birre a testa e l'entusiasmo. Non possiamo mancare! Porteremo anche la voce per cantare, gli occhi per guardare le stelle, e il cuore per rendere tutto indimenticabile.

Dopo essere passati in tenda a prendere i sacchi a pelo, compriamo le birre al market, che a quanto pare è aperto fino a notte tarda, quindi raggiungiamo il falò.

Quando arriviamo l'atmosfera è già bollente, c'è un tizio moro, con i capelli lunghi e la barbetta che suona la chitarra e canta da dio.

Poggiamo i sacchi a pelo sulla sabbia e ci sediamo, cerco la mano di Paco accanto a me, mettiamo le birre in mezzo, tutti ci salutano con uno sguardo, un sorriso... Anche il tipo che suona fa una piccola pausa, ci guarda e con un cenno degli occhi sembra volerci dire: "Benvenuti!". Poi ricomincia con un pezzo che riconosco dalla prima nota, *The Blower's Daughter*, e io sento i brividi percorrermi la schiena, questa canzone mi fa emozionare come poche altre...

Paco mi tira a sé, mi prende fra le sue braccia e mi bacia. Penso che non potrebbe esserci nulla, nulla di più bello, magico, romantico, perfetto. È tutto perfetto, io sono pazza di lui. E poi ci sono le stelle, e c'è il mare, e c'è la musica. Quindi Paco, sottovoce, mi chiede: «Ti va di fare due passi?».

«Ok...» rispondo sorridendo, mentre vanno le ultime note di Damien Rice.

Ci alziamo, sono così emozionata che non vedo la borsa di una ragazza accanto a me e ci inciampo. Per non cadere mi divincolo in modo scomposto e colpisco una bottiglia non troppo lontana dal tipo che canta, che si infrange contro uno scoglio e si rompe in mille pezzi.

Lui smette di suonare e sbarra gli occhi, io chiedo scusa, anche se per fortuna la bottiglia era vuota...

Lui torna sereno e mi sorride: «Sai... no es, essere... sola una botella... botteglia! Scusa... come se dice?».

Deve essere spagnolo...

«Bottiglia, si dice bottiglia...» rispondo, e poi aggiungo: «Oddio, scusami, era una cosa preziosa?».

«Ecco, sì! Preciosa!» conferma, sorridendomi con dolcezza. «Esta botella ha una historia lunga, e importante... Una storia de dolores, dramma, mancanza, vuoto, e amore, tanto amore! Ha fatto un lungo viaggio per arrivare a destinazione, ma poi ce l'ha fatta! E ha cambiato un pezzo del mundo, lo ha reso più bello! Prendi... prendi...» Raccoglie un frammento di vetro rotto, un quadratino verde, e me lo porge. «Tenetelo... vi porterà fortuna... ve lo giuro!» Sorride ancora. «Parola de onore, de Miguel!»

Resto ammutolita, e così tutto il gruppo intorno al falò.

Prendo il pezzetto di vetro e, nel modo più rispettoso possibile, facendo il segno della preghiera con le mani e inchinandomi, dico: «Grazie, grazie Miguel! E piacere, piacere di conoscerti! E scusa ancora, davvero! Non so che dire!».

«No scusarti! No scusarti!» risponde ancora con quel sorriso disarmante. Poi prende la chitarra e ricomincia a suonare da dove aveva lasciato le note di *The Blower's Daughter*, ma senza cantare, accenna solo il giro e il motivo con la chitarra, quasi per permetterci di andare.

Faccio un saluto velocissimo con gli occhi agli altri, e mentre lo faccio non posso non notare che Marzia e Riccardo si tengono per mano…

Camminiamo lungo il bagnasciuga, con le voci del falò che si fanno sempre più lontane. Paco mi bacia, io mi sento come se fossi sotto l'effetto di una droga potentissima, capisco poco o niente, sento solo tanta leggerezza nel cuore, tanta emozione, così tanta da non riuscire più a respirare.

Appena vediamo un angolo riparato dietro ad alcuni scogli, ci appartiamo, adagiamo i sacchi a pelo sulla sabbia e ci sdraiamo.

Paco prende lo zaino e tira fuori tre bicchierini di vetro, poi tira fuori tre candele, le accende, le mette nei bicchierini e le poggia intorno a noi, sulla sabbia…

«Ti piace?»

«Potrei impazzire…» rispondo, e lo penso davvero. Intanto è come se continuassi a sentire le note in lontananza, le sento risuonarmi dentro…

«Saresti bella anche se fossi pazza…»

«Che dici?»

«Dico…» e si avvicina con la bocca, baciandomi il collo.

«Perché, sono bella per te?»

«Non esiste una ragazza più bella di te, non è mai esistita e mai esisterà, per me…»

Si avvicina ancora, con tutto il corpo, continuando a baciarmi il collo, mettendomi una mano dietro la testa, fra i capelli, con una presa leggera ma sicura, e poi aggiunge, con la sua voce bassa, calda e profonda: «Ti amo da morire…».

E io, quando lo dice, sento uno spasmo al cuore… è come

se si fermasse, e insieme a lui tutto il resto. Chiudo gli occhi per un attimo, una frazione di secondo, un momento, *il* momento, il mio, era tutta la vita che lo sognavo. Chiudo gli occhi per sentirla ancora, questa emozione indescrivibile…

«Non mi prendi in giro, vero?» riesco a dire tremando, con un filo di voce, guardandolo negli occhi.

«Non potrei mai farlo…»

Lo dice e mi bacia, e non è solo un bacio, sento il sapore della vita in questo bacio infinito, unico, speciale, il bacio più bello della storia. Le stelle cominciano a danzare per noi, con le note di Miguel che non ha mai smesso di suonare, *I Can't Take My Eyes Off You…*

Il cielo è rosa, è blu, ci cade addosso.

Paco mi chiede se mi va.

«Da morire…» rispondo.

Ci spogliamo lentamente e ci infiliamo nel sacco a pelo mentre continuiamo a baciarci, i nostri corpi sono caldi, caldissimi, l'odore della sua pelle è la cosa più buona che io abbia mai respirato, è salato, è dolce, è tutte le fragranze del mondo, è oceano, è sabbia, è sale e zucchero, è pioggia e fuoco, e la sua lingua sul mio collo è magia e brividi, e quando scende è emozione, e vibrazioni, e quando risale fino a dietro l'orecchio è un pezzo di paradiso, e le sue dita che cercano il mio piacere, con delicatezza, lentamente, fino in fondo, e la sua lingua sul mio corpo, tutto questo è un nirvana, il mio nirvana, un volo stupendo su un panorama mozzafiato, un viaggio su un altro pianeta, è l'amore più grande dell'universo, di un universo nuovo, che nessuno aveva mai visto prima. Quando entra, quando questo universo entra dentro di me, prendendomi, facendomi sua, è un per sempre. Lo sento muoversi con tutte le stelle e i pianeti, infinito come solo un universo pieno d'amore sa essere, potente. Paco mi guarda negli occhi, i miei occhi bagnati dal desiderio, dal piacere, dall'innamoramento.

«Amore, stai bene?» mi sussurra fermandosi per un attimo.

«Non sono mai stata così bene…» rispondo con un filo di voce. Mi sento così innamorata, così persa, non c'è una sola cellula del mio corpo in grado di resistergli, di alzare una qualunque forma di barriera.

«Sei bella come quei momenti che aspetti da una vita e poi ti sorprendono all'improvviso, mentre guardi dall'altra parte dei tuoi sogni, quando ormai non ci credevi più. Sei bella come le uniche parole che riescono a sollevarti quando stai male, quelle che arrivano nel momento esatto in cui il tuo cuore ne ha bisogno. Sei bella come una margherita che se ne frega del fatto che in quella crepa del cemento nessuno si aspettava potesse nascere. Tu sei un brivido sulla schiena tutte le volte che mi vieni in mente. Tu sei il dettaglio che mi fa innamorare della vita. Ti amo da morire!» Mi dice tutto questo sempre sottovoce, parlandomi dolcemente nell'orecchio. E io penso che potrei svenire dalla felicità…

«Oddio, tu mi fai volare, amore, e anche io, anche io ti amo da morire…» gli dico, e vedo anche i suoi occhi bagnarsi. Ci baciamo ancora, mentre lui riprende a muoversi dentro di me, con movimenti lentissimi ma profondi, e ognuno dei suoi colpi mi spinge un pezzettino più vicino al paradiso.

I can't take my eyes off you… nananà…

L'amore non è mai una cosa sola, ma quando arriva lo sai perché ti cambia e cambia tutto quello hai intorno.

Lui ti trova e ti stende, e rigira il tuo universo.

Neve che cade verso il cielo.

Sole che tramonta all'alba.

Non facciamo altro che correre verso qualcosa che non ci appartiene, verso qualcuno che non ci rispetta. L'amore è quando ci ritroviamo di notte, sotto le stelle, con il plaid e le candele, con la musica e le farfalle, abbracciati a una persona che ci accarezza il viso, che balbetta quando ci parla, e che quando ci bacia, per l'emozione, chiude ancora gli occhi…

40
Buonanotte a te

La storia di Simone...

Sabato 18 maggio

Entro in ospedale di corsa, sono praticamente trentasei ore che non chiudo occhio, le poche ore di riposo le ho passate a ripensare alle parole di Nicole nella lettera...

All'ingresso incontro il dottor Masi, è molto rigido e ha un'espressione seria.

«Dottore, buongiorno!»

«Buongiorno Simone...» Pare preoccupato.

«Che succede, dottore, è tutto ok?»

«Si tratta di Nicole» mi dice. «L'abbiamo dovuta trasportare in terapia intensiva, c'è stata un'ulteriore complicazione... ma, guardi, non è il caso di fasciarsi la testa, è frequente in situazioni del genere, gestiremo e affronteremo tutto nel migliore dei modi... lo stiamo già facendo e Nicole è forte. E non sta combattendo solo per lei...»

«Oddio, cazzo! Cazzo!» urlo mentre mi porto le mani sul viso, quasi volessi nascondermi, nascondere tutta la paura e il terrore che si sta prendendo il mio corpo, la mia anima, il cuore, le ossa e ogni singolo centimetro della mia pelle...

«Simone, stia tranquillo, Nicole è in buone mani, ed è importante che lei ora sia forte! È arrivato un momento cruciale, ne usciremo tutti alla grande, e sarà un nuovo inizio!»

Si avvicina e mi dà una pacca sulla spalla.

«Va bene, dottore...» dico con un filo di voce cercando, nello stesso tempo, di guardarmi dentro per capire dove trovare la forza di cui parla, ma al momento vedo solo buio. Solo nero. Poi chiedo: «Ma posso vederla?».

«In questo momento no, in terapia intensiva non può entrare nessuno. Venga, la faccio accomodare qui, nella sala di attesa, appena abbiamo notizie le prometto di informarla!»

«Ok...»

Lo seguo come un bambino che ha smarrito la strada ed è stato ritrovato in stato confusionale da alcuni adulti che lo rassicurano, esortandolo a stare tranquillo, a non avere paura, perché lo riporteranno a casa da sua mamma.

Una volta mi sono perso, da piccolo. Era un martedì mattina, avevo accompagnato mio padre a un appuntamento di lavoro, un sopralluogo, in zona Porta Portese, avrò avuto sette o otto anni, mentre lui parlava con delle persone io me ne stavo in un parchetto di fronte, c'erano delle giostre, un'altalena e una casetta in legno poco più in là. Il tempo di andare a vedere dove portasse la stradina che partiva dalla casa in legno e si inoltrava in un boschetto e *pluff*, mi ero ritrovato su una strada che non conoscevo, piena di negozi e automobili.

Dopo alcune ore che camminavo, entrai in un bar e chiesi aiuto. Ero impaurito e disorientato, ma conoscevo a memoria il numero del negozio di mia madre, aveva una tintoria.

Mio padre arrivò in macchina a gran velocità, con le lacrime agli occhi. Mi abbracciò tantissimo e dopo aver ringraziato il proprietario del bar mi portò via.

Mamma, preoccupatissima, ci aspettava sull'uscio della tintoria. Mi ricordo il suo abbraccio silenzioso, ricordo il rumore ovattato dei passi sul pavimento in legno, ricordo la scatolette in latta con gli aghi per cucire, col filo di ogni colore, con i bottoni in madreperla, piccoli e bellissimi... e poi il profumo del sapone da bucato, dei panni appena stirati, il vapore nell'aria, il profumo della mia infanzia, il sapore della mia vita, tutto rinchiuso in un negozietto di periferia pieno di panni, cappotti e vestiti, pieno di bellezza, di semplicità, di amore. Mi ricordo il sorriso di mamma nonostante lo spavento, nonostante tutte le altre preoccupazioni. Le donne che sorridono davanti al dolore ci insegnano ogni segreto della vita senza dire una parola. Tutte le volte che chiudo gli occhi e sento quel profumo mi viene da piangere, per la gioia, per la malinconia, per i ricordi bellissimi, per qualcosa che ho perso, per tutto quello che mi è sfuggito dalle mani.

Chissà, forse Nicole ha già lottato abbastanza, forse è questione di attimi. Sento che a breve arriveranno a informarmi che purtroppo non ce l'ha fatta, che ha perso la battaglia, che io ho perso la più grande occasione della mia vita, che le mie scelte hanno portato tutti a perdere tutto. Non me lo toglie nessuno dalla testa che se avessi scelto di essere diverso, di essere quello che ero, di seguire il mio cuore e la mia natura, ecco, ora non saremmo qui, e la storia sarebbe un'altra. Ora ce ne staremmo lì, in un angolino con la moquette, su un divano di velluto verde, a sentire il profumo dei panni appena stirati, col sapone e il vapore, con quel retrogusto di felicità che hanno le occasioni che non perdi…

«Sicuro che non vuole tornare a casa a riposarsi un po', signor Coretti?»

«Ehm… no, no…» dico con un filo di voce. Sono stanco, esausto, non ho più forze.

«Guardi che la avvisiamo subito al telefono se ci sono novità, davvero!»

«Preferisco aspettare, la ringrazio!» sorrido all'infermiera, visibilmente preoccupata per la mia tenuta psicofisica.

È tardi, sono quasi le undici.

Sul muro scalcinato che ho di fronte, qui in sala d'attesa, leggo una frase, pare incisa con un coltellino: "Una donna felice permette alle stelle di accendere il cielo di notte".

La trovo dolce e bella, la trovo vera, mi fa pensare a Nicole, al fatto che non le ho permesso di essere felice, al fatto che senza di lei, il mio, è un cielo senza stelle.

Poi mi viene in mente quello che mi ha detto tempo fa un'anziana signora che ho incontrato per strada sotto lo studio, era buttata lì per terra sul marciapiede, con i vestiti sciatti e consumati. Io l'avevo guardata con disprezzo, dall'alto in basso, da stronzo arrogante qual ero, mentre correvo, convinto di sapere tutto, rincorrendo qualcosa a cui forse non sapevo nemmeno dare una forma o un nome, qualcosa che pensavo fosse importante: i soldi, il successo, il potere, il vuoto… Lei aveva accennato un sorriso con gli occhi, con quei suoi occhi profondi, di ghiaccio, di mille colori, che non scorderò mai, e poi aveva sussurrato: «Non è importante correre, ma che la direzione sia quella giusta. Verso il tuo cuore. Verso la tua vita. Tu sai dove stai andando? Buona vita, ragazzo…».

Penso questo, e mentre lo faccio sento un formicolio alle gambe, e poi a tutto il corpo. Deve essere la stanchezza, forse aveva ragione l'infermiera. Sudo freddo, tutto gira intorno, le sedie della sala, le luci, le pareti, vedo il colore della tinta lavabile variare, a volte è bianco, altre giallino. Anche le mie mani tremano, e a volte non sembrano le mie, sono diverse, più grosse, piene di segni, è come se tutto l'ambiente intorno cambiasse di continuo… ma cosa cavolo succede? Il formicolio aumenta, il sudore freddo anche. Sento che sto per cedere, è come se fossi entrato in una fase di *trance* totale, sto per crollare, forse sto per morire, è come se avessi iniziato un viaggio in un'altra dimensione. Tutto gira, tutto gira. Tutto cambia.

Cerco di urlare il nome di Nicole ma non posso, non riesco.

E poi nero. Poi tutto nero.

Il sonno è stato profondo, il risveglio è improvviso e brusco, la voce del medico che mi ritrovo davanti appena sveglio, e che non conosco, è squillante e potente, ripete il mio nome di continuo.

Appena realizzo di Nicole e tutto il resto, in una frazione di secondo, mi tiro su con uno scatto.

«Dottore! Ci sono novità?» urlo, con un misto di terrore e speranza.

Ride.

Cazzo, ride! Ci sono buone notizie?

«Venga, venga… è andato tutto bene! Mi segua!»

Corre eccitato e io lo seguo, volo, e rido, e sono felice! È andato tutto bene!

Giriamo l'angolo ed entriamo nel reparto. È pieno di gente, fuori e dentro le stanze, sono tutti silenziosi e attenti, vista l'ora, ma felici, con i nastri ovunque…

«Venga, è qui!»

Il dottor Calli, come leggo sul tesserino appeso sul suo camice, si ferma sull'uscio di una stanza, e indica dentro!

«Non ho potuto avvertirla che era iniziato, perché è stato tutto molto improvviso e la situazione era delicata…»

Faccio gli ultimi passi, giro l'angolo e la vedo!

Nicole è lì, con quel sorriso delle meraviglie, e al seno stringe lei, Beatrice.

La nostra bellissima, incantevole figlia, che è nata ed è sana!

«Nicole, ti amo!» dico, mentre piango e rido, mentre salto come un pazzo e mi accuccio per guardarle. «È bellissima!» sussurro, accovacciato vicino al letto.

L'infermiera ci guarda senza dire una parola.

«Ti amo anch'io, Simo!» risponde lei con un filo di voce. «Sì, è bellissima! Ed è nostra!»

«Sono stato tanto in pena, amore…» dico e piango ancora, e poi rido. E poi piango…

«Lo so, ho sentito la tua vicinanza. Ma adesso è tutto ok, è tutto finito…»

Mi giro verso il dottore come per cercare conferma che per Nicole sia davvero tutto ok.

E lui deve aver capito, infatti risponde: «Nicole deve rimanere sotto stretta osservazione, deve riposare, ma adesso direi che ci avviamo davvero verso una fase molto più serena!» e ci sorride con benevolenza.

«Hai sentito, amore?» mi dice Nicole per rassicurarmi.

«Amore mio, certo, sì, ho sentito! Ma voglio che tu sia prudente! Adesso devi riguardarti!»

«Guarda lei, piuttosto!» dice ridendo, e indica Beatrice, minuscola e perfetta.

«È l'essere più bello del mondo» le dico, «e solo tu potevi metterla al mondo!»

«Adesso la porto di là nella nursery» dice l'infermiera.

«Ok, me la faccia guardare un'ultima volta...»

Mi avvicino a Beatrice e la accarezzo, ne delineo i contorni con le mani e con gli occhi, Lei è lì, a farsi guardare, a farsi amare, a farsi incastrare nel perimetro della mia felicità. È bellissima, e il cuore mi scoppia.

Nicole fa lo stesso a modo suo, dal suo punto di vista, guarda lei e guarda me, con quei suoi occhi grandi, meravigliosi, lucidi, e chiede all'infermiera di avvicinarla di nuovo al suo seno.

Beatrice fa dei piccoli versetti, smorfie dolcissime, che mi commuovono e mi fanno piangere di gioia, poi si abbandona sicura sul seno della madre, sentendo quello che solo una figlia e una madre sanno sentire a pelle: la certezza dell'amore.

Appena l'infermiera ci lascia, Nicole allunga una mano verso di me e io la prendo...

«Amore...»

«Sì...»

«Non sono più incinta, ok... ma ho ancora delle voglie...»

«Certo, piccola, dimmi tutto...»

«Tutto? Guarda che me ne approfitto, eh...» Fa un sorrisetto dei suoi, uno di quelli dolcissimi e da furbetta che ho sempre adorato.

«Tutto, amore» e le stringo la mano.

«Quanto sei dolce, e che fortuna averti incontrato e averti

al mio fianco...» Chiude gli occhi, aspetta qualche secondo e poi prosegue: «Allora, punto uno». Parla come parlerebbe un'adolescente e mima la conta con le dita. «Ho voglia delle buonanotte che mi dedicavi quando ci siamo messi insieme...»

Alza debolmente il pollice che indica il punto uno, e mi guarda per capire se è ok.

«Oddio, amore, certo!» le stringo forte l'altra mano guardandola negli occhi.

«Due... voglio sapere cosa ti ha detto mio padre il giorno prima di quell'appuntamento con quello studio di avvocati per cui ti aveva raccomandato, quelli che poi non ti hanno chiamato dopo il colloquio... e voglio sapere perché da quel giorno non vi siete praticamente più rivolti parola. Non me ne hai mai voluto parlare, ma adesso abbiamo una figlia, adesso siamo una famiglia e io voglio sapere com'è andata! Me lo dici?»

La guardo negli occhi, questa volta serio.

«Ok, te lo dirò, non ora, ma te lo dirò... promesso!»

«Ok, grazie, amore.» Ha lo sguardo stanchissimo, e la vedo debole.

«Adesso, riposati un po'!»

«Sì, ma c'è un altro punto... l'ultimo.» Poi aggiunge, con il solito sguardo da tenera paraculetta: «L'ultimo per ora...».

«Ok, cucciola» le rivolgo uno sguardo divertito. «Dimmi!»

«Da adesso, e cioè dalle due e dodici del 21 maggio 2036, giorno in cui è nato il nostro angelo, voglio ricominciare a chiamarti Paco!»

Subito dopo che lo dice, sento un frastuono, un vociferare composto ma gioioso.

Mi giro e ci sono tutti... Claudia, che a ventinove anni non vedeva l'ora di diventare zia; Riccardo, che da quando è tornato dalla vacanza in Colombia non fa altro che ripetere che deve aprire un ristorante lì sulla spiaggia e trovare moglie... e poi Marzia e Geggy e Benny... Hanno dei palloncini, e i regali. E i sorrisi.

«Ok amore...» Esito un attimo, e poi sorridendole aggiungo: «Ti amo da morire... Sally!».

Lei sorride, e risponde «Io di più...», come diceva sempre all'inizio...

Saluta tutti con la mano e dice che ha sonno, poi chiude gli occhi...

«Adesso dormi, amore mio, riposa...» le accarezzo il viso piangendo mentre si addormenta.

Buonanotte a te che sei speciale e un giorno di tanto tempo fa mi hai preso per mano e mi hai portato a vedere il mare di inverno da una terrazza del tuo cuore dove c'era una finestra che nessuno aveva mai aperto. Il panorama da lì era mozzafiato e c'era la magia nell'aria. La musica, le note, le lune, le parole, le stelle... Il cielo era porpora e il tramonto illuminava i contorni delle nostre mani che si cercavano con qualche incertezza. Tu avevi le ossa rotte e le ferite sul cuore. Ma c'era un brivido sulla schiena e l'emozione di esserci trovati. È bastato poco a capire che eravamo semplicemente innamorati persi. Affacciati a quella finestra, a baciarci come se il tempo non fosse mai abbastanza, a fare l'amore come se il cielo fosse solo nostro. A dirci: «Ti amo, non ti lascerò mai».
Buonanotte a te, amore mio.
Ti amo.
Da impazzire.
E non ti lascerò mai!

Adesso lo sai…

«Quel giorno, era il 10 ottobre 2027, domenica, me lo ricordo come se fosse oggi, noi eravamo appena tornati da quella piccola vacanza a in Costiera, per festeggiare in ritardo il tuo compleanno.

Tuo padre mi voleva parlare riguardo al colloquio con quello studio legale dove mi aveva raccomandato. Sembrava una cosa grossa e io avevo voglia di riscattare il mio passato umile. Sai quanto mi pesasse in quel periodo, vero?

Mi disse che non era il classico studio legale da quattro soldi, no, lì si decidevano le sorti di imprese e persone importanti, lì non si andava in tribunale, quasi mai, lì le cose si sistemavano prima con la potenza dei contratti, dell'intelligenza, delle lobby, dei poteri forti, degli accordi…

Tuo padre mi disse che apprezzava molto il tuo spirito "sociale", che lo trovava tenero, ma che io ero un uomo e dovevo fare sul serio, io avrei dovuto davvero cambiare il mondo, e per farlo avrei dovuto essere dalla parte dei potenti. Mi parlò di soldi, successo, potere…

Io rimasi pietrificato. Mentre lui parlava mi limitavo ad annuire. La notte non chiusi occhio. La mattina andai al colloquio, era una bellissima giornata e il palazzo dello studio era incredibile, un posto di gran lusso.

Arrivai al quarto piano con l'ascensore, vedevo tutta quella gente vestita a puntino, impeccabile, perfetta… ma quando incrociavo i loro sguardi avevo una strana sensazione, c'era qualcosa che mi inquietava, sembravano spenti, come se avessero dei buchi neri addosso che li mangiavano lentamente. Mi trasmettevano freddo... erano senza anima, ecco, amore, non avevano l'anima! Ti rendi conto?

Le persone con cui parlai al colloquio erano come quelle che avevo incrociato, ma i loro buchi neri erano ancora più grossi. E il freddo che sentivo era ancora più freddo.

Il colloquio era una formalità, mi dissero subito. In pratica mi avevano già preso, un po' per il mio curriculum universitario impeccabile, molto per l'influenza di tuo padre.

Mi dissero quanto mi avrebbero dato e quali erano le condizioni. Si parlava di cifre grosse, amore, sarei partito con uno stipendio superiore a quello che percepisco oggi, sai...

Mi chiesero di firmare un accordo di intenti al quale sarebbe seguito poi il contratto vero e proprio.

Io presi la penna, la impugnai bene, la avvicinai a quel foglio... ma poi rinunciai.

Mi alzai scusandomi, ringraziando per l'opportunità. E rinunciai...

Sai perché, amore? Perché aveva ragione tuo padre... Io facevo sul serio! Io avrei cambiato il mondo! Io non avrei passato la mia vita a uccidere i miei sogni, a scappare dalla mia felicità, a intossicare il nostro amore.

Non so come sarebbe andata se avessi firmato, non so chi sarei diventato, o cosa saremmo stati tu e io. Ma ho l'impressione che ora non vivremmo in quella deliziosa casetta col giardino, il barbecue e Patty che scodinzola in giro. E forse non saremmo due avvocati squattrinati al servizio di chi è meno fortunato e non può permettersi una difesa, forse ora non aiuteremmo le giovani mamme senza lavoro e senza un soldo a sopravvivere, e non saremmo schierati dalla parte di chi subisce abusi solo perché più debole. Forse oggi non saremmo seduti lì, dall'altra parte del marciapiede, dal lato di chi, quando è Natale, a stomaco vuoto guarda il resto del mondo mangiare il panettone, con le stelline e lo champagne. E soprattutto forse ora non avremmo una figlia tanto meravigliosa, la bambina più bella del mondo…

E mi piace, mi piace un sacco la mia vita, sai amore? Anche se non posso permettermi una macchina di lusso, o una barca. O viaggi da milionari. Mi piace un sacco che ci addormentiamo ancora abbracciati, come se fosse il primo giorno, e che ci svegliamo alla stessa ora, tutte le mattine, per fare colazione insieme. Ecco, è proprio bella la mia vita, Sally, e non so come sarebbe stato, ma di sicuro sarebbe stato peggio, perché più felice di così, accanto a te, io proprio non potrei essere, e quindi non voglio nemmeno saperlo.

Ecco come è andata con tuo padre, amore. Adesso lo sai…»

Ore 09:05:42.099

Il sole è sorto alle 7.18
Tramonterà alle 18.36

L'angolo della sfera nonostante gli sforzi è ancora a 89 gradi dal piano, quasi perpendicolare.
Mancano ormai 0,37 secondi.
Tutt'intorno ci sono dei buchi enormi e inquietanti...
Il cielo è sempre più cupo.
Grandine, lampi e tuoni.
Gli sguardi indagatori.
I sorrisi non più sicuri e arroganti.
La distanza esatta dall'obiettivo è 0,05 millimetri.
La sfera all'improvviso si blocca, questa volta con un movimento deciso e potente, poi repentinamente torna indietro e si allontana. L'angolo ruota di nuovo a 45 gradi, un altro blocco e poi ancora indietro.
La distanza ora è massima, molto oltre gli 800 millimetri.
L'asse della sfera non punta più il piano. Tantomeno l'obiettivo...
L'intera penna sale in alto e poi, bruscamente, viene lasciata andare in un punto morto della scrivania.
Nessun contatto.
Nessuna firma.
La scelta è fatta.
«Perdonatemi, vi ringrazio per l'opportunità, ma non fa per me... Rifiuto!»

La sedia ora è vuota.
E il futuro salvo.
Il cielo è sereno.
Stellato.
Guarda che luna, amore!
Buonanotte a te…

E pensi: “Fottetevi!”.

Non sarà mai sbagliato!

Tutte le volte che sceglierai qualcosa, saprai che la tua vita cambierà per sempre dopo quella decisione. Ogni. Singola. Decisione. La tua vita cambia di continuo, sei tu, solo tu a decidere su quale via portarla, da quale via allontanarti. Quale strada percorrere.

Arriverà qualcuno a dirti che non vale la pena resistere, che le cose che contano si ottengono usando scorciatoie, che i soldi e il successo ti renderanno migliore e sono la via più facile, e che per farli va bene tutto, senza riserve.

Ti diranno che l'amore è roba da adolescenti. E che è da sciocchi inseguire i tuoi sogni.

Tu non dargli retta! Sarà l'amore a salvarti quando ti sentirai perso e senza via d'uscita, e saranno i tuoi sogni, solo i tuoi sogni, a renderti libero e felice. Non mollare! Conquista il tuo terreno, quel piccolo fazzoletto di terra che ti fa stare bene insieme alle persone che ami. Prenditene cura un po' ogni giorno! Custodiscilo! Centimetro dopo centimetro arriverai lì dove vuoi arrivare. In quell'isola di bellezza e semplicità. Prenditi la tua strada, perché sono i tuoi sogni, il tuo equilibrio, la tua pelle, quella è la tua vita! Fai le scelte che il cuore ti consiglia di fare. Senza paura. Perché quello è il tuo amore!

Sarai la persona più fortunata del mondo.

Sarai innamorato di continuo.

E non sarà mai sbagliato…

Benvenuta

Benvenuta, amore di papà, benvenuta a te che sei già l'inizio di ogni cosa nel mio cuore.

A te che quando sorridi inverti le logiche e le regole e l'ordine degli elementi, e metti il cielo dentro una bottiglia, il fuoco fra le nuvole, l'acqua fra le stelle...

Ti auguro una vita piena di sogni, ti auguro di inseguirli sempre e di difenderli da tutto il resto, perché sognare ti renderà libera e felice...

Ti auguro di perderti, tutte le volte che avrai la sensazione di essere arrivata, quando ti sembrerà di non avere più domande da fare al mondo, quando non avrai più voglia di rischiare e di buttarti nel vuoto, quando smetterai di sentire un brivido sulla schiena, quando non avrai più paura di fermarti, proprio quando riconoscerti e ritrovarti sarà la regola, è in quel momento che io ti auguro di perderti ancora...

Ti auguro di sbagliare, di fare errori, ma ti auguro di non ripetere sempre gli stessi, perché sarà meraviglioso, vedrai, farne sempre di nuovi. E ti auguro di non rimproverarti mai per le tue imperfezioni, perché nessuno è mai davvero perfetto come quando sbaglia di continuo con la persona giusta, ascoltando il proprio cuore.

Ti auguro un bacio sotto le stelle, uno di quelli che ti fa sentire il sapore della vita fra i capelli, uno di quelli che ti fa capire quanto valga la pena esserci anche solo per quel singolo momento magico, un bacio di quelli che ti fa sentire speciale e unica nel suo cuore, uno di quelli che ti fa innamorare follemente, che ti fa perdere la testa, il fiato e la strada di casa. Uno di quelli che ti fa capire che inseguirlo, credere nell'amore, ne vale la pena, perché sarà meraviglioso, e io ti auguro di viverlo, quel momento, senza riserve, senza paure. Senza muri.

Ti auguro occhi che sappiano vederlo, l'amore, perché quando sarà il momento l'amore ti troverà. Ed è importante che tu sia preparata. Che tu sappia accoglierlo come merita. Perché non c'è nient'altro che possa dare il giusto senso alla tua vita.

Ti auguro amici sinceri, e che tu lo sia altrettanto con loro, perché arriveranno le delusioni e i tradimenti, e arriveranno da qualcuno di cui ti fidi, qualcuno con cui ti sei confidata, a cui hai aperto il cuore, a cui hai parlato delle tue cose più segrete. E allora avrai bisogno di poche, rare persone per affrontare il dolore. E saranno le stesse persone che ti permetteranno di sorridere ancora, quando altri cercheranno di spegnertelo, il sorriso.

Ti auguro di avere la forza di difendere le cose in cui credi, anche quando ti sembrerà difficile, anche quando cercheranno di umiliarti e deriderti, anche quando ti diranno di smettere, di non perdere tempo, di lasciare stare... tu invece credici sempre! Difendile! Proteggile! Quelle cose sono tutto quello che hai!

Ti auguro di essere sempre te stessa. Chi ti vuole diversa, chi ti chiede di cambiare, non ti ama, non ti rispetta. Non concedere mai a nessuno tanto potere.

E sappi che io ci sarò sempre per te, tu dovrai solo chiedere, basterà uno sguardo e io arriverò, in qualunque punto dell'universo, in qualunque momento. Altrimenti ti seguirò da lontano, in silenzio, pregando per la tua felicità.

Benvenuta, piccola di papà, benvenuta a te...

Ringraziamenti

Grazie, mamma, per essere la persona più importante della mia vita. Grazie, Marco Emanuelli, perché sei pulito, buono e vero, ti voglio bene in un modo speciale. Grazie, Federica Maccioni, perché quando penso a qualcuno da cui correre per un abbraccio che sa di casa penso a te che sei diventata una sorella acquisita, fondamentale e imprescindibile nella mia vita. Grazie, B., per essere quello che sei nella mia vita, un piccolo miracolo, una rivoluzione, un abbraccio che scalda il cuore, bello e infinito. E grazie anche per essere venuta da lì, da Cleopatra, solo per me...

Grazie, Giampaolo Emanuelli, ti voglio un bene profondo e speciale, anche se qualche volta faccio fatica a dimostrarlo. Grazie, Nadia Manca, per l'amicizia ormai lunga, solida e sincera, ti voglio bene. Grazie, Franco Valenzano, perché ti devo molto, molto più di quello che pensi, e tu vali molto, molto più di quello che tu stesso ti riconosci. Grazie, Mimmo Calopresti, per essere un amico vero, "uno di casa". Grazie, Angela Barile, per l'aiuto enorme, per il supporto, per quello che sei, ti voglio un mondo di bene e sono felice che tu sia nella mia vita! Grazie, Giusi Terranova, per il supporto e l'amicizia senza riserve. Grazie, Letizia Pierleoni, per l'amicizia sincera e la disponibilità. Grazie, Marco Salvatore, per il supporto importante. Grazie, Elisa Mangano, per il supporto e la dolcezza. Grazie, Marinella Amici, per sostenermi con grande fiducia. Grazie, Valentina Sangiorgi, per l'amicizia, per il supporto, e per essere una persona vera e pulita. Grazie, Rosaria Fallucchi, per l'amicizia pulita e incondizionata. Grazie, Andrea De Spirt, per l'amicizia dimostrata, per esserci trovati e riconosciuti in un modo raro. Grazie, Nadia Falconieri, ti voglio bene. Grazie, Serena Volpicelli, per la persona bella che sei, per la sincerità con cui mi vuoi bene. Grazie, Alberto Di Majo, per aver creduto in me per primo, per averlo continuato a fare con amicizia e umiltà, sei una delle persone migliori che io abbia conosciuto. Grazie, Donatella Mugnano, amica e ottimo avvocato, grazie per il supporto legale e per i consigli, qualunque autore meriterebbe un avvocato come te. Grazie, Giorgio Petrollo, per l'affetto antico, autentico e immutabile. Grazie, Carlo Maria Bassi, per i solti profondi e importantissimi motivi... Grazie, Francesco Odoardi, per l'amicizia sincera e per l'affetto. E per sopportare le mie ansie. Grazie, Francy Meleleo, per l'amicizia e il supporto. Grazie, Antonella Popolizio, amica e grande avvocato penalista. E a volte meraviglioso psicologo... Grazie, Bruna Gottardi, per il supporto e l'amicizia. Grazie al gruppo Facebook "Siamo solo per pochi", perché, è vero, siamo solo per pochi, ma ora, anche grazie a voi, lo sanno in tanti. Grazie, Silvia Gollini, amica storica e meravigliosa cantante. Grazie, Alfredo Catalfo, per l'amicizia a cui tengo. Grazie, Daniela Antacido, per la dolcezza con cui mi sei amica e per il supporto prezioso. Grazie, A. Barone, per il supporto e l'amicizia, ti voglio bene. Grazie, Michele Rossi, per avermi dato una chance, per avermi capito e sostenuto, sei un grande editore e ti devo molto, oltre a volerti bene. Grazie, Margherita Pigliapochi, sei dolce e professionalmente bravissima, ti meriti il meglio e te lo auguro. Grazie, Arianna Curci, sono felice di aver lavorato con te, sei stata un valore aggiunto, questo testo ti deve molto. Grazie, Caterina Campanini, per il lavoro dietro le quinte, silenzioso ma prezioso, grazie per aver creduto in questa copertina e per averla difesa. Grazie, Vicki Satlow, per il supporto prezioso. Grazie, Gessica Giglio, per aver lavorato con tanta passione e serietà al mio progetto, e per i magnifici risultati raggiunti. Grazie a tutte le amiche e gli amici che mi hanno aiutato e supportato fin qui, le mie parole non saranno mai sufficienti a trasmettere davvero quello che ho dentro al cuore…

Il percorso che ho intrapreso alla fine del 2012 è stato radicale per la mia vita. Ho cambiato tanto, ho cambiato tutto, soprattutto dentro di me. Mi ero perso, non mi piacevo per niente, non mi piacevo più, guardavo l'immagine riflessa nello specchio e vedevo una costruzione grigia e fatiscente che cadeva a pezzi, la maschera di un prototipo di un modello brutto e lontano dai miei valori. E allora mi sono alzato, con un po' di coraggio, con un po' di paura, e ho iniziato a correre forte verso la mia vita, senza girarmi mai, senza girarmi più. Per ritrovarmi, per trovare un terreno di dialogo con il mio cuore, con la mia vera natura, con la mia infanzia… L'epilogo di questa corsa e rincorsa, di questo perdermi e ritrovarmi, è stato un libro che rimarrà per me lo spartiacque fra la morte e la vita. Il "mezzo" sono state le mie parole. L'energia è stata il vostro amore immenso e incondizionato. Tutto questo è stato possibile grazie a voi.

Siamo solo per pochi perché abbiamo i nostri scheletri nell'armadio ma non fingiamo di essere puri e immacolati. Non puntiamo il dito contro il prossimo giudicandolo senza impegnarci a capire. Siamo solo per pochi perché abbracciamo i nostri errori e facciamo di tutto per essere migliori di quello che siamo. Perdonando. Perdonandoci. Senza arroganza. Con dignità.

Ecco, volevo dirvi che se voi non ci siete, per me non è lo stesso…

Spesso le persone tendono a non apprezzare i tuoi sforzi semplicemente perché non li vedono. Non li "sentono". Così tanto concentrate su sé stesse che non riescono proprio a notarlo il tuo piccolo gesto di gentilezza, di amore. E quasi nessuno di noi, prima o dopo, è esente da questa forma di egoismo e indifferenza. Va bene lo stesso, basta non smettere mai di metterci il cuore. Basta non smettere mai di provarci.

Non è passato inosservato il vostro gesto di immenso amore. E io non lo scordo!

Oggi, infatti, quando si rivolgono a me per parlare dei miei romanzi, delle mie parole, mi danno del voi, sanno che se parlano con me devono rivolgersi a tutti noi. Perché siamo una famiglia. Perché siamo solo per pochi. Perché se tocchi uno tocchi tutti.

Insieme abbiamo realizzato qualcosa di pazzesco, di folle. Ci avevano detto che il mondo era solo quello che vedevamo: grigio, immobile, e con regole prestabilite. Ci avevano detto che era già tutto deciso. Noi invece abbiamo comprato i pennarelli e lo abbiamo colorato come piaceva a noi. Poi ci siamo messi in testa di modificarle, le regole, perché in fondo al nostro cuore sapevamo che quelle che avevamo trovato erano state scritte da chi non aveva alcun interesse a cambiarle, e per noi erano sbagliate. Perché possiamo essere quello che vogliamo solo quando siamo liberi di non essere quello che vogliono gli altri. Ci siamo ricordati che Golia ha avuto la peggio già una volta, e che un Davide innamorato può rigirare tutto l'universo, facendo tremare il cielo e il mare semplicemente pronunciando poche e profonde parole d'amore. E allora abbiamo iniziato a farlo, abbiamo iniziato a parlare d'amore, in modo semplice, anche perché non esiste un altro modo, e abbiamo smesso di inseguire qualcosa di così tanto complicato e malsano che con il nostro cuore aveva ben poco a che fare. Tutto quello che ci serviva era davanti ai nostri occhi, era sempre stato lì, ma condizionati da quelle regole sbagliate e fasulle eravamo convinti di doverlo cercare chissà dove, chissà a quale prezzo. O con quale compromesso. Qualcuno pensava addirittura di non meritarlo, di non esserne all'altezza, forse per qualche errore commesso in passato, o magari perché altri gli avevano detto che non ne era degno. Io grazie a voi ho capito che le cose a cui ambivo prima non contavano un cavolo: i soldi, le macchine, il lusso, le scorciatoie… tutto inutile! E insieme a voi ho avuto il coraggio di guardare negli occhi il vero Roberto, di prenderlo per mano, di tornare su quel palco, quello da cui ero sceso per paura, quello da cui ero scappato come un codardo tanti anni prima, quando ho mollato tutto per perdermi nel buio, ecco, sono voluto tornare lassù, per suonare quella melodia che non avevo avuto il coraggio di suonare prima. La melodia che parlava davvero di me, della dolcezza, della rabbia, del buio e della luce. Della mia vita. Davanti a tutti. Rischiando i fischi. E invece ho preso tutto il vostro amore. E la musica è volata, si è diffusa, senza che nessuna diga o barriera potesse arginarla. Come succede con la pioggia o la neve. O con un fiore che sboccia nonostante i sassi e il cemento.

Siamo partiti dal freddo, avevamo freddo, avevamo bisogno di un abbraccio che ci curasse un po' i brividi del cuore, un abbraccio che ci scaldasse dentro e ci aiutasse a sentirci meno soli, meno sbagliati. Meno imperfetti.

Io ero lì, con tutte quelle fragilità, con tutta quella paura. Con i vuoti, con i pugni chiusi e i denti stretti. Voi eravate lì, con tutti quei colori. Con tanta voglia di lasciarvi andare, di condividere la vostra delusione, le vostre speranze. C'eravamo solo noi e la nostra rabbia, e la nostra tristezza, e la nostra bellezza. E la nostra voglia di essere meno inadeguati davanti al mondo e alla sua perfezione. Eravamo noi e il nostro desiderio di essere considerati e stimati. Noi e il nostro bisogno d'amore, di essere amati e coccolati. Noi alla ricerca di una spalla su cui piangere senza vergognarcene, senza freni, senza la maschera e il sorriso finto. Per liberarci. Per non pensarci più. Per scendere da quel treno sbagliato e correre verso la nostra felicità. Noi e il nostro bisogno di essere qualcuno, non solo qualcosa. Di essere una voce, non solo un numero. Di essere sentiti, e non solo toccati. Di essere scelti, e non solo per caso. E non solo dopo qualcun altro. E non solo come seconda o terza alternativa. Noi e il nostro sogno di essere la prima scelta! Prima di ogni cosa. Prima di chiunque.

Grazie per aver consigliato e regalato i miei romanzi alle persone che avete nel cuore, quelle importanti, quelle che hanno un posto speciale nella vostra vita. È stato questo a rendere possibile un passaparola dell'amore tanto potente da innescare una vera e propria rivoluzione, i miei libri sono arrivati non lì dove li ha fatti arrivare il marketing o la pubblicità, ma dove li ha portati il vostro cuore. E questo, tutto questo, ha un solo nome: miracolo. Il nostro miracolo.

Siamo partiti da lì, dalla polvere, dalla terra, dall'indifferenza del mondo. È iniziato tutto con noi che ci rialzavamo dopo una brutta caduta. Era stata una discesa, e il botto molto forte…

Ma c'erano le nostre mani, a prendersi, per non lasciarsi più.

Grazie!

#siamosoloperpochi
#robertoemanuelli
#buonanotteate

Qualcosa sulla copertina

Se inserisci sotto la cover un'immagine che ti piace, le sagome trasparenti si caratterizzeranno secondo i tuoi gusti e in modo sempre diverso. Così avrai una copertina esclusivamente tua e potrai modificarla tutte le volte che vorrai durante la lettura del romanzo. Quando lo riporrai in bella vista, o in un angolo nascosto da tutto. Quando lo proteggerai dal vento, o lo regalerai a una persona speciale.

Quelle sagome, nei miei pensieri, rappresentano finestre sull'universo, spiragli di vita sempre nuova. Puoi immaginarti dentro e fuori. Puoi immaginarti come uno spazio d'amore che va riempito, una mancanza da colmare, un vuoto in cui perderti, dove lasciarti andare e spiccare il volo. Un modo per dire che tu non sei sempre la stessa cosa, e che a volte hai bisogno di esserci, altre di nasconderti, come quando sorridi e intanto nessuno si rende conto che ti sta crollando il mondo addosso. Come quando ti ritrovi in quelle sagome, e cerchi la sua mano, per quell'attimo che cambia tutto…

Indice